VON DEN VIKEN EROBERT

INTERSTELLARE BRÄUTE® PROGRAMM, BAND 14

GRACE GOODWIN

Von den Viken erobert Copyright © 2020 durch Grace Goodwin

Interstellar Brides® ist ein eingetragenes Markenzeichen
von KSA Publishing Consultants Inc.
Alle Rechte vorbehalten. Dieses Buch darf ohne ausdrückliche schriftliche Erlaubnis des Autors weder ganz noch teilweise in jedweder Form und durch jedwede Mittel elektronisch, digital oder mechanisch reproduziert oder übermittelt werden, einschließlich durch Fotokopie, Aufzeichnung, Scannen oder über jegliche Form von Datenspeicherungs- und -abrufsystem.

Coverdesign: Copyright 2020 durch Grace Goodwin, Autor
Bildnachweis: Deposit Photos: nazarov.dnepr, magann

Anmerkung des Verlags:
Dieses Buch ist für volljährige Leser geschrieben. Das Buch kann eindeutige sexuelle Inhalte enthalten. In diesem Buch vorkommende sexuelle Aktivitäten sind reine Fantasien, geschrieben für erwachsene Leser, und die Aktivitäten oder Risiken, an denen die fiktiven Figuren im Rahmen der Geschichte teilnehmen, werden vom Autor und vom Verlag weder unterstützt noch ermutigt.

WILLKOMMENSGESCHENK!

TRAGE DICH FÜR MEINEN NEWSLETTER EIN, UM LESEPROBEN, VORSCHAUEN UND EIN WILLKOMMENSGESCHENK ZU ERHALTEN!

http://kostenlosescifiromantik.com

INTERSTELLARE BRÄUTE® PROGRAMM

DEIN Partner ist irgendwo da draußen. Mach noch heute den Test und finde deinen perfekten Partner. Bist du bereit für einen sexy Alienpartner (oder zwei)?

Melde dich jetzt freiwillig!
interstellarebraut.com

1

Violet Nichols, Abfertigungszentrum für Interstellare Bräute, Miami

Das hier konnte nur ein Traum sein. Aber es war so echt. So verdammt echt.

Ich war nackt und hatte die Augen verbunden. Das subtile Stöhnen eines Mannes kam mir zu Ohren und seine Laute überfluteten meine Mitte mit feuchter Hitze. Allerdings brauchte ich kein Augenlicht um zu merken, dass ein paar starke Hände meine Hüften hielten und ich auf dem Gesicht eines Mannes saß, der dabei war meine Muschi auszulecken. Meine Schenkel pressten gegen seine Ohren und er war so verdammt geschickt, dass meine Beinmuskeln nur so zuckten und sich im Takt seiner Zunge verkrampften und wieder entspannten. Dann saugte er meinen empfindlichen Kitzler mit genau dem richtigen Druck in seinen Mund und ließ ihn wieder los. Wieder und wieder. Als er die Spitze meines hochempfindlichen Zipfels schnippte, musste ich stöhnen. Seine Hände waren groß und seine Finger lang genug, um meine schlüpfrigen Falten für den zärtlichen Übergriff geöffnet zu halten. Wieder und wieder brachte er mich zum Erbeben, wechselte er zwischen forderndem Saugen und sanftestem Streichen. Für einen Mann seiner Größe ging er außerordentlich behutsam vor.

Ich konnte ihm aber kein Kompliment dafür aussprechen; ich konnte nur mit einem sexy Stöhnen und verzweifeltem Winseln nach mehr betteln, denn während er sich an mir zu schaffen machte, schob mir ein zweiter Mann seinen Schwanz in den Rachen. Sein dicker Kolben war geschmeidig und zugleich hart wie Stahl. Er lag auf meiner Zunge und ich wirbelte um ihn herum und leckte ihn, dabei spürte ich eine pulsierende Vene, die sich an seinem Schaft entlangschlängelte.

Schließlich zog er zurück, damit meine Zungenspitze den Rand seiner Eichel lecken und ich einmal tief Luft holen konnte, bevor er meine Lippen ein weiteres Mal öffnete und tief in meine Kehle stieß. Sein gefälliges Knurren und die Art, wie seine Hand sich in meinem Haar vergriff, waren der Beweis für mein Geschick. Meine Hand ruhte auf seinem Abdomen, meine Fingerspitzen erkundeten die Definition seiner gestählten Bauchmuskulatur und ich befühlte ihn fordernd, als ob er *mir* gehörte. Als er innehielt, zurückzog und fast die Kontrolle verlor, ließ ich keineswegs locker, sondern nahm ihn tiefer und schluckte ihn voller Eifer runter, als ob ich das Recht hatte ihn in den Wahnsinn zu treiben. Ich ließ meine Hand nach unten gleiten, umfasste vorsichtig seine Eier und zog ihn näher heran, ohne dabei auf sein warnendes Knurren zu achten. Er gehörte voll und ganz mir, ich ließ ihm keine Chance zu entkommen und wusste zugleich, dass er nirgendwo anders sein wollte als hier.

Und das war noch nicht alles. *Sie* waren noch gar nicht komplett. Dieser Traum? Hatte noch mehr auf Lager.

Ihn. Der dritte Typ, der mich anfasste. Ich wurde regelrecht belagert, dennoch fühlte ich mich komplett sicher. Nein, mehr als sicher. Triebhaft. Verzweifelt. Als ob ich gleich in eine Million Teilchen zerspringen würde—*wollte*—und wusste, dass sie mich auffangen würden. Drei Männer, und alle gehörten mir. Einer war dabei meine Muschi auszuessen, einer in meinem Schlund und ein dritter—ich hielt ihn am Schwanz fest, streichelte ihn vom Schaft bis zur Spitze und mit dem Daumen verschmierte ich seinen sickernden Vorsaft.

Nie hatte ich einen derartig langen, derartig dicken Schwanz befühlt; meine Finger umschlossen ihn nicht einmal. Und er kniete nicht einfach nur an meiner Seite, damit ich ihm einen Hand-Job verpassen konnte. Nein, auch er war dabei mich zu befummeln. Seine mächtigen Handflächen umfassten meine Brüste und er zwirbelte und zwackte meine Nippel. Während die anderen beiden überaus sorgfältig vorgingen, so war dieser hier noch fordernder. Er zwickte mich fester als erwartet und zog meine Nippel in die Länge, sodass es leicht weh tat. Diese Geste allein bewirkte, dass ich noch heftiger abging. Er machte es noch besser. Ich stand kurz vorm Finale, kurz vorm Höhepunkt. Gott, ich war so kurz davor.

Dann wanderte seine andere Hand weiter runter zwischen meine Pobacken und sein Daumen begann zart meine Rosette zu umkreisen. Der Schock dieser Berührung ließ mich stöhnend zusammenzucken und ich schob mich noch leidenschaftlicher auf den Mund des ersten Mannes. Ich wollte mehr. Ich brauchte etwas *in mir drin*. Meine Muschi war leer und sehnsüchtig. Sie schmerzte. Ich wollte sie alle. Sie sollten mich ausfüllen und mir ihren Samen, ihre Ekstase schenken.

Es war ein seltsamer Gedanke, aber ich sträubte mich nicht dagegen. Irgendwie wusste ich, dass ihr Samen Wunder wirkte, dass seine Feuchte auf meiner Haut, sein Aroma auf meiner Zunge mir einen derartig heftigen Orgasmus bescherte, dass mir der Atem wegblieb. Und ich wollte es, sie sollten mir alles geben. Sie sollten mir das Gefühl geben, dass ich ihnen gehörte und sie mir.

Und das macht meine Muschi noch feuchter, denn ich wollte genau ... das. Irgendwie wusste der Mann unter mir bestens Bescheid und er leckte, schnippte und kreiste jetzt langsamer, dann schob er seine Zunge in meine Muschi, fickte mich und neckte mich auf eine Art, die einfach nicht *genug* für mich war.

Ich konnte nicht reden, hatte allerdings andere Kommunikationsmittel zur Verfügung. Ich packte den Schwanz des dritten Mannes noch fester und biss die harte Länge des zweiten mit den Zähnen; nicht so fest, dass es schmerzte, aber eindringlich genug, damit er verstand, dass ich genug hatte von ihren Neckereien. Ich spielte mit ihm. Ich wollte kommen, und zwar so dringend, dass es sich anfühlte, als würde mir gleich das Herz aus der Brust springen.

"Unsere Partnerin hat Ansprüche." Die Worte waren mit demselben Verlangen verbunden, wie ich es verspürte, aber ein Klacks Humor schwang ebenfalls mit. Hätte mein Schwanz zwischen ein paar kräftigen Beißern gesteckt, dann hätte ich wohl keine Witze gerissen.

"Vielleicht sollten wir ihr klar machen, wer hier das Sagen hat." Die Hand an meinem Arsch rutschte tiefer und die Daumenspitze des dritten Mannes drang in mich ein. "Und wer nicht." Er flüsterte mir ins Ohr und sein heißer Atem war so aufregend, dass ich nur noch winseln konnte, während er sich an meinem Arsch zu schaffen machte. Er spielte ein bisschen herum, ließ seinen Daumen rein- und rausgleiten und gab mir unmissverständlich zu verstehen, dass er noch mehr im Repertoire hatte.

Ich wollte sie anflehen, konnte aber nichts ausrichten. Ich war ihnen absolut ausgeliefert und dieser Umstand machte mich ganz wild, ja zügellos.

Meine Güte, er *sollte* weiter machen. Ich wollte genau da von ihm gefickt werden. Er sollte mich mit seinem Schwanz füllen, während der andere meine Muschi nahm und ich den dritten mit meinem Mund eroberte. Es würde so gut werden. Ich wusste, dass es gut werden würde. Ich *erinnerte mich* ...

Stopp. Was? Das war unmöglich. Das hier war nur ein Traum. Ich war nie mit drei Männern zusammen gewesen. Hatte nie auch nur daran gedacht. Aber das hier war mein Traum und ich konnte tun und lassen, was immer ich wollte. Mit wem auch immer. Oder gleich mit dreien.

Im Traum war es ja wohl erlaubt mit drei Männern zu vögeln. Hier durfte ich schwitzige Forderungen stellen. Mich der Lust hingeben, während meine Nippel sich zu festen Gipfeln aufstellten, die so sensibel waren, dass ich schon vom bloßen Herumgezupfte daran hätte kommen können. Und das Kitzlergesauge erst ...

Oh ja, das war die beste Nummer aller Zeiten. Früher hatte ich mich zwar gelegentlich auslecken lassen, aber ich war nie auf einem Gesicht geritten. Nie hatte ein Mann einfach ... gewusst, was ich brauchte. Keiner hatte das Gespür dafür gehabt, dass ein Schwanz in meinem Mund mich heiß, unterwürfig und total versaut machen würde. Und ich war weit davon entfernt, mich dafür zu schämen. Es gab keine Schuldgefühle, keine Verurteilungen und keine stirnrunzelnde alte Schabracke, die mich tadeln würde, weil ich so herrlich versaut war. Was gab es Besseres, als regelrecht verehrt zu werden? Angebetet? Mit Wonne überhäuft?

"Komm für uns. Komm für *mich* und ich gebe dir all das, was du dir wirklich wünschst, Liebling. Ich werde deinen straffen Arsch ficken." Der Daumen presste tiefer in mich hinein, gerade weit genug, damit ich den Rücken durchdrückte und mich nach hinten schob. Ich wollte mehr, wollte genau das, was er mir versprach. Groß. Hart. Tief.

Die Faust in meinem Haar zog mich nach hinten und zwang mich dazu, den

Schwanz in meinem Mund freizulassen. Der Mann unter mir saugte feste meinen Kitzler und schnippte ihn jetzt schneller als zuvor. Ich wurde umzingelt. Dominiert. Ich war ihnen und ihren Gelüsten ausgeliefert und es machte mich geil. Ich *liebte* es einfach und der Orgasmus überkam mich wie ein Feuerwerk. Ich schrie meine Erlösung heraus, bis meine Ohren rauschten und meine verkrampften Muskeln sich entspannten. Meine Muschiwände aber zogen sich ... um nichts zusammen.

"Ist es das, was du brauchst, Liebling?" wurde ich von einer rauen, tiefen Stimme gefragt. Es war der zweite Mann, der Mann, dessen Geschmack auf meiner Zunge lag. Das hitzige Kribbeln seines Vorsafts ergab für mich keinen Sinn, aber voller Enthusiasmus rollte ich das Aroma auf meiner Zunge hin und her. Das hier war zwar mein Traum, aber er blieb vage. Ich kannte ihre Namen nicht, wusste aber, dass sie groß, kräftig und überaus muskulös waren. Entgegen aller Vernunft wusste ich einfach, dass sie mir gehörten. Und das reichte mir.

"Nein," sprach ich und konnte mir mein höhnisches Grinsen einfach nicht verkneifen. "Das reicht nicht. Ich brauche meine Partner. Ich brauche euch in mir drin." Es war ein Spiel mit dem Feuer, ich führte sie in Versuchung, pushte sie ans Limit der Selbstbeherrschung. Normalerweise hätte ich jetzt kalte Füße bekommen, aber das hier war mein *Traum-Ich* und dieses Ich schämte sich weder für seine Triebe, noch für seine Wünsche. Sie brauchte es und ihre Partner würden es ihr besorgen. Dieses Wissen wirkte fast schon wie eine Droge und erfüllte mich mit einem Selbstvertrauen und einer Dreistigkeit, die ich nie zuvor im Bett erlebt hatte. Nie.

"Du notgeiles Ding. Noch nicht einmal gefickt haben wir dich," sprach der zweite Mann. Eine Hand strich über meine Wirbelsäule. "Du brauchst mehr? Wir sollen dich nehmen? Dich für immer zu unserer Frau machen?"

Bei dieser Aussicht zogen sich meine Muschiwände zusammen. Oh ja, genau das wollte ich. So dringend. "Ja." Ja! In Gedanken brüllte ich es regelrecht heraus, aber mein Traum-Ich schien mich nicht gehört zu haben, oder sie hatte es einfach zu eilig. Die zügellose Schlampe wusste, dass sie genau das bekommen würde, was sie/ich wollte.

"Ich hoffe, du bist fit. Deine Männer brauchen dich und deine Muschi. Deinen Mund. Diese üppigen Brüste. Diese perfekten Rosette zwischen deinen Arschbacken." Die Hand an meinem Hintern rührte sich, sodass ihr Daumen in mich eindrang und ich keuchte laut. "Jeder Millimeter gehört uns, oder wird zum Ende dieser Nacht uns gehören."

Ach du meine …

Angeblich gab es ja Frauen, die im Traum einen Orgasmus haben konnten. Ich war jetzt definitiv auch eine davon. Und da es ein Traum war, beschloss ich, dass ich multiorgasmisch sein konnte.

Warum sollte nach einem bereits Schluss sein? Ich war viel zu heiß und aufgegeilt, um jetzt aufzuhören.

"Ich will es. Alles, was ihr mir geben könnt." Ich war zwar noch nie in den Arsch gefickt worden und hatte auch kaum Erfahrung mit Analspielchen, aber diesen dreien hier würde ich mich nicht vorenthalten. Wenn es irgendjemanden gab, der mich so grundlegend unterwerfen konnte, dann diese hier.

"Ganz richtig." Der erste Mann sprach und jedes seiner Worte wurde mit einem Kuss auf meinen Kitzler betont, als ob er Hallo sagte. Seine Stimme dröhnte sogar noch tiefer, sein Sprechrhythmus war langsamer, als ob er alle Zeit der Welt hätte ... oder zumindest die ganze Nacht und offensichtlich *gefiel* ihm die Sache. "Der Orgasmus von eben sollte dich nur auf uns einstimmen und sicherstellen, dass deine Muschi schön weich ist. Geschwollen. Feucht."

Das letzte Wort war halb verführerisch, halb verheißungsvoll und mein gesamter Körper erbebte als Antwort darauf. Ich war eben gekommen, aber mein Körper war dermaßen aufgedreht, dass ich mehr als bereit war zu betteln. "Gebt mir eure Schwänze," bettelte ich. "Ich will sie. Sofort."

"Miss Nichols."

Nein! Nein. Verschwinde. Eine nervige Frauenstimme störte meinen Traum. Ich wollte die Hand heben und sie wegscheuchen, konnte es aber nicht. Ich war festgenagelt. Wie konnte sie es wagen, mich und meine drei Männer zu unterbrechen?

"Miss Nichols," wiederholte sie.

Ich riss die Augen auf und erblickte den klinischen, sterilen Examensraum im Bräutezentrum. Graue Wände. Weiße Fliesen. Meine Handgelenke waren an den merkwürdigen Untersuchungsstuhl geschnallt und die Fesseln waren so solide, dass selbst ein außerirdischer Krieger sie nicht hätte knacken können. Scheiße.

Ich wollte nicht hier sein. Ich wollte

dort sein. Mit meinen drei Männern. Ich wollte mich zum ersten Mal in meinem Leben sexy und ungehemmt und vollkommen frei fühlen. Ich kniff die Augen zu und wollte die Realität ausblenden.

Aber wie immer würde ich wohl enttäuscht werden. Es war nur ein Traum. Ein wertloser, unbedeutender Traum, der mir all das vorgeführt hatte, von dem ich nicht einmal zu träumen gewagt hätte und von dem ich wusste, dass ich es nie bekommen würde.

Trion. Das war mein Ziel. Ich musste meine Schwester, die sich jetzt auf diesem Planeten befand, wieder zur Vernunft bringen. Und da ich wusste, dass diese Trionischen Männer hardcore dominant waren und ihre Frauen *nicht* teilten, hatte ich mich bereits mit der Vorstellung angefreundet auf diesen abtrünnigen Planeten transportiert und umgehend von meinem neuen Partner gefesselt zu werden, damit er mir den Arsch versohlen konnte. Aber mit drei Männern? Das passte so *gar nicht* zu

Trion. Egal, wie verfickt großartig es gewesen war. Es war ein Traum, mehr nicht.

Großer Gott. Meine Haut war schweißgebadet, meine Muschi nach dem ersten Orgasmus, den sie mir beschert hatten immer noch geschwollen und flattrig. Und genau wie im Traum war ich immer noch aufgeheizt. Bedürftig. Ich brauchte nur die Augen zu schließen und schon konnte ich an meinem Rücken die eindringliche Berührung meiner Liebhaber spüren. Mein fester kleiner Kitzler war gereizt und geschwollen. Meine Nippel schmerzten, nach dem an ihnen herumgespielt worden war. Meine Kiefermuskulatur war nach einem tiefen Blowjob ganz lahm und müde.

Und doch war alles eine Illusion. Totaler Psychomist. Diese Männer waren nicht hier. Aufseherin Egara aber war da. Nicht, dass sie nicht attraktiv war, aber die Frau war einfach nicht mein Typ. Nein. Mit einem großen N.

Ich seufzte resigniert, öffnete die Augen und erblickte die Aufseherin, die mit der Geduld einer verdammten Heiligen auf mich runter starrte. Sie hatte diesen Ausdruck von einer Krankenschwester auf dem Gesicht, nämlich wenn sie darauf warteten, dass man sich mit den eben überbrachten schlechten Neuigkeiten arrangierte. *Sehen sie diese gigantische Nadel? Ja? Die muss in ihre Wirbelsäule. Ihr Rückenmark wird sich dabei so anfühlen, als ob es mit einer Faust zerdrückt wird. Tut mir leid, Schätzchen.*

Aufseherin Egara hob eine Augenbraue. "Miss Nichols, können sie mir folgen?"

"Ich wette, dass alle Frauen, die sie aus dem Testtraum reißen sie genauso hassen wie ich jetzt gerade," motzte ich, weil ich sie in diesem Moment einfach verachtete.

Sie beugte sich über mich, ihre Uniform war wie aus dem Ei gepellt, ihr gepflegtes, dunkelbraunes Haar war zu einem ordentlichen Knoten gesteckt und ihre Miene war beinahe streng, ihre grauen Augen aber waren eigenartig traurig, als ob sie das Leid der gesamten Welt auf den Schultern trug. Vielleicht war das ja der Fall, schließlich leitete sie das Match-Making zwischen Erdenbräuten und dem Rest des Universums. Obwohl, meine Äußerung bewirkte, dass sich ihr Mundwinkel leicht nach oben bog. "Wahrscheinlich."

"Und ich habe nicht drei heiße, gut bestückte Typen um ihre Schwänze angebettelt, sondern sie. Oder? Bitte sagen Sie mir, dass ich das nicht laut gesagt habe."

Jetzt musste sie lächeln. "Keine Sorge, ich habe schon Schlimmeres gehört."

Hah! Nicht von mir, das durfte nicht wahr sein. Es war mir so peinlich, ich wollte mich in eine Pfütze auflösen und vom Stuhl fließen. Ich begann hin und her zu rutschen, so gut wie möglich jedenfalls, denn der Stuhl war hart und unnachgiebig und meine Handgelenke waren gefesselt. "Also war mein Test völlig normal? *Das* war völlig normal?"

Sie nickte, dann trat sie einen Schritt zurück.

"Wenn es normal war, warum haben sie uns dann unterbrochen? Das ist einfach nur gemein. Mädels sollten einen Traum wie diesen auskosten dürfen."

Die Aufseherin nickte, scheinbar verständnisvoll—aber sie hatte mich immer noch mitten im besten Teil aus dem Testtraum geholt—und setzte sich hinter ihren trostlosen Schreibtisch. "Weil es schon bald kein Traum mehr sein wird. Es kann ihre Realität werden," verkündete sie. "Wir haben ein Match für sie, Miss Nichols, mit einer Übereinstimmung von siebenundneunzig Prozent, was beachtlich ist."

Ich nickte. "Deswegen bin ich hier. Ich akzeptiere das Match. Schicken sie mich los. Ich bin bereit." Es war Zeit von diesem Planeten zu verschwinden und meine andere Hälfte zu finden. Wie konnte Mindy mich einfach hier *sitzen-*

lassen? Ich wollte weinen und sie gleichzeitig anschreien. Stattdessen aber blinzelte ich, bis ich meine Emotionen wieder unter Kontrolle hatte und konzentrierte mich auf die Aufseherin. Ich starrte sie an, ohne sie aber wirklich sehen zu können. Meine Gedanken wanderten zu Mindy und zu der Nachricht, die sie auf meiner Mailbox hinterlassen hatte.

J OSH HAT MICH SITZENGELASSEN, *dieser Arsch. Ich SCHWÖRE, auf der Erde gibt es keine vernünftigen Männer mehr. Bitte sei mir nicht böse, aber ich habe mich freiwillig als interstellare Braut gemeldet. Ich gehe nach Trion! Wollte dir nur schnell Bescheid geben, damit du dir keine Sorgen machst. Ich muss los ... zum Transport. 'Beam mich hoch, Scottie!' Ich heirate einen Alien. Ha! Ich hab' dich lieb, Schwester. Ich melde mich sobald ich kann. Bin so aufgeregt. Ciao.*

. . .

Schlussmachen per SMS war mir zwar ein Begriff, aber das hier war schlimmer. So viel schlimmer. Meine kleine Schwester—meine drei Minuten jüngere, eineiige Zwillingsschwester—hatte mir eine sinnlose Nachricht aufs Telefon gesprochen, um mir mitzuteilen, dass sie den verfickten Planeten verließ, um mit einem Alien verpartnert zu werden. Einem Trionen. Sie hatte mir von ihrem Vorhaben nichts erzählt. Nein, sie hatte mir erst Bescheid gegeben, als sie kurz davor stand den *verdammten Planeten* zu verlassen. Als die Sache besiegelt war. Ich wusste überhaupt nichts über Trion, außer, dass die Männer dort groß, dominant und ohne Zweifel abartig waren.

Womit ich mich arrangieren konnte. Denn nachdem ich zwei Monate lang am Boden zerstört gewesen war, würde ich mich auch davonmachen. Ich folgte Mindy, egal, wohin es sie verschlug. Wir waren identisch und auf der ganzen Welt, ja im ganzen *Universum* gab es niemanden, der mir näher stand als sie. Aber sie war nicht länger auf der Erde. Und ich war immer noch so verdammt wütend auf sie, weil sie mich sitzengelassen hatte.

Wenn sie mir einfach ihren Plan erzählt hätte, dann hätte ich *sofort* mitgemacht. Wir hätten zusammen hingehen, uns testen lassen und gemeinsam zum neuen Planeten aufbrechen können. Eine Doppelhochzeit. Unsere heißen Alien-Männer hätten sich die Hände schütteln und sich mit der Tatsache abfinden können, dass wir nur im Doppelpack zu haben waren. Zwei für eine. Unzertrennlich.

Nur war es nicht so gelaufen. Sie hatte sich ohne mich davongemacht.

Vom Freund sitzengelassen zu werden war kein Vergleich zum Verrat durch meine rücksichtslose, impulsive, verantwortungslose Schwester. Meine Aufgabe war es auf sie aufzupassen und sicher zu stellen, dass sie sich keinen Ärger einhandelte. Ich war nur ein paar

Minuten älter, aber meistens kam es mir vor wie ein paar Jahre.

Heute fühlte es sich an wie zwanzig.

Mindys Coup war vernichtend und selbst jetzt musste ich angesichts dieser bitteren Zurückweisung die Tränen unterdrücken. Es war schlimmer als jede gefloppte Beziehung. Schlimmer, als unsere Eltern uns vor dem Haus unseres Cousins abgeliefert hatten und nie mehr zurückgekommen waren. Schlimmer als die Absage vom College meiner Träume. Schlimmer sogar als Mindy sich geweigert hatte sich bei einem College zu bewerben und stattdessen entschlossen hatte Zahnarzthelferin zu werden.

Ich hasste Zähne. Hasste den Zahnarzt. Ich wollte Architektin werden, aber wegen meinem dürftigen Notendurchschnitt und meiner sehr durchschnittlichen Punktezahl bei der Aufnahmeprüfung hatten sich die großen Universitäten nicht gerade darum gerissen mich mit Stipendien zu überhäufen. Als Mindy sich geweigert hatte, überhaupt irgendeine Bewerbung zu verschicken, hatte ich mich mit dem Unvermeidbaren abgefunden und war zur Berufsschule gegangen. Jetzt machte ich technische Zeichnungen für eine Gruppe fünfzigjähriger, bierbäuchiger Männer, deren übellaunige Ehefrauen und pubertierende Kinder mich bei ihren Bürobesuchen wie eine Bedienstete oder ihr Liefermädchen behandelten.

Mindys Fortgang war für mich wie der Tod. Ein Teil von mir lag im Sterben und es tat so verdammt weh, dass ich kaum noch klar denken konnte. Der andere Teil von mir war so unglaublich wütend, dass ich auf sie einprügeln wollte, sobald ich sie auf Trion wiedersehen würde. Ich wollte sie anschreien. Ihr eine Ohrfeige verpassen und eine Erklärung verlangen. Hasste sie mich wirklich so sehr?

Mein unbekannter Alien-Mann würde sich damit abfinden müssen, dass die Suche nach meiner Schwester für mich oberste Priorität hatte. Sobald ich mich vergewissert hätte, dass es ihr gut ging und *nachdem* ich sie erschlagen hätte, könnten wir zur Sache kommen. *Dann* würde ich den heißen Traum Realität werden lassen und mit einem sexy Alien-Feger ein paar—hoffentlich—atemberaubende Orgasmen bekommen.

Ich war nicht gewalttätig. Noch nie. Ich hatte nie jemanden geschlagen, war nie in eine Prügelei verwickelt. Das war Mindys Spezialgebiet. Ich war die Ruhige. Die Verantwortungsbewusste. Die Selbstbeherrschte. Diejenige, die immer zwei oder drei oder zehn Schritte im Voraus dachte. Sie brachte uns in Schwierigkeiten und ich holte uns wieder heraus.

Diesmal aber fürchtete ich, dass ich sie nicht wieder rausreißen konnte. Ich fürchtete, dass ich sie für immer verloren hatte. Ich hatte einfach nur Angst.

Ich wollte nicht allein bleiben. Vollkommen allein. Ich war noch nie allein gewesen. Meine Schwester hatte mich immer gebraucht. Immer. Und jetzt? Jetzt fühlte ich mich nutzlos. Ich war verloren.

Und natürlich hatte sie mir die Nachricht während meines wöchentlichen Meetings gesendet, sodass ich sie unmöglich aufhalten konnte. Jetzt ließ ich mich selber testen, genau acht Wochen und zwei Tage nach Mindy. Und ich hatte Riesenschiss. Nachdem ich mich endlich entschlossen hatte, war ich ins Auto gesprungen und losgefahren. Es war eines der wenigen wirklich verantwortungslosen Dinge, die ich je getan hatte. Ich hatte weder meine Wohnung gekündigt und meine Sachen verkauft noch meinen Handyvertrag stillgelegt.

Sollten sie sich doch nach meiner Abreise selber damit herumschlagen. Ich wollte weg hier, meine Schwester wiedersehen.

Ich durfte jetzt nicht zu viel darüber nachdenken—oder auch nur etwas mehr, als ich sowieso schon tat—, denn dann würde sich mein Entschluss zu endgültig und beängstigend anfühlen und ich würde wohl die Nerven verlieren.

Bald würde ich auf Trion sein, jetzt, da ich das Match akzeptiert hatte. Ich würde sie aufspüren und ihr einen wohl verdienten Arschtritt verpassen. Oder sie eigenhändig umbringen—und sie dann umarmen, um sicher zu gehen, dass wir wirklich wieder vereint waren. Nicht, dass unsere Eltern uns je in die Arme genommen oder sich irgendwie für uns verantwortlich gefühlt hätten. Wir mussten gegenseitig auf uns aufpassen, und zwar schon immer.

"Sehr gut." Die Aufseherin klang zufrieden, wischte mit dem Finger über ihr kleines Tablet und redete weiter, "Nicht immer sind die Bräute so entschlossen wie sie. Besonders die Frauen im Knast melden sich nicht besonders gern als Freiwillige."

"Also ich bin keine Verbrecherin, aber definitiv bereit. Meine Schwester ist bereits verpartnert worden."

Sie blickte kurz auf. "Wie schön." Ihrem Tonfall nach war diese Tatsache vollkommen irrelevant. Als ob. "Wir müssen noch ein paar Standardfragen durchgehen, bevor ich Sie für den Transport vorbereiten kann."

"Legen Sie los," entgegnete ich. Je schneller, desto besser.

"Sagen Sie mir ihren Namen."

"Violet Nichols."

"Sind Sie rechtskräftig verheiratet?"

Aber klar doch. "Nein."

"Haben Sie biologische oder adoptierte Kinder?"

"Soll das heißen es gibt Frauen, die ihre Kinder zurücklassen?" fragte ich, ohne die Frage zu beantworten.

"Das wird durch diese Frage ausgeschlossen," erklärte sie, obwohl so etwas bestimmt schon mal vorgekommen sein musste.

"Nein. Keine Kinder."

"Stimmen Sie dem Match aus freien Stücken zu?"

Ich nickte. "Ja, tue ich. Wo muss ich unterschreiben?"

"Wir benötigen nur ihr mündliches Einverständnis, Violet, denn alles wird aufgezeichnet und archiviert. Vielen Dank."

Dass sie meinen schlüpfrigen Traum aufzeichneten, sagte mir nicht besonders zu, aber die Aufseherin hatte mir versichert, dass ich nicht die einzige Frau war, die vollkommen aufgegeilt und irritiert aus dem Testtraum aufgewacht war. Ich war nur ein weiteres Gesicht für sie. Ein weiterer Test, ein weiterer Transport. Und bald würde ich auf Trion sein. Die Erde und dieses Testzentrum lägen dann sehr weit hinter mir.

"Toll." Meine nackten Füße wippten auf dem harten Stuhl auf und ab, ich war plötzlich ganz euphorisch. Vielleicht war es der heiße Orgasmus aus meinem Traum, der mich so anspornte. Ich würde meine Schwester zurückbekommen *und* meinen neuen, rattenscharfen Alien-Partner treffen.

"Wunderbar. Das war die letzte erforderliche Frage." Sie trat zurück und in der Wand tat sich ein Spalt mit einem hellblauen Licht auf. Der Spalt öffnete sich zu einer Art Kammer und der Stuhl bewegte sich seitwärts und genau darauf zu. Heilige Scheiße. Ich war unterwegs nach Trion. Jetzt. Sofort.

Ich schloss die Augen, bis ich genau hinterm Ohr einen Piekser spürte. Ich schrie kurz auf, aber Aufseherin Egara beruhigte mich umgehend. "Violet, das ist die neurale Prozessionseinheit, damit sie ihre Sprache verstehen. Kein Grund zur Sorge."

Ich atmete tief aus und entspannte die Schultern. Das hier war echt. Ich war unterwegs zu Mindy. "Schicken sie mich einfach nach Trion und alles ist bestens."

Sie blickte verwundert. "Trion?"

Ich wollte meine Handgelenke reiben, obwohl sie nicht weh taten. Ich wollte herumfuchteln, mir das Haar hinters Ohr klemmen, auf dem harten

Pseudo-Zahnarztstuhl hin und her rutschen. Dieser Stich hinters Ohr war im Vergleich zu einer Novokain-Spritze ein Klacks. Bisher war es hier sehr viel angenehmer als beim Zahnarzt. Nichts als Träume mit sexy Männern. "Ja, Trion. Dort, wo ich hingesendet werde."

Die Aufseherin musste blinzeln, dann neigte sie den Kopf zur Seite. "Warum glauben sie, dass sie Trion zugeteilt wurden?"

"Meine Schwester ist dort, also werde ich auch dorthin geschickt." Ich war felsenfest überzeugt davon. Wir waren Zwillinge. Identisch. Wo die eine hinging, würde die andere folgen. Immer.

"Wie schön für ihre Schwester," sagte die Aufseherin unparteiisch, als ob sie diese geschmacklosen Worte schon zu anderen Geschwistern gesprochen hatte. "Aber Trion ist nicht ihr Match."

Meine Kinnlade klappte runter und ich starrte sie mit weit aufgerissenen Augen an. "Natürlich ist es das. Ich gehe nach Trion."

Sie begann, langsam den Kopf zu schütteln. "Nein, Miss Nichols. Sie wurden mit Viken gematcht. Zu siebenundneunzig Prozent, was ziemlich außergewöhnlich ist, wenn man berücksichtigt, dass sie drei Kriegern zugeordnet wurden."

Heilige Scheiße. Drei? Hatte sie eben drei Krieger gesagt?

Nein. Unmöglich. Sicher, der Traum war ziemlich geil gewesen. Rattenscharf. Unglaublich. Aber es war nicht das, was ich brauchte. Ich *musste* nach Trion gehen. Jetzt war ich diejenige, die verwundert dreinblickte.

"Viken? Wo zur Hölle ist Viken? Von diesem Planeten habe ich noch nie gehört." Ich fing an, an den Handfesseln zu zerren und war plötzlich mehr als gewillt von diesem verfluchten Stuhl herunterzukommen, bevor Aufseherin Egara einen magischen Knopf drückte und mich auf den falschen Scheiß-Planeten sendete. Auf gar keinen Fall würde ich nach

Viken gehen. Mindy war auf Trion. Trion!

"Viken ist ein kleiner Planet und bekannt für seine—"

Ich funkelte sie an. "Viken ist mir scheißegal." Ich zerrte noch fester und fluchte, als die Fesseln mir ins Fleisch schnitten. Ich schwang meine Beine zur Seite, strampelte herum und versuchte verzweifelt aufzustehen. "Nein. Ich will nicht nach Viken."

"Warum nicht? Der tiefenpsychologische Test hat ergeben, dass das ihr bestes Match ist."

Ich stellte die Hände zu einer Stoppgeste auf, obwohl meine Handgelenke fixiert waren. "Auf keinen Fall. Ich weigere mich."

"Das Match ist bereits gemacht worden," entgegnete sie. "Sie haben das Match akzeptiert, mündlich und für die Aufzeichnungen. Mir sind leider die Hände gebunden."

Oh ja, genau wie meine. Erneut zerrte ich an den Fesseln.

"Laut Protokoll muss ich sie an den Ort schicken, wo die Wahrscheinlichkeit für ein erfolgreiches Match am größten ist, und das ist Viken."

Ich schüttelte den Kopf. Das hier war falsch. So falsch. Aber sie suchten händeringend nach Bräuten, oder? Das Bräute-Programm machte überall Werbung. Im Fernsehen. Online. Auf Bussen. Sie mussten verzweifelt sein, oder? Also würden sie mich dorthin senden, wo ich auch hinwollte. Das mussten sie.

"Nein. Ich bedaure, Aufseherin. Wenn ich nicht nach Trion kann, dann gehe ich wieder nach Hause."

"Miss Nichols, das ist leider eine Premiere." Ihre Augen blickten nicht länger traurig, schlimmer, jetzt waren sie voller Mitleid. "Violet, sie verspielen gerade ihre Chance auf wahres Glück. Ich kann sie nicht nach Trion schicken. Die Verpartnerungsprotokolle sind sehr spezifisch. Da sie bereits zugeordnet worden sind, kann ich nichts mehr daran ändern. Ich kann sie nicht einfach auf einen anderen Planeten schicken. Sie werden dort unglücklich sein."

Ich kniff die Augen zusammen. "Aufseherin Egara, ich werde nicht nach Viken gehen." Ich schloss den Mund, knirschte mit den Zähnen und spuckte es aus, "Entweder ich gehe nach Trion, zu meiner Schwester, oder nirgendwo hin."

"Aber—"

"Lassen sie mich bitte hier raus. Ich gehe wieder nach Hause."

Die Aufseherin starrte mich eine ganze Minute lang an, offensichtlich überlegte sie, was sie mit mir tun sollte. Kam es denn niemals vor, dass Frauen ihr Match ablehnten? Ich hätte angenommen, dass sie ständig 'Nein' sagten. Es war doch ganz nachvollziehbar in diesem Moment kalte Füße zu bekommen, oder?

Oder war ich hier die Dumme? Die Chance auf *wahres Glück* einfach ausschlagen? Nein. Ohne meine Schwester gab es für mich kein Glück. Sie war meine andere Hälfte. Ich brauchte keinen Mann—oder drei. Ich musste wissen, dass sie in Sicherheit war. Glücklich. Ohne diese Gewissheit könnte ich niemals glücklich werden. Ich schwöre, mich um sie zu kümmern musste wohl in meine DNA eingebrannt sein.

"Wenn sie mich nicht gleich von diesem Stuhl lassen, dann werde ich schreien."

Sie kam auf mich zu und blickte mir in die Augen. "Violet, sie machen einen Fehler."

"Nein, tue ich nicht. Ich kann nicht nach Viken gehen."

Ihr Seufzen war so eindringlich, dass es mir fast in die Knochen fuhr und es fuhr mir definitiv ins Gemüt. "Na schön."

Der Stuhl glitt zurück in den Untersuchungsraum, die komische Wandtür verschloss sich wieder und das blaue Licht erlosch. Dann sprangen wie von Zauberhand die Handfesseln auf, sie verschwanden in den Armlehnen und ich sprang so überstürzt vom Stuhl, dass ich sie dabei fast umrempelte. Ich rieb den wunden Punkt hinter meinem Ohr, der jetzt mit einem seltsamen, schmerzenden Knubbel versehen war. Es war kein Fehler. Ich würde nur einen anderen Weg finden müssen, um nach Trion zu gelangen.

Es musste einen anderen Weg geben.

2

*C*alder, Viken United, Transportstation 4b

GLEICH WÜRDE SIE DA SEIN. Meine Partnerin. Götter, endlich. Mein Herz hämmerte wie verrückt und ich atmete tief durch, um mich wieder einigermaßen zu beruhigen. Zwei Jahre. Zwei verfluchte Jahre hatte ich auf sie gewartet. Sie war die ganze Zeit lang irgendwo da draußen gewesen, eine Fremde, die nicht einmal ahnte, dass sie mein Match war. Zu siebenundneunzig Prozent perfekt. Die restlichen drei Prozent? An denen würden wir arbeiten. Und zwar sofort nach ihrer Ankunft.

Ich starrte auf die leere Transportfläche, eine in einer langen Reihe aus fünfzehn auf dieser Transportstation. Es war die größte in Viken United, und die geschäftigste. Kämpfer, Garden, Partner, alle wurden sie hier ein- und ausgeschleust, von fernen Planeten wie der Erde, wo meine Partnerin herkam, andere wurden in die Kampfgruppen entsendet. Ich blickte die Reihe entlang und sah, wie ein Pärchen materialisiert wurde, händchenhaltend. Er trug die schwarze, mit einem Pfeil versehene Uniform vom Sektor Zwei, sie trug das einfache Gewand einer Viken Braut.

Blanker, heftiger Neid überkam mich. Ich wollte meine Partnerin an der Hand halten, auf alle erdenklichen Weisen mit ihr zusammen sein. Ich wollte sie sicher und an meiner Seite wissen, wissen, dass sie mir gehörte. *Mir.*

Ungeduldig tippelte ich mit dem

Fuß. Vor drei Stunden hatte man mich herbestellt, mit der Nachricht, dass sie endlich mein Match gefunden hatten. Wie lange würde es dauern, bis sie eintraf? Die Erde war Lichtjahre entfernt, aber war den Transporttechnikern denn nicht klar, dass jede einzelne Sekunde, die ich hier rumstand und wartete mir das Herz rausriss? Meine Partnerin. Es war offiziell. Sie hatte das Match akzeptiert und war bereits auf dem Weg. Sie gehörte mir.

Mir!

"Calder, schön dich zu sehen."

Ich drehte mich um, erblickte ein bekanntes Gesicht. "Meinerseits. Zed, richtig?" ragte ich. Der hochgewachsene Vike nickte kurz und sein welliges Haar fiel ihm dabei über die Stirn.

"Ja, ist schon eine Weile her. Die Mission im Sektor siebenundzwanzig, wenn ich mich recht erinnere."

Ich dachte zurück an die Zeit, als wir uns kennengelernt hatten, als wir gemeinsam gekämpft hatten. "Ungefähr vor drei Jahren. Das war ein verfluchtes Chaos. Zum Glück sind wir dort heil rausgekommen." Ich wollte nicht an das Massaker denken, das wir überlebt hatten. Unsere Kampfgruppe war von allen Seiten von den Hive umzingelt worden. Mehr als zwei Wochen lang mussten wir uns zusammenraufen, Kampfgeschwader wie Geheimdienstleute. Bis die Verstärkung endlich eintraf, hatten die Hive bereits unglaublich viele Leute getötet oder assimiliert. Wir saßen in der Falle, hatten uns gegenseitig auf den Zahn gefühlt. So etwas konnte nur der Krieg bewerkstelligen; Bindungen schaffen, die mit keinen anderen Beziehungen vergleichbar waren.

Sein finsteres Gesicht verriet mir, dass auch er gerade an diese Zeit zurückdachte. "Sechs Monate später bin ich ausgeschieden."

Er trug die schwarze Uniform des zweiten Sektors, genau wie ich ihn in Erinnerung hatte. Das rote Band an seinem Arm hatte dieselbe Farbe wie meine

Armbinde. Ich trug meinem Sektor entsprechend braun, aber ich war Teil der royalen Garden. Die roten Bänder trugen nur diejenigen unter uns, die direkt den Königen dienten. Zed war mir auf Viken United aber nie über den Weg gelaufen. Ich gehörte zu den Privatgarden der Königin und war völlig vernarrt in die kleine Prinzessin Allayna. Ich liebte es einfach, die drei Könige zusammen mit ihrer Partnerin und Tochter zu sehen, aber es wurde auch jeden Tag unerträglicher. Die Einsamkeit war dabei mich zu vergiften. Ich brauchte meine Partnerin. Ich brauchte eine eigene Familie, die ich beschützen und verwöhnen konnte. Familie war das einzige, was zählte und ich hatte keine. Bis heute.

Meine Partnerin müsste jeden Moment eintreffen und es fiel mir schwer ein ernstes Gesicht aufzusetzen. "Ich bin vor zwei Jahren aus dem Koalitionsdienst ausgeschieden. Ich bin jetzt hier auf Viken United bei den Garden stationiert. Der VSS mag uns zwar hin und wieder Ärger machen, aber er ist kein Vergleich zu den Hive, den Göttern sei Dank."

Ein unaufgeregtes Leben sagte mir viel eher zu, das einfache Leben auf Viken. Umgeben von der Natur, auf dem Land. Für das Leben im Weltraum war ich einfach nicht gemacht, auf meinem Heimatplaneten fühlte ich mich viel wohler. Mit festem Boden unter den Füßen, Bäumen und üppigen Blättern über dem Kopf. Frieden. Ich hatte meine Zeit als Kämpfer abgesessen und ich hatte mir das Recht auf eine Braut verdient. Und endlich, nach dieser langen Wartezeit war sie da. Sie würde kommen. Ich würde all das bekommen, was ich mir immer gewünscht hatte.

Daraufhin lächelte er. "Ganz meiner Meinung." Er neigte den Kopf zur Seite. "Ich bin oben beim IQC." Das interstellare Quantenkommunikationsfeld befand sich am Nordpol des Planeten, inmitten von Schnee, Eis und Felsen. Es war eine Einöde, in der nur die widerstandsfähigsten Tiere überleben konnten. Und die zähsten Krieger.

"Arschkalt dort," merkte ich an. Während ich die urbaneren Wohngegenden von Viken United vorzog, stand das IQC für Einsamkeit. Er war zwar nicht allein auf dem Außenposten, aber der Standort war verdammt isoliert. Seiner ruhigen, besonnenen Art nach zu urteilen schien er ganz zufrieden damit zu sein.

Er zuckte die Achseln. "Man gewöhnt sich dran." Er lächelte verhalten. "Und mit meiner Partnerin wird es nachts im Bett auch nicht mehr so kalt sein."

Die Vorstellung, wie ich mit meiner eigenen Partnerin das Bett teilte, ließ umgehend meinen Schwanz hart werden. Ich verlagerte meine Haltung. "Du bist wegen deiner Partnerin hier?"

Er grinste. "Vor ein paar Stunden habe ich gehört, dass sie ein Match für mich haben." Er plusterte stolz die Brust raus und ich verspürte denselben Übermut. "Ich kann's kaum erwarten."

Ich klopfte ihm kumpelhaft auf die Schulter. "Gratuliere. Ich bin auch für meine Partnerin hier. Sie muss nur noch transportieren." Ich seufzte. "Oh Mann, ich kann dich verstehen. Mein Schwanz wird steinhart, wenn ich daran denke mein Bett und mein Leben mit meiner eigenen Frau zu teilen."

Er nickte zustimmend, "Wir vom Sektor Zwei stehen auf Bondage. Ich kann's kaum erwarten sie an mein Bett zu fesseln." Er lehnte sich an mein Ohr, obwohl es ihm wohl kaum etwas ausmachte, sollte irgendjemand mithören. Die sexuellen Vorlieben in den einzelnen Sektoren waren bei weitem kein Geheimnis. "Ich werde sie erst wieder losmachen, wenn sie mindestens fünfmal gekommen ist. Zum Teufel, selbst dann werde ich sie wohl nicht in Ruhe lassen."

Die Vorstellung meine Partnerin ans Bett zu fesseln gefiel mir ebenfalls.

Nicht, weil ich auf Fesselspielchen stand, sondern weil sie dann nicht mehr entwischen konnte. Nein, ich würde wohl lieber mit ihr angeben wollen. Zum Kennenlernen würde ich sie privat ficken und sobald meine dringlichsten Triebe befriedigt waren, würden wir nach draußen auf einen öffentlichen Platz gehen und allen zeigen, wie wunderschön sie war, wenn sie kreuz und quer auf meinem Schwanz kam. Meine Partnerin. Ich würde sie zur Schau stellen und alle sehen lassen, wie ich sie mit meinem Samen markierte. Sie würden verstehen, dass keiner sie anrühren durfte und dass meine Erdenfrau mir und nur mir allein gehörte.

Beim Gedanken, dass ein anderer sie anrühren könnte, musste ich knurren. Dann blickte ich auf die Transportfläche. Wo zum Teufel steckte sie? Erwartungsvoll blickte ich kurz zu Zed. "Also, nochmals herzlichen Glückwunsch. Ich will dich nicht länger von deiner Partnerin abhalten."

"Gleichfalls. Du machst dich besser auf den Weg. Du willst doch ihre Ankunft nicht verpassen, oder?"

Ich runzelte die Stirn. "Das werde ich nicht. Sie wird hier ankommen." Ich deutete auf die Plattform, auf der sie gleich materialisieren würde. Und zwar jede verfickte Sekunde.

"Nein, meine Partnerin kommt hier an. Transportfläche Nummer drei, oder?"

Wir beide wandten uns dem Transporttechniker hinter der Steuerkonsole zu. Hinter jedem der Terminals saß jeweils ein Techniker, fünfzehn insgesamt. "Plattform drei," bestätigte er.

"Da muss ein Irrtum vorliegen," sprach ich.

"Richtig, das muss ein verdammter Fehler sein." Wir erblickten einen weiteren Viken. Er kam direkt auf uns zu, hinter ihm schloss sich gerade die Tür zur Transportstation. "*Meine* Partnerin wird auf Transportfläche drei erwartet."

Er trug die graue Uniform mit dem

Speer-Abzeichen vom Sektor Drei. Seine rote Armbinde wies ihn als Mitglied der royalen Garden aus, aber seine dunklen Augen und dieser verbissene Kiefer— zusammen mit den geballten Fäusten— deuteten darauf hin, dass er durch und durch Krieger war. Ich hatte ihn bereits zuvor gesehen. Bei den Garden der Königin. Nachtwache. Ich war morgens im Einsatz und es war nicht ungewöhnlich, dass wir nie miteinander geredet hatten. Es gab dutzende royale Garden und wir bewohnten kein gemeinsames Quartier. Und da Zed keine Anstalten machte, schienen die beiden sich ebenso wenig zu kennen.

"Deine Partnerin?" fragten Zed und ich im Chor.

"Meine Partnerin," erwiderte er und klopfte sich dabei auf die Brust.

Irgendetwas lief hier gehörig falsch. Alle drei wandten wir uns dem Techniker zu. Er war schmächtig, fast einen Kopf kürzer als wir und unter unseren bohrenden Blicken riss er die Augen auf.

Er schluckte sichtlich, als wir uns über ihm auftürmten.

"Wir haben ein Problem und Sie müssen es uns klären," sprach ich und legte meine Hand auf die Steuerkonsole. Ich war es gewohnt, Befehle zu erteilen —nicht, dass die anderen das nicht waren—, aber ich hatte am längsten gewartet und meine Geduld war jetzt am Ende. Sollte es irgendein Problem geben, dann würde ich zur Atlanischen Bestie werden. Ich wollte meine Partnerin, und zwar sofort. "Prüfen Sie die Plattformnummern für unsere Partnerinnen. Erwarten Sie hier in den nächsten Minuten drei Frauen?"

"Mein Name ist Axon. Sektor Drei. Ich stimme zu. Finden Sie sofort unsere Partnerinnen."

Zed verschränkte die Arme vor der Brust, sagte aber nichts anderes als seinen Namen.

Der Techniker schluckte, dann blickte er auf seine Konsole und machte sich an die Arbeit. Geschwind huschten seine Finger über den Flachbildschirm. Er kannte sich offensichtlich aus, aber es gab da irgendeinen kolossalen Irrtum, den er mit seinen Vorgesetzten klären müsste. Dass zwei Leute aus Versehen an der gleichen Plattform warteten war denkbar, aber gleich drei?

Eine Schlamperei, mit der sich sein Team befassen müsste. Später. Nachdem sich meine Partnerin in meinem Bett und unter mir befinden würde. In Sicherheit. Vielleicht lag Zed mit seiner Idee sie festzubinden gar nicht so daneben. Sie würde auf dem Bauch liegen, mit ausgestreckten Armen und ich würde ihr ein Kissen unter die Hüften schieben und ihren Arsch anheben, damit sie in perfekter Position war, um meinen Schwanz in ihre enge Scheide gleiten zu lassen. Sie würde vor Lust kreischen, noch bevor ich abspritzen würde. Die Macht meines Samens würde—

"Es gibt keinen Fehler," erklärte er und riss mich aus meinen schmutzigen

Gedanken, als er schließlich zu uns aufblickte, erkannte ich Furcht seinen Augen.

"Erklären," zischte Zed und dieses eine Wort schlug ein wie ein Ionenblitz.

"Eine Partnerin für den royalen Elitegarden Calder, den royalen Elitegarden Zed und den royalen Elitegarden Axon wird auf Transportfläche drei erwartet."

"Drei Frauen mit unterschiedlichen Standorten können nicht gleichzeitig transportiert werden," konterte ich, obwohl er das selber hätte wissen müssen.

Sein Kopf zuckte. "Ja, Sir. Dessen bin ich mir bewusst. Aber nur eine Frau wird erwartet." Er blickte wieder auf seine Anzeige runter und las sich die Einzelheiten durch. "Sie kommt von der Erde, vom Bräutezentrum in Miami."

Zed und Axon nickten etwas betreten. Auf einmal wurde mir ganz mulmig. Meine Partnerin kam vom erwähnten Standort. Warum also nickten Zed und Axon voller Zustimmung?

Der Techniker musterte uns einen

nach dem anderen. "Ähm, Sie wurden herbestellt, weil die Braut, die gleich eintrifft, Ihnen dreien zugewiesen worden ist."

"Was?" fragte Zed mit donnernder Stimme. Häupter drehten sich zu uns um.

"Uns allen dreien?" fragte ich, dann blickte ich zu den anderen beiden. Offensichtlich hörten sie das wie ich zum ersten Mal. Die drei neuen Könige von Viken hatten zwar mit der Mode begonnen die drei Sektoren zu vereinen, indem drei Krieger gemeinsam eine Frau teilten, allerdings hatte ich weder darum gebeten, noch einer solchen Abmachung zugestimmt. Und dem überrumpelten Ausdruck auf Axons und Zeds Gesichtern nach zu urteilen, hatten sie das ebenso wenig getan. Für mich ging Familie über alles. Absolut alles. Und diese Männer, auch wenn es sich um ehrbare Krieger handelte, waren nicht meine Brüder, noch nicht einmal

Freunde von mir. Sie waren Nebenbuhler um die Frau, die für mich bestimmt war.

"Prüfen sie das noch einmal," befahl Axon und deutete auf die Konsole.

Der Techniker zuckte nur die Achseln. "Ich kann Aufseherin Egara auf der Erde eine Nachricht senden und ihr sagen, dass sie das Match nicht annehmen wollen."

"Nein!" Wir brüllten im Gleichtakt und obwohl ich enttäuscht war, dass die anderen beiden Männer keinen Rückzieher machten und mir meine Partnerin ließen, so war ich doch positiv überrascht darüber, dass sie wie wahre Krieger bereit waren, um sie zu kämpfen. Genau wie ich. Meine Partnerin an einen Typen zu verlieren, der ihrer nicht würdig war, hätte ich nämlich niemals toleriert.

Der Techniker senkte den Blick und wischte mit dem Finger über den Bildschirm, diesmal noch schneller als zuvor. Nach einer Minute biss er sich auf die Lippe. "Ähm, Gentlemen, es gibt da eine Änderung."

Ich entspannte mich und bemerkte, wie die anderen ebenfalls lockerer wurden.

"Sie kommt nicht. Sie hat den Transport verweigert." Der Techniker blickte nicht zu uns auf, offensichtlich fürchtete er, von nicht einem verschmähten Partner getötet zu werden, sondern dreien. Und dazu noch Koalitionsveteranen. "Das Match ist vollzogen worden. Hier steht eindeutig, dass sie das Match akzeptiert hat, aber sie verweigert den Transport. Aufseherin Egara hat notiert, dass sie den Transport nach Viken abgelehnt und das Gebäude verlassen hat."

"Wo ist sie hin?" wollte ich wissen und begann, auf und ab zu schreiten. Zed rührte sich keinen Millimeter vom Fleck. Axon schlug mit der Faust gegen die nächste Wand und hinterließ eine Delle im ionisierten Metall.

Der Techniker wich zurück, als er mir antwortete. "In ihr Quartier? Ich weiß es nicht, Sir. Ich, ähm ... bin mit dem Leben auf der Erde nicht vertraut."

Sie hat sich geweigert? Sie wollte mich nicht? Oder uns? Das war lächerlich. Die Übereinstimmung lag bei siebenundneunzig Prozent. Wir waren perfekt füreinander. Aber wie konnte sie für die anderen beiden ebenfalls perfekt sein?

Mein männliches Ego bekam definitiv einen Knacks. Und ich war wütend. Zornig. Wie konnte sie es wagen, etwas so Kostbares wie ein Match zu verwerfen?

"Ich werde zu ihr gehen," sprach ich, und zwar schneller, als ich denken konnte. "Sie gehört mir. Ich werde nicht zulassen, dass sie das Match verweigert. Wenn sie nicht zu mir kommen will, dann werde ich zu ihr gehen und ihr beweisen, dass wir perfekt füreinander sind." Ich stieg auf die Transportfläche und verschränkte die Arme vor der Brust. "Techniker, geben Sie die Gegenkoordinaten ein."

"Du wirst sie nicht bekommen," rief Axon und kam ebenfalls auf die Plattform gestürmt. Er wollte sich wohl mit mir anlegen. Er mochte stinksauer sein, aber ich war kein Feigling. Ich wich nicht einen Millimeter zurück, sondern war bereit, ihm falls nötig eine zu verpassen.

"Und ob. Sie wurde mir zugeteilt."

"Mir wurde sie genauso zugeteilt," entgegnete er. "Wenn du gehst, dann gehe ich auch. Sie soll sich ihren Partner aussuchen." Er drehte sich um und ging neben mir auf der Transportfläche in Position. Ich ignorierte Zed und hoffte entgegen aller Wahrscheinlichkeit, dass er einfach aufgeben würde. Die Erdenfrau gehörte mir. Meine Partnerin. Wenn sie wirklich mit Axon und Zed gematcht worden war—was die Aufseherin im Bräutezentrum auf der Erde mir erst noch beweisen musste—, dann würde ich das Protokoll respektieren und ihr freie Wahl lassen.

Stand das aber überhaupt zur Debatte? Unser Match war beinahe perfekt. Sie würde mich wählen. Ich nickte zuversichtlich. Axon war wütend, aber ich ließ mich von der Herausforderung seiner Präsenz weder einschüchtern noch verunsichern. Ich war kein unerfahrener Jüngling. Ich war kampferprobt, genau wie er. Erbittert. Entschlossen. Und sehr geschickt, wenn es darum ging eine Frau zu verwöhnen. Unsere Partnerin würde sich für mich entscheiden. Und wenn er mir dazwischenfunken würde? Eher würde ich ihm den Kopf abreißen.

Die Transportfläche fing an zu Wummern, die elektromagnetische Ladung kribbelte wie verrückt und genau in diesem Moment stieg Zed ebenfalls auf die Plattform und stellte sich an meine andere Seite. "Sie gehört mir, meine Partnerin. Sie wird sich zwischen uns dreien entscheiden müssen. Ich werde nicht zulassen, dass ihr ohne mich geht. Das Testergebnis sagt, dass sie zu uns allen passt. Also werde ich sie ebenfalls von mir überzeugen."

Axon und ich starrten Zed an, nach einem Moment nickte Axon.

"Bereit zum Transport, Gentlemen. Die Erde hat den Transport zum Bräutezentrum in Miami bewilligt. Aufseherin Egara wird sie dort erwarten und sie mit den Gegebenheiten auf der Erde vertraut machen," rief uns der Techniker zu. Er hatte es sichtlich eilig uns so weit wie möglich aus seiner Reichweite zu schaffen.

"Was für Gegebenheiten meinen sie?" fragte ich.

Er blickte skeptisch, während das Energiefeld immer stärker wurde. Mir standen sprichwörtlich alle Haare zu Berge. "Die Erde ist ein provisorisches Mitglied der Koalition. Es ist eine rückständige Welt. Keiner Alienspezies ist es gestattet, sich mit der Bevölkerung dort zu vermischen. Aufseherin Egara wird ihnen die notwendigen Vorsichtsmaßnahmen erläutern."

Axon wandte sich mir und Zed zu. "Na schön, lasst uns zusammen gehen. Aber eine Sache muss klar sein, unsere Partnerin wird für ihre törichte Verweigerung bestraft werden, und zwar bevor sie kommen darf. Erst wenn ihr Arsch knallrot leuchtet, darf sie sich einen Partner raus picken."

"Absolut," willigte Zed ein. "Wir werden sie gemeinsam dafür bestrafen."

Ich blickte zu den anderen beiden Viken. Wir waren gemeinsam in diese Sache geschlittert und befanden uns jetzt in einem neuen Krieg. Dem Krieg um unsere Partnerin. Einer von uns würde ihr Herz gewinnen, und zwar ich. Ich würde alle meine Verführungskünste einsetzen. Ich würde sie umwerben. Sie dazu bringen, sich in mich zu verlieben. Ich würde ihr unbekannte Dimensionen an Komfort und Schutz anbieten, ihr nie gekanntes Vergnügen bereiten. Ich würde mich um sie kümmern. Sie beschützen. Sie verführen. Sie gehörte *mir*.

Axon hatte allerdings recht. Bevor sie sich entscheiden durfte, würde sie unsere glühenden Handflächen kennenlernen. Ein Match abzulehnen war völlig unakzeptabel. Es war unehrenhaft. Koalitionskrieger mussten lange und erbittert gegen die Hive kämpfen, um sich eine Braut zu verdienen. Unsere Partnerinnen waren die ultimative Belohnung, das wertvollste Geschenk. Unseren Bräuten wurde der allerhöchste Respekt, die allerhöchste Ehre entgegengebracht. Sie wurden verehrt. Angebetet. Beschützt.

Ihrem Partner einfach eine Absage zu erteilen, ohne ihm die nötigen dreißig Tage Zeit zu geben, um ihre Zuneigung, ihr Vertrauen für sich zu gewinnen? Eine Beleidigung für jeden Krieger, der darum kämpfte, die Erde und alle anderen Koalitionsplaneten zu beschützen.

Wenn sie keine Braut werden wollte, dann hätte sie sich nicht erst freiwillig melden sollen. Dann hätte sie weder den Test durchlaufen, noch das Match akzeptieren dürfen. Niemals hätte sie ihren neuen Partner mit der Aussicht auf Glück, eine Familie und der Hoffnung auf eine Zukunft ködern dürfen, wenn sie nur die Absicht hegte, ihn grausam zurückzuweisen.

Mich zurückzuweisen.

Axon hatte recht. Unter dem Schmerz ihrer Zurückweisung brodelte es nur so vor Zorn. Sie kam von der Erde, genau wie unsere Königin. Königin Leah war als interstellare Braut gekommen und sie liebte ihre Partner, die drei Könige. Sie respektierte sie. Sie liebte Viken und alle seine Bewohner.

Es ging jetzt aber nicht um Viken, es ging um meine Partnerin und ihre Geringschätzung für einen starken, ehrenhaften Krieger, der sie vergöttern würde. Ganz egal, für wen sie sich auch entscheiden würde, unsere Partnerin würde von Anfang an die Gepflogenheiten eines Vikenschen Kriegers kennenlernen.

3

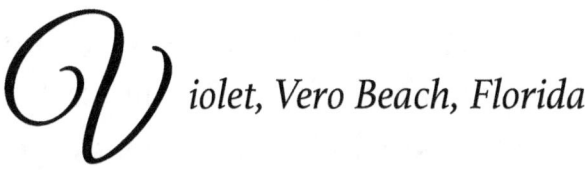

Violet, Vero Beach, Florida

OHNE MEINE SCHWESTER fühlte sich das Apartment an wie ein Mausoleum. Ihr Zimmer sah aus *wie immer*, Anime und Poster von koreanischen Popgruppen zierten die Wände, Bettwäsche mit Leopardenmuster und ein wildes Durcheinander aus erotischer Unterwäsche säumte den Fußboden, durcheinandergewürfelt mit bunten Schwesternkitteln, die sie auf der Arbeit in der Zahnarztpraxis trug.

Diese waren ebenso ausgefallen wie lächerlich, neongrün bis pink und mit allen möglichen Motiven bedruckt, von kleinen Quietscheentchen bis zu glitzernden Zahnfeen, die mit ihren winzigen Zauberstäben wedelten. Nach zwei Schritten wäre ich fast über ihre überdimensionierten Praxis-Clogs gestolpert und kreuz und quer auf ihrem Schreibtisch und um den Papierkorb herum lag halb geöffnete Post.

Sie hatte sich nicht einmal die Mühe gemacht, ihre schmutzige Wäsche einzusammeln. Und sie liebte ihre Dessous. Nie zog sie ein Set aus BH und Höschen an, dass nicht hübsch und spitzenverziert war und perfekt zueinander passte.

Mein Zimmer im Gegensatz dazu war pikobello aufgeräumt. Meine Steppdecke war aus Gänsedaunen, die eine Seite war ein prächtiges Grün, das sich zu einem beruhigenden Beige wenden ließ und mich an einen Sandstrand erinnerte. Die Laken und Kissen waren einfach und zweckmäßig und ganz in Weiß, sodass ich sie bei Bedarf bleichen konnte. Meine Schuhe waren an der Rückseite meiner Schlafzimmertür ordentlich in Hängetaschen sortiert. Mein Arbeitstisch war leer, alles war in den vorgesehenen Schubladen verstaut. Mein Lieblingskugelschreiber und Zeichenstift ruhten Seite an Seite auf meinem Arbeitstisch. Und letzte Nacht hatte ich meine gesamte Wäsche gewaschen, also war auch mein blöder Wäschekorb leer.

Ihr Zimmer sah aus, als wäre sie schnell in den Supermarkt gerannt und würde in zehn Minuten wieder da sein.

Meines sah aus, als ob es gänzlich unbewohnt war. Was einfach nur deprimierend war.

Mindy genoss das Leben und ich … organisierte es.

Vielleicht war ich ja die Verrückte unter uns beiden. Vielleicht war ihre Entscheidung dem Planeten Erde Lebewohl zu sagen und mit einem Alien verpartnert zu werden die beste Idee, die sie gehabt hatte.

Und ich war mehr als entschlossen gewesen, ihr zu folgen. Außer, dass es unmöglich war. Laut dieser verbohrten Aufseherin Egara war ich mit Trion nicht kompatibel. Nein. Ich hatte *drei* Männer bekommen, nicht einen, auf einem kleinen Planeten, von dem ich noch nie gehört hatte. Viken. Was zur Hölle war ein Vike? Wie sahen die Typen dort aus? Waren sie lila oder blauhäutig, wuchsen ihnen riesige Hörner aus dem Schädel? Über Trion hatte ich mich schlau gemacht und alles, was ich finden konnte, gegoogelt. Die Männer dort waren dominant, im Schlafzimmer forderten sie die totale Kontrolle—was mich verwunderte, war meine Schwester doch eher wild und impulsiv—und sie sahen aus wie aufgepimpte griechische Götter. Zumindest auf den Fotos in der Werbung sahen sie aus wie Sex am Stiel. Kein Wunder, dass sie in ihrer letzten Nachricht so aufgeregt klang.

Aber Viken? Drei Männer? Was sollte es *damit* bitte auf sich haben? Schlimmer noch, ich hatte *überhaupt keine* Ahnung, wie sie aussahen, weil mir in diesem Traum oder dieser Abfertigung oder was immer für Psychospielchen Aufseherin Egara da mit mir veranstaltet hatte die Augen verbunden waren. Der Traum ergab jetzt Sinn. Irgendwie. Aber welcher Teil meines Unterbewusstseins—schließlich hatte ich es mir nie bewusst ausgemalt—wollte bitte *drei* Männer? Von flotten Dreiern hatte ich schon gehört. Wer nicht? Aber mit drei Typen? Und ich mittendrin? Das war der Teil der Gleichung, der mein Gehirn qualmen ließ. Ich. Mit drei Männern. Viken. Aliens.

Ach du Scheiße.

Und nun? Ich wollte es nur ungern zugeben, aber ich war feige. Ich wagte es nicht sie auszuchecken. Ich wollte keine griechischen Götter—denn dann würde mein Urteilsvermögen sich vielleicht von meinen Trieben leiten lassen und auf

Eroberungsfeldzug gehen. Und wenn sie grauenvoll aussahen, wenn sie Hörner hatten? Nun, dann wäre die erotische Endlosschleife in meinem Kopf total ruiniert und ehrlich gesagt war dieser Traum das Aufregendste, was mir seit Monaten in puncto Sexleben untergekommen war. Und es war nur ein Traum, was es noch deprimierender machte.

Ich war nicht prüde, aber drei Männer auf einmal mussten es nun auch nicht sein. Ich mochte Sex. Gott, ehrlich gesagt *liebte* ich Sex. Aber nur, wenn er gut war. Und einen Mann zu finden, der aufmerksam war und *meine Bedürfnisse* erfüllte, war fast unmöglich. Zumindest fühlte es sich so an.

Egal. Viken war nicht gleich Trion. Und Mindy war auf Trion. Also war es nicht wirklich von Bedeutung, dass mein Körper jedes Mal kribbelte, wenn ich an den Traum zurückdachte—was etwa alle fünf Minuten vorkam. Die Tatsache, dass meine Muschi immer noch ganz feucht und fickrig war und dass ich vergangene Nacht selber Hand anlegen musste, um überhaupt einzuschlafen? Irrelevant. Dieser Traum, die drei Liebhaber, der bevorstehende Mega-Orgasmus? Irrelevant.

Ich schlug die Tür zu Mindys Schlafzimmer zu und blickte strafend im Flur in den Spiegel. "Vergiss es, Violet. Du gehst *nicht* nach Viken, basta."

Plötzlich vibrierte mein Telefon. Mindy? Eilig zog ich es aus meiner Manteltasche und erblickte eine Textnachricht von einer unbekannten Nummer. *Nicht* Mindy. Natürlich nicht. Sie war auf Trion.

Miss Nichols, hier ist Aufseherin Egara. Bitte seien Sie nicht beunruhigt, aber Ihre Partner sind zur Erde gekommen, um Sie zu erobern. Den Vereinbarungen zwischen der Erde und der interstellaren Koalition entsprechend haben sie dreißig Tage lang Zeit Sie zu umwerben, bis Sie sie offiziell ablehnen können. Da Sie dem Match zuge-

stimmt haben, sind mir die Hände gebunden. Rechnen Sie mit Besuch. Es sind ehrwürdige Krieger, Violet. Sie werden Ihnen nicht weh tun. Sie haben mein Wort.

Oh. Mein. Gott.

Wie eine Geisteskranke blickte ich an mir herunter. Ich hatte mir nach dem Frühstück die Zähne geputzt, aber das war's auch schon. Ich trug immer noch das spitzenbesetzte, rosafarbene Trägerhemd und die passenden Pyjamashorts von letzter Nacht. Meine Haare waren ungekämmt und zu einem liederlichen Knoten gebunden, damit mein Nacken frei war. Ich stand barfüßig auf dem Fliesenboden und hatte keine Unterwäsche an. Meine Zehennägel waren neonpink lackiert, aber ich hatte keinerlei Make-up aufgelegt. Keinen Schmuck. Kein Parfüm.

Nichts meiner gewöhnlichen Aufmachung. Nix. Ich ging nie aus dem Haus, ohne mich vorher tadellos zurechtzumachen. Nie.

Ich sah aus, als wäre ich eben aus dem Bett gefallen und als hätte ich mir meinen knielangen, schwarzen Seidenmantel über den Pyjama geworfen, um wie ein Vampir durchs Haus zu schlurfen.

Und so war es auch. Vor einer Stunde ungefähr. Die Rollos waren unten. In meiner Fledermaushöhle war es an diesem Morgen kühl und dunkel. Trübselig mit einer Tasse Kaffee in der Hand und einem Stück Toast in der anderen herumzugeistern erforderte auch nicht viel Einsatz—oder modische Kleidung. Oder Schuhe.

Ich atmete tief durch und las mir die Nachricht noch einmal durch, nur um sicher zu gehen, dass ich nicht verrückt geworden war. War ich nicht. Dieselben Worte. Ich schrieb zurück.

Wann?

Sie antwortete binnen Sekunden.

Jetzt. Sie wollten Sie nicht erschrecken.

Jetzt? So wie *jetzt gleich?*
Ist das ein Witz?
Ihre Antwort brachte mein Herz kurz ins Stolpern.
Machen Sie die Tür auf, Miss Nichols.
Unmöglich. Nie und nimmer standen gerade drei Aliens auf meiner Türschwelle. Ich musste mich fragen, ob *das hier* ein Traum war.

Ich ließ mein Handy auf dem Küchentisch liegen und schlich auf Zehenspitzen in Richtung Tür. Wie benommen öffnete ich die Tür und meine Atmung setzte aus.

"Heilige Scheiße."

Drei riesige Typen standen vor der Tür und sie sahen aus, als ob sie ihre gesamte Kleidung in einem billigen Florida-Souvenirshop eingekauft hatten. Baseballkappen von den Florida Marlins, blumige Hawaiihemden, pastellfarbene Bermudashorts und sogar Flip-Flops. Sie sahen lächerlich aus. Es fehlte nur noch der Fotoapparat um ihre Hälse und der Sonnenbrand. Waren sie etwa so aufgemacht, um nicht aufzufallen? Die Outfits hätten vielleicht einen durchschnittlichen *Menschen* am Strand normal aussehen lassen, aber diese drei? Es war offensichtlich, also zumindest für mich, dass sie alles andere als menschlich waren. Alle drei waren mindestens zwei Meter groß und gebaut wie Verteidiger einer Footballmannschaft, aber aus reinen Muskeln. Das einzige Mal, an dem ich irgendetwas Vergleichbares gesehen hatte — minus der lächerlichen Aufmachung—, war in einer Fernsehsendung über Wikinger. *Große* Wikinger. Diese drei waren nicht gerade unauffällig. Hünen aus purer Alien-Muskelmasse.

Heiße, feuchte Luft blies mir von draußen ins Gesicht und in die klimatisierte Kühle meines Wohnzimmers hinein. Mein Seidenmantel flatterte an meinen Beinen. Ich bemerkte, dass ich ihn nicht einmal zugebunden hatte und da stand ich nun, halb nackt, drei Aliens gegenüber. Drei Fremden, die dachten, dass sie ein Recht auf meinen Körper hatten. Auf mein Leben. Meine Zukunft. Mein ... alles. Es waren die Männer, die mir zugeteilt worden waren. Auf Viken. Hier, in Florida. In meinem Treppenhaus.

Meine Nervosität wandelte sich Handumdrehen in wild schäumende Wut.

"Geht wieder nach Hause, Jungs. Ich bin nicht in Stimmung." Ich knallte die Tür zu, oder versuchte es jedenfalls, denn der vordere Typ, mit eisblauen Augen und einem Kiefer, der so quadratisch war, dass ein Tischler damit wohl rechte Winkel hätte ausmessen können, hob die Hand und stoppte eiskalt die Tür.

"Violet, du bist atemberaubend. Ich bin Zed, dein Partner und du wirst uns nicht aussperren, nicht, nachdem wir tausende Lichtjahre weit gereist sind, um dich kennenzulernen. Das wäre unehrenhaft, Frau, und völlig inakzeptabel." Er neigte den Kopf zur Seite und blickte zu mir herunter, *bis ganz runter*, und zwar mit einem Funkeln in den Augen, das mir zu verstehen gab, dass er es ernst meinte, egal, was ich tun oder sagen würde.

Ich hätte wütend bleiben sollen. Stattdessen aber wurden meine Nippel steif und meine Muschi zog sich beim Klang seiner Stimme, diesem gebieterisch bissigen Tonfall begierig zusammen. Verflixt nochmal.

Sein Blick wanderte über meinen Körper, die Reaktion meiner Nippel war ihm durch den dünnen Stoff meines Oberteils nicht entgangen und ich zog eilig meinen Seidenmantel zusammen. Zu spät, sein wissendes Grinsen war das erste Indiz. "Du gehörst definitiv mir."

Seine Worte ließen mich zusammenzucken, meine Knie wurden weich und ich musste einfach seinen Mund anstarren. Warum war er nicht lila mit Reißzähnen und Hörnern auf dem Kopf? Nicht, dass mit einem gehörnten Alien irgendetwas nicht in Ordnung wäre, aber das war nicht so mein Typ.

Aber er? Die Drei? Verdammt. Ich steckte in Schwierigkeiten. Alle waren schlichtweg umwerfend. Besser als der Trione auf dem Poster, den ich auf dem Weg zum Bräutezentrum gesehen hatte.

Er hatte nicht ganz unrecht. Sie waren hier. Sie *hatten* einen weiten, weiten Weg hinter sich. Eigentlich hatte ich weit bessere Manieren. Und nur weil ich sie rein ließ, musste das nicht heißen, dass ich zu irgendetwas mein Einverständnis gab.

Aufseherin Egara hatte mir versichert, dass sie mir nicht wehtun würden. Und nach dem, was ich übers Programm für interstellare Bräute gelesen hatte, behandelten die Alien-Krieger ihre Bräute wie Göttinen ..., wenn man dem Hype glauben wollte. Und da sie mich nicht direkt von meinem Wohnzimmer aus von der Erde transportieren konnten, könnte ich sie ruhig zu Wort kommen lassen, ihnen die Sache mit meiner

Schwester verklickern und sie dann nach Hause schicken, damit sie sich eine andere Braut besorgten. Oder Partnerin. Was auch immer.

Er hatte recht, ich schuldete ihnen diesen einen Gefallen.

Ich ging einen Schritt zurück und streckte einladend den Arm aus, damit sie hereintraten und Platz nahmen. Einer nach dem anderen stapften sie an mir vorbei und meine Alarmglocken schrillten auf höchster Stufe, als der Traum von der Abfertigung sich mit voller Wucht wieder in mein Bewusstsein drängte.

Aber jetzt konnte ich der Fantasie die passenden Gesichter zuordnen. Jetzt konnte ich den Traum mit prallen Muskeln und bohrenden Blicken würzen. Was mir nicht dabei half die Ruhe zu bewahren. Im Gegenteil, ich war aufgeregter als je zuvor. Sogar noch aufgebrachter, als ich die wahnwitzige Nachricht meiner Schwester abgehört hatte.

Diese Aliens waren meinetwegen gekommen. Sie wollten mich. Sie wollten mich ficken, mich für sich beanspruchen und mich auf ihren Planeten bringen. Mich!

Ich schluckte, fest. Was hatte ich nur getan?

Ich machte die Tür zu und presste kurz mit der Stirn dagegen, ich hoffte, dass das kühle Metall das Zittern stoppte, das von meinem gesamten Körper Besitz ergriffen hatte. Ich schloss die Augen, zählte in Gedanken bis zehn und versuchte mich wieder zusammenzureißen. Mein Verstand war in hellster Aufruhr, er schrie regelrecht ich sollte sie zum Teufel nochmal vor die Tür befördern. Aber mein Körper? Gott, alle Versuche mich zusammenzureißen schienen zum Scheitern verurteilt. Ich konnte sie sogar *riechen*. Sie rochen nach Mann und Moschus und irgendetwas so verdammt Süchtigmachendem, dass ich fast nicht mehr denken konnte.

Da mein Körper und Verstand nicht

exakt einer Meinung waren, würde wohl mein Herz das letzte Wort haben und zum Teufel mit dem geschundenen Organ, sollte es sich nicht wie ein gekränktes Häufchen Elend in mir zusammenrollen und stattdessen von mir verlangen, dass ich auf das verheißungsvolle Angebot dieser Aliens einging. Ein Heim. Familie. Liebe. Sicherheit. Atemberaubenden Sex, von dem ich gar nicht mehr genug bekommen würde. Ich wusste einfach, dass es so war. Aufseherin Egara hatte das gleiche gesagt, nachdem ich es mir anders überlegt hatte.

"Scheiße."

"Solch ein Wort ziert sich nicht für eine so hübsche Frau wie dich." Das war wieder der Eismann, Mister blaue Augen. Zed. Ich wusste nicht warum, aber ich hatte das Gefühl, dass er der dickste Brocken war. Der Dominanteste. Derjenige, dessen Wort Gesetz war, und der keine Widerworte duldete. Die anderen aber mussten überhaupt erst noch etwas sagen, überhaupt erst noch irgendetwas anderes tun, als mich anzustarren, als wollten sie mich über die Schulter werfen und zur nächstgelegenen horizontalen Oberfläche schleppen.

"Entschuldige bitte." Meine Güte. Warum bat ich ihn um Entschuldigung? Es stimmte aber. Ich fluchte sonst nie. Meine Schwester? Hatte ein Vokabular wie ein Seemann, also überließ ich im Allgemeinen ihr das Reden, wenn die Situation es ... erforderte. Und warum konnte ich sie verstehen? Ihre Münder machten merkwürdige Laute, sie sprachen eindeutig kein Englisch, dennoch verstand ich sie einwandfrei.

Das Pochen in meinem Kopf wanderte zu dem Knubbel hinter meinem Ohr und ich runzelte die Stirn. Die seltsame Technik, die die riesige Nadel in meinen Schädel verpflanzt hatte, schmerzte immer noch. Aber wenigstens funktionierte sie. Wenn sie nur unverständlichen Nonsens von sich gegeben hätten, dann wäre ich jetzt wohl am Ausflippen.

Wenigstens wusste ich, dass sie jedes Wort verstanden hatten, nämlich vom Moment an, als ich sie vor die Tür gesetzt hatte.

Ich drehte mich um und trotz angestrengter Zurückhaltung machte sich angesichts des Panoramas ein fettes Lächeln auf meinem Gesicht breit. Drei gewaltige Aliens, Schulter an Schulter und die immer noch aussahen wie ein paar Wikinger im Urlaub, saßen höflich aufgereiht auf unserer winzigen Ikea-Couch. Sie sahen aus wie Erwachsene, die sich im Kindergarten auf Plastikstühle zwängten, die für Vierjährige gedacht waren. Mit eng angewinkelten Knien und von sich gestreckten Armen, damit sie überhaupt nebeneinander Platz hatten. "Einer von euch kann sich doch auf den Sessel setzen."

Der Polstersessel war nicht viel besser und jeder von ihnen würde den Sitz regelrecht verschwinden lassen, aber selbst das müsste wohl bequemer sein, als ihre gegenwärtige Sardinenbüchse.

"Nein." Alle drei antworteten im Chor, also zuckte ich nur die Achseln und setzte mich selbst in den Sessel, genau gegenüber. Etwas verlegen zog ich meinen Umhang in die Länge und so weit wie möglich über meine Knie, damit meine Schenkel so gut wie möglich bedeckt wurden.

"Warum nicht?"

"Weil dann einer von uns im Kampf um deine Gunst einen taktischen Nachteil haben würde." Er neigte leicht den Kopf in meine Richtung. "Ich bin Calder. Dein Partner." Der Mann mit dunkelbraunen Augen sprach jetzt und seine Stimme war tief, jedoch nicht so rau wie die von Zed. Er klang ruhig und verführerisch. Mein Körper reagierte darauf genau wie auf Zeds Befehl, nämlich mit einer Hitzewelle und noch mehr Feuchtigkeit zwischen meinen Beinen, worauf ich begann mich hin und her zu winden.

Bloß nicht!

Der Abfertigungstraum wollte mir einfach nicht mehr aus dem Kopf gehen. Ständig stellte ich mir vor, wie ich zwischen diesen drei Kriegern lag. Was für vorzügliche Exemplare der männlichen Spezies. Alle drei von ihnen.

Ich lehnte mich zurück und verschränkte die Arme. "Einen taktischen Nachteil? Seid ihr etwa im Krieg oder so?"

"Ja. Im Krieg um dein Herz." Das war der dritte Mann und sein Lächeln war mühelos, charmant. "Ich bin Axon. Und ich werde dir unvorstellbares Vergnügen bereiten." Er war der am wenigsten bedrohlich wirkende der drei, obwohl sie alle gleich groß waren. Seine Augen waren grün, seine schwarzen Augenbrauen bildeten einen faszinierenden Kontrast zu seiner Augenfarbe. Er war, mit einem Wort, umwerfend. Einem griechischen Adonis ebenbürtig. Ich stellte mir vor, wie er von zwischen meinen Beinen zu mir aufblickte, während seine geschickte Zunge mich wieder und wieder zum Höhepunkt brachte.

Gott. Was zum Teufel war nur los mit mir? Ich war wie ein brünstiges Tier, nicht in der Lage, meine niedersten Triebe zu kontrollieren. Ich wollte sie sehen. Sie wirklich sehen.

"Nehmt eure Hüte ab," befahl ich.

Das taten sie auch, jeder hielt sein Baseballcap im Schoß, während ich in aller Ruhe meine Partner vom Planeten Viken inspizierte. Der erste Mann, Zed, hatte hellblondes, kurz geschorenes Haar, wie bei der Armee. Seine Lippen waren schwülstig, hellrosa und seine Mundwinkel zogen sich leicht nach oben, als ob er genau wusste, was ich dachte, als ob er wusste, warum ich mich hin und her wand. Vielleicht tat er das ja. Seine Augen waren hellblau, wie Laser und so eindringlich, kaum hatte ich ihn angeschaut, musste ich meinen Blick schon wieder von ihm abwenden.

Der zweite, Axon, war der griechische Adonis. Sein schwarzes Haar war gerade lang genug, um sich auf dem Kragen seiner Jacke nach oben zu wellen und über seine geschwungenen Brauen zu streifen. Olivenhaut. Grüne Augen, satt wie Pinienbäume. Er lächelte freundlich, nicht bedrohlich. Ich konnte ihn mir gut dabei vorstellen, wie er sorglos am Strand lag und einen Margarita schlürfte. Oder in einem Armani-Anzug in Los Angeles, in Begleitung eines Supermodels oder mit einer Schauspielerin.

Und der dritte? Calder. Sein Haar war ein sattes Rotbraun und ich wollte mit den Händen hindurchfahren und herausfinden, ob es genauso weich und warm war, wie es aussah. Sein Haar war lang, es reichte ihm bis über die Schultern und er hatte es mit einer Art Bändchen im Nacken zusammengebunden. Seine Lippen waren schmaler, aber sein Blick unterschied sich deutlich von dem der anderen. Er schaute mich an, als ob ich bereits ihm gehörte. Als ob er mich schon tausendmal geküsst hätte. Als ob er mein Partner wäre.

Oh Mann. Ich steckte gewaltig in der Scheiße. Alle waren groß, dominant— geradezu eklatant—und alle wollten sie mich. Mich! Ich rutschte einmal mehr auf meinem Sessel herum.

Ich räusperte mich, beugte mich vor und stützte die Ellbogen auf den Oberschenkeln ab. Ich musste mich konzentrieren. Mindy. Trion. Ich hatte einen Plan. Ich würde es irgendwie bis nach Trion schaffen und dort einen Mann finden. Wie schwierig konnte das wohl sein?

Diese drei waren umwerfend. Attraktiv. Perfekt. Sie dürften keinerlei Probleme haben eine andere Partnerin zu finden, die gewillt war … ähm … klar. Ich konnte diesen Gedanken jetzt gerade *nicht* zu Ende denken, weil, wollte ich wirklich, dass all diese atemberaubenden männlichen Energien sich auf eine andere Frau fokussierten?

Ich musste wieder schlucken und

leckte meine plötzlich ganz ausgetrockneten Lippen. "Versteht doch, ich schätze es sehr, dass ihr meinetwegen hierhergekommen seid. Wirklich. Ich fühle mich geschmeichelt. Aber Aufseherin Egara hätte euch die Wahrheit sagen müssen. Ich kann nicht nach Viken. Tut mir leid. Ich muss nach Trion."

"Warum?" fragte Zed und sein eisiger Blick duldete nichts als die Wahrheit.

Zumindest zeigten sie sich verständnisvoll. "Weil meine Schwester dort ist. Wir waren noch nie in unserem Leben getrennt. Keinen einzigen Tag, bis jetzt, bis sie sich vor acht Wochen freiwillig als Braut gemeldet hat und dorthin verpartnert wurde. Wo sie hingeht, folge ich ihr. Ich muss sie finden und sicher gehen, dass es ihr gut geht. Ich muss zu ihr, nach Trion, nicht nach Viken. Tut mir leid."

Das war's. Ich hatte ihnen reinen Wein eingeschenkt. Jetzt konnten sie wieder gehen. Was eigenartig enttäuschend klang, aber ich würde schon damit klarkommen.

Ich stand auf, lief zur Tür und legte meine Hand an den Türknauf, bereit, sie wieder nach Hause zu schicken. Die lächerlichen Klamotten könnten sie als Andenken für ihren Besuch mit nach Viken nehmen.

Calder erhob sich, packte sein Hemd an der Leiste und riss es auf, die Knöpfe flogen in alle Richtungen, klimperten gegen die Wand und auf den Fliesenboden, dann zog er sich das Stoffstück von den Schultern und ließ es schließlich in seiner Hand herunterbaumeln.

Mir blieb die Luft weg. Heilige Scheiße. Muskeln Narben. Mann. Ohne das lachhafte Hemd sah er großartig aus. Anders als jeder Tourist, der mir bisher untergekommen war.

"Ich bin Calder, dein Partner. Wenn du mich wählst und vollständig beansprucht worden bist, werde ich dich nach Trion bringen, um deine Schwester zu finden. Ich gebe dir mein Wort."

Ohne zu zögern gelobte er mir diese Worte und ich wusste, dass er es auch so meinte.

Ich ließ den Saum meines Mantels los und machte einen Schritt auf ihn zu. Er konnte mich nach Trion bringen? Ich kannte ihn nicht, wusste nicht, wie er drauf war, aber Aufseherin Egara hatte gesagt, das Match war zu siebenundneunzig Prozent perfekt. Das war verdammt viel und wenn er mich zu meiner Schwester bringen konnte, dann schien es das Risiko wert zu sein. "Ich—"

Ich konnte meinen Satz nicht mehr beenden, denn Zed und Axon standen ebenfalls auf und rissen sich ebenfalls ihre lächerlichen Hawaiihemden vom Leib, sodass noch mehr Knöpfe kreuz und quer durchs Wohnzimmer flogen. Wenn sie das unten am Pool abgezogen hätten, dann wäre wohl jemand vor lauter Staunen ins Wasser gefallen. *Das hier* war ihre wahre Seite. Keine Verkleidungen, kein Verstecken.

Ihre Hemden fielen zu Boden fielen

und mein Verstand setzte aus. Drei ultrascharfe Männer standen halb nackt vor mir, und zwar mit einem Blick in den Augen, der nichts mehr mit Worten zu tun hatte sondern nur noch mit Sex. Atemberaubendem, mit endlosen Orgasmen gesegnetem Sex. Mit drei Männern. Ihre Shorts endeten kurz überm Knie und waren pastellfarben, aber ich konnte ihre Farbe nicht ausmachen, denn alles, was ich sah, waren die dicken Beulen ihrer Schwänze unter dem Baumwollstoff. Sie waren lang und dick, wie Rohre. Oh. Mein. Gott. Die Aliens waren mit Riesenschwänzen bestückt. Wie konnten sie mit solchen Dingern überhaupt rumlaufen? Die größere—ja, das Wortspiel war Absicht—Frage war ... würden sie in meine Muschi passen?

Ich musste mich zurechtrücken und diesmal waren meine Schenkel klitschnass, meine Pyjamashorts waren hinüber, weil meine Muschi beschlossen hatte jedem von ihnen eine Chance zu geben.

Ich wollte es. Sie. Ihre Schwänze. Alle drei Alien-Exemplare großer, dicker Männlichkeit. Meine Muschi kreischte und verlangte, dass ich mich auszog und auf den Boden legte und alles mit mir machen ließ. Mein Körper wollte den Traum voller lustvoller Verheißungen, mit denen ich auf dem Teststuhl geneckt worden war. Es mit drei Männern zu treiben war mir davor nicht einmal in den Sinn gekommen. Aber jetzt? Jetzt war es das Einzige, woran ich denken konnte, besonders als sie vor mir standen und mir ein stillschweigendes Angebot machten.

Als Zed und Axon denselben Schwur gelobten, war ich wie erstarrt. Ich war fassungslos. Verwirrt. Was zum Teufel war hier los? Und warum sollte ich einen von ihnen *auswählen*? Sollten sie nicht eigentlich alle zu mir gehören? Drei Partner. Das waren die Worte der Aufseherin. Drei. Nicht *einer von dreien*. Weil, im Ernst, wer könnte sich denn entscheiden? Das wäre schlichtweg grausam und für jede Frau eine absurde Strafe. Drei riesige, halb nackte Krieger boten sich mir an und jeder von ihnen war sexyer als jeder Typ, den ich je gesehen hatte. Und ich sollte mir einen aussuchen?

Wie unfair.

"Was soll das heißen, wenn ich dich wähle?" fragte ich. "Aufseherin Egara hat gesagt, dass ihr alle mir gehört."

Sie starrten mich an und ich versuchte, mir einen Reim auf die Szene zu machen.

Zeds blaue Augen glühten vor Lust. Purer, animalischer Lust.

Axon wirkte neugierig, als ob ich ihn überrascht hätte, seine schwarzen Augenbrauen flogen nach oben.

Und Calder? Er kniff seine braunen Augen zusammen, als ob er wütend war und seine helle Haut wurde leicht rötlich. Arme verfluchte Rotschöpfe, wurden sie doch bei jeder Kleinigkeit gleich rot im Gesicht.

Sie schwiegen.

Ich stützte die Hände auf die Hüften.

"Jetzt erklärt mir das bitte. Mir wurde gesagt, dass ich *drei Partner* vom Planeten Viken habe. Wenn ich einwillige, und da mir *drei Partner* zugewiesen wurden, sollte mich nicht entscheiden müssen. Ich kenne euch überhaupt nicht. Wie soll ich mir da einen von euch aussuchen? Ich meine, die Übereinstimmung lag bei siebenundneunzig Prozent, richtig? Ich nehme an, dass der Prozentsatz mit jedem von euch dreien gleich sein muss."

Ich *brauchte* keine drei Männer. Aber wie sollte ich mich für einen entscheiden? Mich nach nicht einmal fünf Minuten vor die Wahl zu stellen erschien mir nicht gerade fair. Vielleicht *brauchte* ich sie nicht alle—drei schien mir doch etwas exzessiv—, aber mein Körper *wollte* sie. Sie alle. Genau wie im Traum. Und jetzt in der Realität.

Calder räusperte sich. "Der Brauch drei Partner zu nehmen ist neu für Viken. Keiner von uns hat den Test durchlaufen und dabei die Absicht gehabt, diesem neuen Brauch zu folgen. Wir wollen lieber—" Jetzt wurde er knallrot.

Axon beendete seine Ausführung. "Sie wollen nicht teilen."

Ich blickte zu ihm. "Du aber schon?"

Er zuckte die Achseln und in seinen Augen blitzte erneut der Playboy hervor. "Du bist wunderschön, Violet." Er durchbrach die lähmende Atmosphäre, die uns regelrecht paralysierte und bewegte sich langsam auf mich zu, als ob er fürchtete, ich könnte zurückschrecken. Er näherte sich mir und ich legte den Kopf in den Nacken, damit ich ihm in die Augen blicken konnte. Er hob die Hand an meinen Hinterkopf und lockerte den Knoten in meinem Haar, dann kämmte er mit den Fingern meine langen Strähnen nach vorne und über meine Schultern. "Haar wie schwarze Seide." Seine Fingerspitzen strichen über meinen Unterkiefer. "Blütenzarte Haut." Er beugte sich vor und seine Nase nahm einen tiefen, langsamen Zug. "Du riechst süß und lieblich und"—seine

Lippen berührten mein Ohr, die Glut seiner Worte ließ mich erschaudern —"und sehr, sehr feucht, Liebes. Bereit für meinen Schwanz."

Beim letzten Wort sprangen die anderen beiden sofort auf, aber Axon streckte mahnend die Hand aus, um ihnen Einhalt zu gebieten. "Im Moment gehört sie mir. Wir hatten eine Abmachung."

Zed und Calder hielten inne, aber Zeds lodernde Augen setzten mich regelrecht in Flammen, als sie gebannt jede von Axons Regungen verfolgten. Er sah zu und aus irgendeinem Grund machte mich das heiß. Ich wollte ihn verführen, ihn anstacheln. Ihn an seine Grenze bringen. Er sollte es sich anders überlegen und mich teilen … denn ich hatte es mir, was eine Nummer mit drei Aliens anging, bereits anders überlegt.

Calder ballte immer wieder die Hände zu Fäusten, als ob er dem Krieger, der mich anfasste, eine verpassen wollte. Seine Eifersucht ließ meine Nippel hart werden. Ich fühlte mich ... begehrt. Schön. Und keiner von ihnen war wie ein Typ von der Erde, der mich zum Essen einlud und ins Kino ausführte, nur um in mein Höschen zu kommen. Natürlich wollten sie in mein Höschen, daran gab es keinen Zweifel. Aber sie wollten mich. Verzweifelt. Sie waren den ganzen Weg von Viken zu mir gereist. So verzweifelt wollten sie *mich*.

Ich wusste nicht, was ich tun sollte, aber Axon hatte recht. Mein Körper war bereit für ihn. Für sie. Nach zwei Monaten der ununterbrochenen Sorge um meine Schwester hatte ich kein bisschen Selbstbeherrschung übrig. *Warum* sollte ich mich beherrschen wollen? Diese drei waren mein Match. Aufseherin Egara hatte es mir in ihrer Nachricht bestätigt. Sie waren keine Widerlinge von der Erde. Sie hatten andere Bräuche, andere Lebensweisen, andere Sitten, die vorsahen, dass ich mich in ihrer Mitte wiederfand ... hoffentlich.

Ich war es allen Frauen auf der Erde

schuldig, das Angebot dieser Männer und alles, was sie mir zu geben hatten anzunehmen. Ich schuldete es *meiner selbst*.

Also drehte ich mich um, stellte mich auf Zehenspitzen und schlang die Arme um seinen Hals. Ich vergrub meine Finger in seinem Haar und zog ihn für einen Kuss nach unten.

4

*A*xon, Violets Wohnung, Vero Beach, Florida, Erde

GÖTTER, sie war himmlisch. Und wild. Sie war über einen Kopf kleiner als ich, umklammerte mich aber wie ein Vikensches Wüstenäffchen. Ihre Beine waren um meine Taille geschlungen, ihre Knöchel hinter meinem Steißbein verhakt, und zwar noch bevor ich den Mund aufmachen und unsere Zungen sich finden konnten. Ihre Finger zogen an meinem Haar und der leichte Schmerz wanderte schnurstracks in meinen Schwanz, der unter meinen seltsamen kurzen Hosen zu schmerzhaften Proportionen anschwoll.

Eine Sekunde lang zog sie sich zurück und blickte mir in die Augen. Sie waren dunkelbraun, fast schwarz und voller Hitze und Verlangen, sie verrieten aber auch eine gewisse Verwunderung und sogar etwas Furcht. Ihr Gesicht war rund, mit hohen Wangenknochen. Helle Haut, spitz zulaufendes Kinn. Aber ihre Lippen waren es, was mich im Bann hielt. Ich wusste, wie sie sich gegen meine anfühlten. Sie waren plump und geschwollen und ich sehnte mich nach dem Moment, an dem sie sich um meinen Schwanz legen würden.

Unsere Partnerin war kein Mädel, das gewohnheitsmäßig fremde Männer bestieg. Ich kannte sie zwar gar nicht, aber irgendwie *wusste* ich es insgeheim. Ihr Verhalten glich dem einer frisch verpartnerten Viken-Braut, die eine starke Ladung von der Macht des Samens abbekommen hatte. Sie war forsch, ungeniert und willig.

Was mir ganz recht war.

"Mehr," hauchte sie gegen meine Lippen, dann küsste sie mich erneut.

Ich knurrte, meine Hände glitten ihren Rücken entlang runter auf ihren Arsch und ich umpackte ihre üppigen Rundungen. Sie war so klein und doch so rund und kurvig. Zwei Handvoll reinste Perfektion, an denen ich mich festhalten konnte, ohne mich darüber zu sorgen, dass ich ihr wehtun oder sie verletzen könnte. Sie würde mit meiner Aggressivität, meinem dicken Schwanz bestens klarkommen. Das alles wusste ich nach nur einem Kuss.

Sie schmeckte wie der feinste Vikensche Wein. Wie ein Dessert. Sobald ich einatmete, füllte etwas Blumiges, Fruchtiges meine Nasenhöhle. Mein Hirn konnte kaum noch denken, mein Schwanz hatte jetzt das Sagen und ich fragte mich, wie sie schmeckte und welchen Duft sie an anderen Stellen verströmte. Ich drehte mich um und ging zu der kleinen Couch, auf der wir zuvor gesessen hatten. Ich setzte sie ab und ging vor ihr auf die Knie. Der Boden war mit großen, glatten Steinvierecken gepflastert und sie kühlten meine nackten Knie.

Das Klima auf der Erde war ungewöhnlich. Heiß und Nass. Schwül, hatte Aufseherin Egara gesagt, als ob man unter einem nassen Handtuch steckte. Dennoch war Violets Privatquartier war kühl und kein bisschen feucht. Wie die peinlich genau regulierte Atmosphäre auf einem Schlachtschiff.

Und doch, als ich ihre Schenkel öffnete und runter zu ihren Knöcheln wanderte, um ihre Beine weiter auseinander zu spreizen, konnte ich Hitze spüren. Sie war alles andere als kalt. Sie glühte vor Hitze. Für mich.

Zed und Calder standen hinter mir, ihre Augen waren auf Violet gerichtet. Calder, vom Sektor Eins, war derjenige unter uns, der gerne vor Publikum fickte, aber ich verspürte keine Eifersucht.

Nicht jetzt. Schließlich war ich derjenige, der ihre winzigen Shorts zur Seite schob und ihre Muschi freilegte. Ich war derjenige, der den Kopf senkte und den süßen Honig von ihr abschleckte, sie kostete. Der sie dazu brachte, dass sie den Rücken durchdrückte und meinen Namen schrie.

Meinen Namen.

Wieder griffen ihre Hände nach meinem Haar, sie zog mich näher heran. Sie wollte es. Sie wollte, was ich ihr zu geben hatte. Der knappe Stoff ihres Höschens—es war derselbe Erdenstoff, den Aufseherin Egaras Assistent draußen für uns besorgt hatte, damit wir nicht zu sehr *herausstachen,* war winzig, samtweich und von ihrer Erregung komplett durchnässt. Außerdem frustrierte mich das Kleidungsstück, weil der Stoff im Weg war und ihre Muschi nicht ganz zu sehen war.

Ich hakte die Finger um den merkwürdig dehnbaren Rand, hob meinen Kopf ein Stück nach oben und zog den

Stoff über ihre Hüfte. Zum Glück half sie mir dabei ihn über ihre Beine zu streifen, bis er auf dem Boden landete und sie dieselbe Stellung wie vorher einnahm—mit mir zwischen ihren saftigen Schenkeln. Als ich aufblickte, waren ihre dunklen Augen halb geschlossen, ihre Lippen leicht geöffnet und ihre Nippel unter ihrem dünnen Shirt zu harten Spitzen aufgestellt. Meine Partnerin wollte es genauso wie ich.

"Du schmeckst himmlisch. Der beste Geschmack aller Zeiten. Ich will mehr."

Ich packte ihren Arsch, zog sie nach vorne und leckte sie mit flacher Zunge vom Arsch bis zum Kitzler. "Sag mir, Liebes, hast du schon mal gefickt?"

Sie nickte und biss sich auf Lippe.

Ich wiederholte das Ganze und beobachtete, wie sich ihre Augen schlossen und ihre Hüften unter meinem Griff buckelten.

Ich schenkte ihrer Antwort keine Beachtung, außer dass es ein Faktor dafür war, wie behutsam ich mit ihr vorgehen musste. Vor dem Match hatte sie ein Leben gelebt und dieses Leben hatte uns zu diesem Moment gebracht. Ob Jungfrau oder nicht spielte keine Rolle, denn die Erfahrungen ihrer Vergangenheit machten sie zu der, die sie war und somit perfekt für mich.

Aber eine Sache wusste ich…

"Wer auch immer er war, er war ein grottenschlechter Liebhaber, denn sonst würdest du jetzt auf seinem Gesicht reiten." Mit der Nasenspitze strich ich über ihren Kitzler. Sie keuchte. "Glaub mir, Liebes, ich werde dich vollstens befriedigen. Du wirst dich nicht weiter umsehen wollen."

"Außer nach deinen Partnern in diesem Raum," sprach Calder und gesellte sich an meine Rechte. "Schau dich an, auseinandergespreizt und willig."

Ich dachte, er würde meine Schulter packen und mich von ihrer Muschi losreißen, aber das tat er nicht. Er ließ sich neben ihr auf die Couch fallen. Nicht gewillt sie zu teilen, senkte ich erneut den

Kopf. Ihre Wonne war mein einziges Ziel. Ich nahm meine Hand und ließ einen Finger in ihre Muschi gleiten und fand sie klitschnass, schlüpfrig und eng. Sie schnappte nach Luft und ihre Hände klammerten sich noch fester an meinen Schopf.

Während ich sie bearbeitete, führte Calder aus. "Du weißt es noch nicht, aber Axon ist vom Sektor Drei, wo Muschilecken als eine Art Heiligtum angesehen wird."

Ich blickte kurz auf und fügte hinzu, "Ich könnte stundenlang zwischen deinen Schenkeln bleiben." Ich musste grinsen, sicher konnte sie ihre Muschisäfte sehen, die kreuz und quer an meinem Mund und an meinem Kinn klebten. Ich leckte mir sogar die Lippen, damit sie verstand, wie sehr ich es liebte.

Exakt unter dem G-Punkt in ihrer Muschi krümmte ich den Finger und sie winselte, musste nach Luft schnappen und ihre Schenkel nahmen meine

Ohren in den Schraubstock, während sie meinen Namen brüllte.

"Kannst du dir denken, warum mein Schwanz hart ist?" fragte Calder, obwohl er nicht wirklich eine Antwort erwarten konnte, schließlich stand sie kurz vorm Höhepunkt. "Ich bin vom Sektor Eins und ich liebe es zuzusehen. Ich liebe es, wie du dich um Axons Finger in deiner süßen Muschi windest, wie du nach mehr bettelst. Und irgendwann werde ich an der Reihe sein und Axon und Zed vorführen, wie geil du auf meinem Schwanz reitest, wie dein Arsch sich für mich öffnet und dehnt und wie ich dich dort bis zum Anschlag ausfülle."

Bei diesen Worten zogen sich glatt ihre Muschiwände zusammen. So obszön, und doch typisch Sektor Eins.

Zed setzte sich an ihre andere Seite. Ohne meine Zuwendungen zu stoppen, blickte ich auf und konnte sehen, wie er sich an sie heranmachte und ihr direkt ins Ohr flüsterte. "Ich liebe Macht, Violet. Ich werde dich betteln und zappeln lassen. Ich werde dich kommen lassen, wenn du es für unmöglich hältst. Du bist meine Partnerin und dein Körper ist mein Tempel und ich werde jeden Zentimeter an dir anbeten. Deine Lust wird mir gehören. Komm. Komm jetzt auf Axons Gesicht oder ich werde ihn verscheuchen und dir für deinen Ungehorsam den Arsch versohlen."

Violet drückte den Rücken durch und ihr Körper schäumte, als sie kam. Ihre inneren Wände krampften sich um meinen Finger, während ich weiter ihren Kitzler schnippte, jenen harten Zipfel, von dem ihr Vergnügen herrührte.

Ich lächelte in ihr zartes Fleisch und fühlte mich bestätigt, weil ich ihr so viel Lust bereiten konnte. Ich hörte erst auf, als ihre Hand zur Seite fiel.

"Mehr," rief sie und drehte sich so gut es ging um, mein Kopf klemmte schließlich weiter zwischen ihren Schenkeln und sie begann an Zeds Shorts herumzufummeln.

Ich packte sie am Arsch und hielt sie

fest. "Mir," knurrte ich und mein Schwanz spritzte Vorsaft in die dämliche Hose. Ich wollte diese Muschi haben. Sofort. Und ich wollte sie nicht teilen.

Zed hielt ihre Hand fest. Sie blickten sich an. "So gierig, Liebes?"

Sie schnurrte nur und lächelte gleichzeitig, mit dem Ausdruck einer gut gefickten Frau. Mein Werk.

"Mit dreien von euch? Aber ja doch."

Mein Mund schwebte über ihrer Muschi, ich labte mich an ihrem Duft und beobachtete sie. Und Zed. Calder blieb still, aber seine Fingerknöchel strichen fast schon ehrfürchtig über ihren nackten Arm.

"Du hast hier nichts zu sagen, Liebes." Zed deutete mit dem Kopf in meine Richtung. "Axon hat dich mit dem Mund gefickt, dennoch bist du auf mein Stichwort gekommen. Meinen Befehl."

Er legte die Hand an ihr Kinn. "Dir sollte zuerst der Arsch versohlt werden, wie ich gesagt habe, und zwar weil du uns abgelehnt hast. Weil du dir das hier vorenthalten hast. Uns."

Sie blickte starr nach unten und er hielt ihr Kinn. Sie war so unterwürfig. Genau, was Zed wollte. Ich fand die Szene heiß, die Art, wie sie auf ihn reagierte und er hatte sie kaum angerührt, während meine Zunge sie gekostet hatte und ihre Säfte kreuz und quer an meiner Hand klebten.

"Liebes," zischte Zed.

Ihre Augen flogen zu seinen.

"Besser. Dein Arsch sollte erstmal knallrot werden. Wir alle sollten dir den Arsch versohlen. Du warst ein sehr böses Mädchen, hast uns zurückgewiesen und wolltest nicht nach Viken kommen."

Sie biss ihre Lippe und wimmerte.

Ohne mich anzublicken redete er weiter, "Wird ihre Muschi feucht von meinen Worten?"

"Ja, sie trieft schon," teilte ich ihm mit.

"Wie ich vermutet habe. Unsere Partnerin möchte verhauen werden. Hmm," er überlegte laut. "Vielleicht ist es nicht wirklich eine Bestrafung für sie. Vielleicht wird sie sich eher daran erinnern, wer ihre Partner sind, wenn wir ihr den Orgasmus verweigern."

Daraufhin riss sie die Augen auf. "Was? Nein!"

"Was ist es, was du brauchst, Liebes?" fragte er.

"Mehr," entgegnete sie wie aus der Pistole geschossen und diesmal ging sie direkt in Zeds Hose und ich konnte sehen, wie ihre kleine Hand seinen Schwanz packte.

Meine Finger krallten sich förmlich in ihren Arsch und ich war wütend, dass sie nach Zeds Schwanz fasste, obwohl ich es war, der ihr den Orgasmus beschert hatte.

Ohne aufzustehen machte Zed die Hose auf und zog sie runter, damit sein Schwanz an die frische Luft konnte.

"Du willst meinen Schwanz?" fragte er.

"Drei heiße Aliens in meinem Wohnzimmer? Ich will euch alle."

Zed musste stöhnen, dann redete er weiter, "Bedank dich bei Axon dafür, dass er deine Muschi ausschleckt hat."

"Danke."

Er ließ ihr Kinn los und führte ihre Hand auf seinen Schwanz, dann zeigte er ihr, wie sie ihn streicheln sollte, und zwar genau so, wie er es gerne hatte.

Ihre dunklen Augen trafen meine.

Götter, sie war wunderschön. Ihre Wangen waren vom Orgasmus gerötet, die Augen vor Erregung immer noch ganz glasig und ihre Lippen prall und rot. Ein Orgasmus reichte ihr nicht. Sie wollte mehr.

"Oh Gott," sprach sie, dann schloss sie die Augen und ihr Kopf kippte auf der Couch nach hinten, als ob sie auf Droge war.

Das war sie auch. Zeds Vorsaft musste ihre Handfläche berührt haben und in ihre Haut gesickert sein. Der erste

Kontakt mit der Macht des Samens war heftig.

Mit dieser Gewissheit krümmte ich meinen Finger, der immer noch in ihrer Muschi steckte. Einmal, zweimal, und schon musste sie kommen.

Während sie der Wonne erlag, zog Calder ihr Shirt nach oben und unter ihre Achselhöhlen, damit ihre Brüste frei lagen. Er fasste an eine Brust und zwickte ihren Nippel, während sich Zed an der anderen Seite zu schaffen machte.

Ihre Säfte ergossen sich regelrecht über meine Hand und ihr Orgasmus wollte gar nicht mehr enden. Sie kam für uns alle. Ich hasste es sie zu teilen, aber sie so zu sehen, *in unserer Mitte*, brachte eine gewisse Linderung.

Violet

ICH WUSSTE GAR NICHT, dass man vom

Orgasmus sterben konnte. Der genüssliche Kitzel war fast nicht auszuhalten. Als alle drei Hand anlegten, wäre ich fast ohnmächtig geworden. Axons Mund hätte als tödliche Waffe registriert sein sollen. Und seine Finger fanden meinen G-Punkt, als hätten sie ein eingebautes GPS. Wie eine Schlampe war ich auf ihn drauf gesprungen, ich hatte praktisch seine Lenden gebumst und ihn wie ein Seemann auf Landgang abgeknutscht. Das war *soooo* untypisch für mich.

Aber das hatte ich. So war ich. Besonders, nachdem er sich Zugang zu meiner Muschi verschafft und sie verwöhnt hatte, bis ich kommen musste. Und Calders Gerede, uns dabei zusehen … war ich etwa eine Exhibitionistin? Mit drei außerirdischen Liebhabern lautete die Antwort ohne Frage ja. Es hatte mir nichts ausgemacht, dass Zed und Calder dabei zusahen, als ich praktisch auf Axons Gesicht ritt. Und als Calder mir seine versauten Pläne erzählt und mir ihre diversen Vorlieben erläutert hatte, war ich sogar noch feuchter geworden. Und dann sogar noch mehr, als Zed total fordernd und dominant geworden war.

Mir den Arsch versohlen? Oh ja, unbedingt!

Auf einmal fühlte ich mich, als wäre ich mit einer heftigen Droge in Kontakt gekommen. Die Lust, die mich überschwemmte war anders als alles zuvor. Meine Haut kribbelte. Meine Muschi pulsierte und triefte förmlich. Mein Kitzler pochte wild. Sogar mein Arsch, der noch nie sexuell beansprucht worden war, zog sich zusammen und wollte gefüllt werden. Meine Nippel stellten sich zu harten Spitzen auf und als Axons magischer Finger meinen G-Punkt stimulierte, war ich hinüber. Meine Muskeln verkrampften sich, ich schnappte nach Luft und schrie.

Irgendwann schließlich kam ich wieder runter, aber nur ein bisschen.

Lust durchströmte mich. Ein Verlangen, das so übermächtig war, dass ich es fast schmecken konnte. Es war, als ob ich läufig war.

"Was war das?" fragte ich grinsend. Ich öffnete die Augen und alle drei starrten mich an, als wäre ich ihre Lieblingsspeise. Axons Finger schlüpfte aus mir heraus, dann legte er ihn an seine Lippen und leckte ihn ab.

"Das, was deine Partner dir geben," knurrte Zed. Meine Hand umfasste immer noch seinen Schwanz, aber als ich gekommen war, hatte ich komplett vergessen ihn zu streicheln. "Willst du mehr?"

Ich leckte mir die Lippen und nickte.

"Dann darfst du meinen Schwanz reiten."

Ich blickte runter auf sein heißes, stahlhartes Gerät in meiner Hand. Meine Finger konnten seinen Schaft nicht einmal umschließen und als ich ihn befühlte, pulsierte eine dicke Vene an seiner harten Länge. Ich stupste an seine dicke Eichel, leckte mir die Lippen und musste mich fragen, wie er wohl schmecken würde.

"Ich entscheide, wo mein Schwanz hingeht und ich will ihn in deiner Muschi."

Ich blickte zu Zed. Er war seelenruhig, aber ich bemerkte die Anspannung in seinem kräftigen Kiefer. Seine Wangen waren gerötet; ich wusste, dass er sich erbittert zurückhielt. Das wollte ich nicht. Ich wollte seine gesamte Dominanz, seine Intensität spüren ... während ich seinen Schwanz ritt. Ich hielt ein unwiderstehliches Angebot in der Hand und konnte es unmöglich ablehnen.

Ich setzte mich auf, zog mir das störende Top über den Kopf und ließ es achtlos zu Boden fallen. Ich wechselte die Stellung und setzte mich auf Zeds Schoß, dann richtete ich die Hüften auf seinen Schwanz aus. Seine Hände nahmen meine Hüften und er spießte mich auf seiner harten Länge auf. Weil ich so verdammt feucht war, konnte ich ihn mühelos in mir aufnehmen.

Ich schnappte nach Luft, wackelte etwas mehr mit den Hüften und meine Schenkel berührten schließlich seine. Er war so groß, ich quetschte und kräuselte mich und passte mich an die Dehnung an. Ich wurde ausgefüllt.

Er blickte mir fest in die Augen.

Meine Augen fielen allerdings zu. Wieder spürte ich diese Hitze, dieses explosive Verlangen. Ich fing an mich zu bewegen. Ich konnte mich nicht länger zurückhalten. Ich öffnete die Augen, hielt mich an seinen Schultern fest und fickte ihn. Es war nicht genug. Ich starrte auf sein umwerfendes Gesicht und mir wurde bewusst, dass ich mit ihm gematcht wurde, dass er mir gehörte und ich wirklich dabei war seinen Schwanz zu reiten. Ich beugte mich vor und küsste ihn und unsere Zungen ahmten die Bewegung seines Schwanzes nach.

Obwohl ich oben saß, übernahm er sofort das Kommando, seine Hände hoben und senkten mich ganz nach seinem Belieben. Er ließ meine Hüften kreisen, schnell, langsam, fester, tiefer. Meine Brüste hüpften und schaukelten.

"Seht sie an. So verfickt perfekt," sprach Calder.

"Ich weiß. Warte, bis du sie kostest."

Ich hörte eine Bewegung, aber ich war viel zu sehr bei Sache, um auf ihr Treiben zu achten. Bis ich einen Finger an meinem Hintereingang spürte.

Erschrocken riss ich mich von Zeds Lippen los. Ich blickte über die Schulter und da war Calder. Er kniete auf der Couch neben meiner Wade und seine Hand war … genau dort. Sein Finger nahm meine Säfte auf und dann umkreiste er mein unberührtes Loch. Meine Muschi zog sich zusammen und Zed stöhnte.

"Sie gehört mir," sprach er. "Aber was auch immer du getan hast, Calder, mach das noch mal."

Calder schmunzelte. "Gerne, so lange dieses Loch für mich reserviert bleibt. Liebes, bist du schon mal in den Arsch gefickt worden?" Sein Finger kreiste, dann drückte er zu und wollte sich Zugang verschaffen.

Ich schüttelte den Kopf und mein Haar fiel über meine nackten Schultern.

Seine Lippen wanderten auf meine Schulter und er küsste mich zärtlich. Seine Zunge schnellte hervor, kostete meine aufgeheizte Haut. "Du schmeckst so gut," flüsterte Calder.

"Ihre Muschi schmeckt noch besser," fügte Axon hinzu.

Zeds Hand griff wieder nach meinem Kinn, damit ich ihn anblickte. "Calder mag zwar an deinem Arsch herumspielen, aber wenn ich dich ficke wirst du nur mich ansehen. Ich will dein Gesicht sehen, wenn du kommst."

Mit stetigem Rhythmus hob und senkte er mich, während Calder vorsichtig presste und schließlich in mein Poloch eindrang. Es war so gut, so geil ... heftig, aber nicht heftig genug.

Ich schüttelte den Kopf und meine

Frustration wuchs mit der Intensität der Lust. "Ich kann nicht ... ich brauche ..."

"Was?" fragte Zed ganz außer Atem.

"Ich kann nicht kommen, ohne meinen Kitzler zu reiben."

Zed schnaufte und ich konnte Calder lachen hören. "Liebe, ich schwöre, du wirst auch ohne kommen," entgegnete er mit zusammengebissenen Zähnen. "Jetzt."

Seine Finger krallten sich in meine Hüften als er ein, zweimal in mich hineinrammte und dann tief in mir verweilte. Ich spürte, wie er größer wurde, dann folgte der heiße Schwall seines Samens. Er kam und brüllte dermaßen laut, dass fast die Wände wackelten. Und dann war es soweit, ein weiterer Schuss *etwas* breitete sich wie ein Lauffeuer in mir aus, es begann in meiner Muschi und sickerte in meinen Körper. Lust. Ekstase. Ich gehörte nicht länger mir selbst, sondern ihm. Er gehörte *mir*. Meine Muschi wurde unglaublich gedehnt, sie nahm ihn auf. Beanspruchte ihn. Alles von ihm.

Sekunden nachdem er gekommen war explodierte ich. Ohne, dass mein Kitzler gerieben wurde. Der Schweiß stand mir auf der Haut und ich ritt genüsslich meine Lust aus. Calder schob seinen Finger tiefer in meinem Po und wieder zurück, eine sanfte Fickbewegung, die bisher völlig unbekannte Nervenenden in mir befeuerte. Nie hatte ich solch einen Orgasmus erlebt, weder das spezielle Gefühl, wenn ich an meinem Kitzler herumspielte noch Axons Mund kamen auch nur annähernd an ihn heran.

"Oh Gott," stöhnte ich und grub die Fingernägel in Zeds Schultern. "Mehr. Es fühlt sich zu gut an. Nicht aufhören."

Ich war im Rausch, wie eine Puppe wurde ich herumgereicht. Meine Männer machten sich an mir zu schaffen und ich überließ mich ihnen vollkommen. Was immer sie mit mir anstellten und wer auch immer es vollführen wollte, solange sie es waren, war es mir egal. Es war wie ein Traum, nur besser.

Soooo viel besser.

"Wir sind noch nicht fertig, Liebes," sprach Calder und legte sich auf mich drauf. Ich lag jetzt auf dem Sofa. Calder kauerte auf einem Knie und stützte sich auf den Unterarmen ab, sein anderes Bein reichte auf den Boden.

Ohne Vorspiel drang sein Schwanz in meine Muschi ein. Verdammt, Axons Mund und Zeds Schwanz waren auch schon dort gewesen. Ich war so klitschnass und schlüpfrig von seinem Samen, dass Calder mühelos in mich hineinglitt. Er küsste mich sanft und behutsam und fing an mich zu ficken.

Ich schlang die Beine um seine Lenden und zog ihn enger an mich ran, meine Hacken bohrten sich in seinen Arsch und ich stocherte regelrecht auf ihn ein damit er schneller fickte. Mehr. Ich brauchte mehr.

"Sachte, Liebes. Zed hat dich vielleicht derbe gefickt und deinen Körper bezwungen, aber ich möchte deine Muschi genießen ... wenigstens dieses erste Mal. Die Macht des Samens hat dich heiß und willig gemacht, aber dein Arsch ist noch nicht bereit für meinen Schwanz. Später."

Er fickte mich ruhig und stetig, seine Eier klatschten gegen meinen Arsch und erinnerten mich daran, wo sein Finger überall gewesen war. "Ich werde dich gründlich vorbereiten und erst wenn du darum bettelst, werde ich dich von hinten nehmen."

Ich blickte zu ihm auf, direkt in seine dunklen Augen. Er meinte es ernst. Er wollte meinen Arsch für sich beanspruchen und würde es tun. Bei der Vorstellung musste ich winseln, nicht, weil es zu viel für mich wäre, sondern weil ich es jetzt gleich wollte. Ich wollte alles, egal, wie verwegen, schmutzig oder hemmungslos es war.

War Sex mit drei Männern nicht schon ziemlich hemmungslos?

Als Calder meinen Nippel in den

Mund nahm, wusste ich, dass die Antwort nein lautete.

"Du darfst sie nicht zu sehr strapazieren," warnte Axon. Ich machte die Augen auf und sah, wie er sich über dem Sofa auftürmte. Er war nackt, seine Erdenverkleidung war verschwunden und er hielt seinen Schwanz in der Hand. Er streichelte ihn locker ich sah zu, wie ein Tropfen Vorsaft von seiner Eichel tropfte und an seinen Fingern entlang lief.

Ich leckte mir die Lippen, denn ich wollte diesen Tropfen kosten.

Calders Hand fasste meinen Nacken und ich wandte mich wieder ihm zu. "Du gehörst mir, Liebes. Du wirst mich anschauen, wenn ich dich ficke und dich zum Kreischen bringe." Er zog zurück und rammte hinein. Unsere verschwitzten Körper berührten sich, Haut an Haut. Schwerer Sexgeruch lag in der Luft. Seine wuchtige Masse drückte mich ins Sofa und es war ... himmlisch. Ich fühlte mich feminin und zierlich, beschützt. Und sollte irgendeine Bedrohung an ihm vorbeikommen, dann waren da noch zwei weitere massive Aliens, um mich zu beschützen.

Ich wagte es nicht den Blick abzuwenden. Zed war zwar der energischste und Axon schien fast schon verspielt zu sein, aber Calder war seriös.

Er fickte anders als Zed, nicht weniger kunstfertig, aber auf seine Art. Ich würde es nicht mehr lange aushalten. Ich hatte genug Orgasmen und dürfte eigentlich gar nicht mehr in der Lage sein erneut zu kommen, aber das tat ich. Diesmal überkam es mich völlig überraschend, der Orgasmus schoss gemeinsam mit seinem Samen durch mich hindurch. Wir kamen zusammen. Er küsste mich durch den Höhepunkt, erstickte meine Schreie und sog mich regelrecht in sich auf.

Er strich mir die feuchten Strähnen aus dem Gesicht und blickte lächelnd auf mich hinunter. "Du bist alles, wovon ich je geträumt habe."

Dann glitt er aus mir heraus und ein

Sturzbach Samenflüssigkeit folgte ihm. Ich war wund und gereizt, wohl befriedigt, aber noch nicht fertig. Nein. Das Verlangen brodelte weiter in mir. Er stand auf und ich erblickte Axon. Sein Schwanz war zornig und rot und ein stetiger Fluss Vorsaft lief jetzt an seinem Schwanz herunter. Seine Eier waren groß und schwer und voller unbefriedigtem Verlangen.

Ich leckte mir die Lippen. Ja. Ich wollte es. Sofort. Ich krabbelte vom Sofa und ging vor ihm auf die Knie. Aufgrund seiner Größe hatte ich seinen Schwanz genau auf Mundhöhe. Ehe er irgendetwas sagen konnte, ging ich auf alle Viere und leckte den Vorsaft von seiner prallen Eichel. Sein herbes Aroma explodierte auf meiner Zunge und ich stöhnte vor Lust. Es war heiß und heftig. Mehr sickerte hervor und bedeckte meine Lippen. Ich setzte mich auf meine Fersen und leckte ihn ab.

"Willst du meinen Schwanz, Liebes?" fragte Axon. Seine Füße standen weit auseinander, seine Haltung war unnachgiebig. Durch die Wimpern blickte ich zu ihm auf und bewunderte seine perfekte Statur. Er war muskelbepackt und perfekt proportioniert. So groß. Überall.

"Ja."

"Am liebsten fickst du mit uns allen dreien, oder?" fragte er und klang fast überrascht darüber, dass ich Sex mit drei Männern auf einmal so heiß fand. Er hatte den Kopf zur Seite geneigt, als ob er es nicht nachvollziehen konnte. Ich wackelte mit den Hüften und war bereit schon wieder zu kommen. Meine Muschi war leer und ich brauchte es so sehr. Es war irre; ich war unersättlich.

"Dein Schwanz ist genau vor meiner Nase und du willst reden?" fragte ich. "Komm her. Setz dich. Gib mir das, was ich will."

Sein Kiefer verkrampfte sich.

"Für diese Frechheit muss sie bestraft werden," rief Zed.

Axon blickte ihm zu und nickte kurz. Eine Hand landete auf meinem Arsch und ich stöhnte. Das brennende Stechen machte mich nur noch geiler. Ich spürte, wie Zeds und Calders Samen aus mir heraustropfte und die Gewissheit, dass beide mir gehörten ließ mich durchdrehen.

Nie im Leben hatte ich mich so stark oder begehrenswert gefühlt. Ich packte Axons Schwanz und war zwar noch nicht am Betteln, aber das war auch nicht nötig. Ich würde ihn verwöhnen. Ihn glücklich machen. Ich wollte, dass er in meinem Körper den Verstand verlor, genau wie die anderen beiden. "Bitte, Axon. Gib ihn mir. Ich will dich. Ich will dich runterschlucken, dich abschlecken, bis du kommst."

Er stöhnte, dann griff er in meine Haare und riss meinen Kopf nach hinten. "Ich werde dich zwar nicht dominieren wie Zed, aber du wirst mir nicht frech kommen. Ich habe dir eine Frage gestellt."

Ich wagte es nicht einmal die Augen zu verdrehen. Was wollte er nochmal von mir? Ich musste überlegen. "Ja, ich mag es von euch dreien gefickt zu werden," gestand ich ein. "Welche Frau würde das nicht?"

"Deine Schwester zum Beispiel. Du sagtest, sie ist auf Trion. Ich garantiere dir, ihr Partner wird es nicht erlauben, dass ein anderer sie auch nur anblickt. Er wird sie mit Nippelringen und Ketten versehen, damit alle wissen, dass sie ihm und nur ihm gehört."

"Ketten?" fragte ich ungläubig. Mindy lag in Ketten?

"Nicht so, wie du denkst, Liebes," sprach Zed. "Dort schmücken sie ihre Partnerin mit Gold. Dünnen Goldkettchen und Edelsteinen, die den Männern ihren Wert verkünden. Vielleicht lässt sie sich gern mit Schmuck behängen, aber du bist diejenige, die sich am liebsten fesseln lässt."

"Was willst du, Violet von der Erde?" fragte Axon.

Ich musste schlucken, starrte wie hypnotisiert auf seinen Schwanz und dachte an Zeds und Calders Schwänze. "Ich will mich nicht entscheiden. Ich will euch alle drei."

"Willst du meinen Schwanz lutschen?"

"Ja."

Er trat nach vorne und schob mir seinen Schwanz in den Hals, er fütterte mich regelrecht. Ich machte weit für ihn auf, leckte ihn, saugte und streichelte, meine Hände wanderten an seine Oberschenkel und befühlten seine festen Muskelstränge.

"Was noch?" fragte er und zog zurück, dann glitt er wieder hinein und fickte vorsichtig meinen Mund. "Soll Zed mit deiner Muschi spielen?"

Ich stöhnte und Zed machte sich sofort ans Werk, er ging neben mir auf die Knie, seine Hand wanderte über mein Abdomen und glitt schließlich zwischen meine Beine. Mein Körper machte einen Ruck nach vorne, als seine Finger in mich eindrangen.

"Soll Calder an deinem Arsch rumspielen?"

Ich blickte zu Axon auf, er beobachtete aufmerksam, wie ich ihn so tief wie möglich in den Rachen nahm. Zed fingerte meine Muschi, Calder aber rührte sich nicht.

Der bloße Gedanke, er würde an meinem Arsch herumfingern bewirkte, dass meine Muschi sich verkrampfte und Zeds Finger zusammenquetschte. Diesmal stöhnte er sogar, wandte sich aber an Calder. "Ihre Muschi zerquetscht meine Finger wie ein Schraubstock. Sie will es am Arsch. Tu es, Calder. Ihretwegen. Mit dem Rest werden wir uns später befassen. Du darfst ihr jetzt nichts vorenthalten, nicht bis sie beansprucht wurde."

Ich stöhnte, als Calder hinter mir in Stellung ging und er küsste meine Schulter und meinen Rücken mit solcher Zärtlichkeit, dass mir das Herz schmerzte. Er wollte das hier nicht, er wollte mich nicht teilen, aber er tat es meinetwegen. Weil ich sie brauchte. Alle drei. Auch nach so kurzer Zeit war klar, dass ich niemals einen dem anderen vorziehen könnte.

Calders Hand strich über meinen Rücken und fand meinen Hintereingang, behutsam und doch rasch glitt er hinein. Und wieder raus. Er neckte mich. Füllte mich.

Zeds Finger öffneten sich in meiner Muschi, sie dehnten mich auseinander, während sein Daumen meinen Kitzler mit ihrem Samen einrieb. Die kribbelnde Macht ihres Samens hielt mich ununterbrochen an der Schwelle. Schon wieder.

Ich hatte bereits mehr Orgasmen gehabt als je zuvor. Aller Logik zum Trotz schien mein Körper für mehr gewappnet zu sein. Mehr. Und mehr.

"Jetzt werde ich deinen Mund ficken und die anderen fingern deine Muschi und deinen Arsch."

Ja. Ja!

Alle regten sich, sie fickten und

füllten mich und machten mich zum Zentrum ihres Universums. Ich gab mich ihnen hin und befahl meinem Verstand, dass er die Klappe halten sollte. Ich wollte spüren.

Hitze. Leiber. Küsse. Männer. Lust. Warum sollte ich mir das vorenthalten?

Kein Wunder, dass Aufseherin Egara mich wie eine Vollidiotin angeguckt hatte. Wer würde nur einen Typen auf Trion wollen, mit Tittenschmuck und bescheuerten Goldkettchen, wenn ich drei glühend heiße Aliens haben konnte, die alle darauf erpicht waren es mir ordentlich zu besorgen? Es klang egoistisch. Zu gut, um wahr zu sein. Aber Gott möge mir helfen, ich konnte nicht widerstehen. Ich konnte nicht nein sagen. Ich *wollte* nicht nein sagen.

Ich war genau da, wo ich hingehörte.

Ich ritt ihre Finger und drückte Muschi, Mund und After so fest wie möglich zusammen. Fester. Ich konnte keine Sekunde länger mit meinem Körper ringen und jagte den Orgasmus wie ein

Rennpferd nahe der Ziellinie, ich ritt sie hart und schnell.

Axon kam kurz darauf und ich schluckte seinen Samen. Er vergoss einen ganzen Schwall und ich ächzte und weinte aus purer Freude, als die Hitze seines Samens wie eine Droge durch mich hindurch rauschte. Wir hatten jetzt eine Verbindung. Irgendetwas in ihrem Samen machte mich heiß. Trieb meinen Organismus unmittelbar über den Gipfel. In die Ekstase. Ich wollte mehr. Ich würde immer mehr davon wollen.

Ich stöhnte, sobald die Zuckungen nachließen. Ich war erschöpft, aber glücklich. Ausgepowert.

"Komm mit uns, Liebes," sprach Zed jetzt ganz sanft. Es war eine Aufforderung, kein Befehl. "Gib uns dreißig Tage, um dein Herz zu erobern."

Ich wäre wohl auf dem Fußboden kollabiert, aber Axon war auf die Knie gegangen und zog mich beschützend in seine Arme. Aber er war nicht der Einzige. Zeds Wärme umhüllte meinen Bauch, seine Hand verweilte als unmissverständliches Zeichen seines Anspruchs auf mich an meiner Hüfte, was ich eigenartig beruhigend fand. Calders riesige Hand strich über meinen Rücken und tröstete mich auf eine Weise, dass mein gesamter Körper nur so dahinschmolz.

Einer? Nur einer von ihnen würde mir gehören?

Nein. Ich wollte sie alle drei. Sie mochten glauben, dass sie mich eroberten, in meinem Herzen aber wusste ich, dass ich sie nicht mehr verlassen würde. Nicht, wenn sie mir dabei halfen meine Schwester zu finden. Ich könnte sehr wohl das eine mit dem anderen verbinden, und ich würde das hier *nicht* aufgeben. Sie gehörten mir. Alle drei. Ich würde sie einfach in den nächsten dreißig Tagen davon überzeugen müssen. Unglaublich, schließlich hatte ich ihnen eben erst die Tür vor der Nase zugeknallt.

"Dreißig Tage." ich willigte ein. Aber sie konnten sich auf etwas gefasst machen. Ich würde keinen von ihnen herauspicken.

So sehr diese Einsicht mich auch schockierte, ich konnte mir einfach nichts vormachen.

Ich wollte sie alle.

5

Zed, Abfertigungszentrum für Interstellare Bräute, Erde

Unsere Partnerin war vollkommen entkräftet. In Violets Augen spiegelten sich unvergossene Tränen wider und sie zitterte, als wir gemeinsam die Transportplattform im Bräutezentrum erklommen. Aufseherin Egara war eine kompetente, gewissenhafte Frau und sie war mir sofort sympathisch. Trotzdem wurde ich das Gefühl nicht los, dass sie einen starken Mann an ihrer Seite gebrauchen könnte, einen Partner, der ihre harte Schale knacken und sie in Flammen setzen würde.

Genau wie Violet vor wenigen Stunden für uns geglüht hatte.

Vielleicht hatten wir es zu weit mit ihr getrieben. Aber ich konnte jetzt keinen Rückzieher mehr machen. Nicht jetzt, nachdem ich erfahren durfte, wie es sich in ihrer lieblichen Muschi anfühlte. Sie gehörte mir und mein Beschützerinstinkt ihr gegenüber war so gewaltig, dass ich ebenfalls fast zu zittern anfing. Ich fühlte mich wie ein wildes Tier, außer Kontrolle und ohne jede Vernunft, nur von meinen Instinkten gesteuert. Meinem Verlangen.

"Bist du bereit, Violet? Wir werden nach Viken United transportieren, dem Sitz der drei Könige. Ihre Partnerin, Königin Leah, kommt auch von der Erde. Sie wird sich bestimmt freuen dich kennenzulernen." Axon hielt zärtlich ihre Hand, eine Hand berührte ihre Lenden, die andere ihren Ellenbogen. Scheinbar war auch ihm aufgefallen, wie tapfer unsere Partnerin mit den zittrigen Gliedern ihres wohl gesättigten Leibes rang.

"Okay."

Calder und Axon dienten beide als Garden der Königin. Ich war aus den eisigen Gefilden des Nordens zu dieser Verpartnerung gestoßen, dort schützten wir das Vikensche Kommunikationssystem vor den Separatisten, die am liebsten aus der interstellaren Koalition austreten und zur alten, kriegerischen Stammesordnung zurückkehren wollten. Also drei untereinander verfeindeten Sektoren statt einem vereinten Planeten. Unsere drei Könige waren nach der Geburt getrennt worden und in jeweils einem der Sektoren aufgewachsen. Erst die Ankunft ihrer Partnerin hatte sie wieder zusammengeführt. Königin Leah wurde kurz darauf schwanger und Prinzessin Allayna war jetzt diejenige, die den Planeten endgültig vereinen würde. Sie hatte keinen Sektor. Sie war eine Viken, sonst nichts. Obwohl sie kaum laufen konnte, repräsentierte sie unsere Zukunft, es sei denn, der VSS würde uns dazwischenfunken.

Aber es gab noch eine andere Gefahr. Viele Leute wollten einfach den Kopf in den Sand stecken und so tun, als ob es die Hive gar nicht gäbe, und zwar trotz der freiwilligen Koalitionskämpfer wie wir, die lebend zurückgekehrt und die Bedrohung da draußen mit eigenen Augen gesehen hatten. Die die Vernichtungskraft der Hive erfahren hatten.

Es gab zu viele Krieger wie ich, die die Hive hautnah erlebt hatten. Die gegen sie gekämpft hatten und das wahre Ausmaß des Grauens, das eine Unterwerfung durch die Hive über unser Volk bringen würde verstanden hatten. Wir waren nicht alleine im Universum und die Mitglieder des VSS, der Vikenschen Separatistenbewegung, waren in einem veralteten Denkmuster gefangen.

Genau wie ich auch, auf eine gewisse Art jedenfalls. Ich wollte keinen Streit, aber ich wollte Violet für mich und nur für mich allein haben. Und es beunruhigte mich, dass das nicht der Fall sein könnte, dass sie sich für einen der anderen entscheiden könnte.

Axon und Violet blickten von der Transportplattform auf mich herunter und ich stieg meinerseits auf das Podium und stellte mich neben meine Partnerin. Als sie trostsuchend meine Hand ergriff, reagierte mein Körper mit Hitze. Und mit Schmerz. Einem bittersüßen Schmerz.

So lange hatte ich auf meine Partnerin gewartet und jetzt war es durchaus möglich, sie an einen der anderen beiden Krieger hier zu verlieren.

"Versprich mir, dass du mich zu meiner Schwester bringen wirst." Violet blickte mir in die Augen, aber dann warf sie Axon und Calder denselben erwartungsvollen Blick zu. "Versprecht es mir. Ihr alle drei."

"Du hast mein Wort, Liebes," beteuerte ich und küsste sie auf den Scheitel. Sie drückte meine Hand und schmiegte sich kurz an meine Brust. Dieses verhaltene Zeichen der Zuneigung beruhigte mich ein bisschen. Sie brauchte mich.

Axon versicherte ihr dasselbe, Calder aber blieb still. Und er stand nicht auf der Transportplattform. Wir starrten auf ihn hinunter, aber Aufseherin Egara war es, die das Wort ergriff.

"Gibt es ein Problem, Calder?" Sie verschränkte die Arme vor der Brust und zog eine dunkle Augenbraue hoch.

"Ja." Er sprach mit der Aufseherin, blickte dabei aber zu Violet. "Meine Partnerin sorgt sich um ihre Schwester. Sie waren bis zu ihrem Match noch nie voneinander getrennt. Und solange ich nicht weiß, wo genau ihre Schwester sich auf Trion aufhält, kann ich mein Versprechen ihr gegenüber nicht einlösen. Trion ist nicht gerade klein und Rätselraten ist mir zuwider."

Die Aufseherin begann mit dem Fuß auf dem Fliesenboden herum zu tippeln, ihr leicht nach oben gebogener Mundwinkel aber verriet, dass sie alles andere als erbost über seine Bemerkung war. "Und was schwebt Ihnen diesbezüglich vor, geehrter Elitegarde? Falls sie nach dem Aufenthaltsort einer Braut fragen, dann verstößt das gegen das Protokoll, schließlich sind Sie kein Familienangehöriger."

Er blickte sie an. "Das sehe ich nicht so. Ich bin ihr Schwager."

Die Aufseherin ließ sich nicht beeindrucken. "Noch nicht. Miss Nichols hat dreißig Tage Zeit, um festzulegen, wer von ihnen ihr Partner ist, wenn nicht sie alle drei. Und da sie derjenige sind, der am hartnäckigsten darauf besteht, dass sie ein perfektes Match ruinieren und sich für einen von ihnen entscheiden soll, gehören sie offensichtlich nicht zu Miss Nichols Familie. Sie sind egoistisch, Calder. Sie denken allein an ihre eigenen Bedürfnisse, nicht an ihre."

Calder wurde knallrot im Gesicht und ich wusste, dass die zierliche Erdenfrau es zu weit getrieben hatte. Violet schnappte nach Luft und Axons Blick verhärtete sich—und er starrte nicht Aufseherin Egara an, sondern Calder. Allem Anschein nach war Axon ganz ihrer Meinung. In Violets Apartment hatte er ausdrücklich verlauten lassen, dass er nichts dagegen hatte sie zu teilen.

Ich aber war eifersüchtig und konnte Calders Wunsch, sie ganz allein für sich zu behalten zumindest nachvollziehen. Unsere erste Begegnung aber hatte mich bis ins Mark erschüttert. Ich hatte eine tiefe Befriedigung dabei verspürt die anderen anzuleiten und sie kommen zu lassen. Ihr bebender Körper, ihre vor Verlangen ganz glasigen Augen, ihr leises Wimmern und ihre lauten Lustschreie hatten mich vor Verlangen, vor Lust fast in den Wahnsinn getrieben.

Ich liebte es. Ich liebte es, wie sie sich im Bett windete, bettelte und kreuz und quer auf Calders Schwanz gekommen war. Und meinem. Ich war steinhart, als Axon sie mit seinem Mund befriedigt hatte. Als er ihren Schlund mit seinem Samen gefüllt und sie ihn eifrig runtergeschluckt hatte. Ich liebte die Art, wie sie den Rücken durchdrückte, als mein Schwanz in ihr steckte und Calder an ihrem Arsch gespielt hatte. Einfach alles. Komischerweise fühlte ich mich nicht nur ihr gegenüber besitzergreifend, sondern ihnen allen dreien.

Als ob sie ebenfalls mir gehörten.

Meine Familie.

Die ich um alles in der Welt beschützen würde.

Es war ein unbehagliches Gefühl. Nie, aber absolut nie hatte ich mich in einen Mann verknallt. Nie hatte ich das Verlangen gehabt, einen anzufassen oder zu küssen. Aber das hier war anders. Wir fickten uns nicht gegenseitig, wir fickten nur Violet. Es ging nicht um uns ..., sondern um *sie*.

Unsere Partnerin war eine leidenschaftliche Liebhaberin. Sie war großzügig. Offen.

Unsere Partnerin.

Mir wurde klar, dass ich seit unserer

gemeinsamen Nummer heute so über sie dachte. Sie gehörte uns.

Zwei starke Krieger an meiner Seite zu haben, um ihr Glück, ihre Erfüllung, ihre Sicherheit zu gewährleisten? Plötzlich erschien mir die Vorstellung gar nicht mehr so abwegig. Zum ersten Mal konnte ich nachvollziehen, warum es bei den drei Königen und unter anderen Männertrios auf Viken, die sich gemeinsam eine Frau teilten, keine Eifersüchteleien gab.

Im IQC, im äußersten Norden, teilte sich Evon, ein Kumpel vom Sektor Zwei zusammen mit zwei weiteren Kriegern, also Liam und Rager, eine Partnerin. Und wie Violet stammte ihre Partnerin Bella auch von der Erde.

Ich hatte sie jetzt monatelang gemeinsam gesehen. Ich hatte sie beobachtet und sie jedes Mal darum beneidet, wie Bella sie anblickte, wenn ihre Partner in den Raum traten.

Ihr Blick versprühte Vertrauen. Liebe. Akzeptanz. Verlangen. Es stand außer Frage, dass sie mehr als zufrieden war. Sie wurde geliebt und umsorgt. Und zwar weil sie drei Partner hatte, die sich um sie kümmerten.

Keine Frau hatte mich je so angeblickt, bis heute.

Bis Violet.

Und wenn nicht-teilen-wollen bedeutete, sie zu verlieren? Nun, dann würde Calder sich auf ein böses Erwachen gefasst machen müssen. Wenn ich mit Axon ein Abkommen schließen müsste, dann würde ich das tun.

Ich würde sie nicht aufgeben. Und ich würde auch nicht mitansehen, wie er sich mit der Aufseherin anlegte. "Calder, was soll das?"

Er wandte sich mir zu und streckte abwiegelnd die Hand aus. Stattdessen lief er zu Violet und ging vor ihr auf die Knie. "Violet, Liebling, ich verstehe, wie wichtig deine Familie für dich ist. Ich weiß, wie sehr ein Verlust schmerzen kann. Lass mich dir dabei helfen, Gewissheit zu erlangen."

Violet drückte meine Hand und ich schwieg, ich wartete ab, worauf er hinaus wollte. "Was soll das heißen? Kann ich mit Mindy reden? Hier? Jetzt?"

Calder wandte sich der Aufseherin zu. "Auf Wunsch meiner Partnerin bitte ich Sie Kontakt mit Trion und der Braut, Mindy Nichols, herzustellen, damit wir uns vor dem Transport nach Viken vergewissern können, dass sie sicher und wohlauf ist."

Die Aufseherin blickte zu Calder, dann zu Violet. "Ist es das, was Sie wollen, Miss Nichols? Als ihre Angehörige können nur sie diese Bitte formulieren."

Violet riss sich von uns los, stieg von der Plattform runter und lief zur Aufseherin während Calder sich wieder aufrappelte. Violet war sichtlich aus dem Häuschen und Axon klopfte Calder dankend auf die Schulter. Ich entgegnete nichts, nickte Calder aber anerkennend zu, schließlich hatte er unsere Partnerin glücklich gemacht. Sie würde bekommen, was sie wollte, und zwar noch vor unserem Transport nach Viken. Sie würde keinen Grund haben an unseren Absichten zu zweifeln und verstehen, dass wir sie immer vorne anstellen würden. Was auch immer auf Viken geschehen würde, es war eine Geschichte unter uns und es gab keine Hintergedanken.

Ich fragte mich, warum ich nicht auf dieselbe Idee gekommen war.

War ich zu kaltherzig? Zu weit entfernt von der Kunst zu lieben und geliebt zu werden? Hatte ich zu lange allein, ohne Familie gelebt? Ohne Hoffnung? War ich genauso frostig geworden wie die eisigen Berggipfel rings ums IQC?

"Aber ja! Ich möchte mit Mindy reden."

"Na schön." Die Aufseherin blickte jeden einzelnen von uns an, dann wanderte ihr Blick zu Violet. "Kommen Sie, Miss Nichols. Wir werden Trion kontaktieren und auf Neuigkeiten warten. Sie zu erreichen könnte ein paar Minuten oder sogar Stunden dauern. Sie könnte unterwegs sein oder weit weg von einer Kommunikationsanlage."

"Ich werde warten," Violet rieb sich entschlossen die Hände. "Egal, wie lange."

"Also gut." Die Aufseherin ging zu einem Bildschirm und tippte einen Satz Daten ein. Als ich mich räuspern musste, wandte sie sich uns allen zu. "Sie kann jetzt mit ihr sprechen, aber Mindys genaue Aufenthaltskoordinaten werde ich der Königin von Viken schicken. Sobald Ihre Partnerin eine Wahl getroffen hat, wird die Königin die Koordinaten für einen Besuch auf Trion zur Verfügung stellen."

"Verstanden. Vielen Dank." Axon verneigte sich leicht, aber ich war wie erstarrt vor Angst, ich fürchtete, dass Calder mit diesem Schachzug Violet für sich gewonnen hatte. Ihrem Gesichtsausdruck nach war sie ohne Zweifel hocherfreut und voller Hoffnung.

Wir mussten nicht stundenlang herumsitzen und warten, nein, innerhalb von Sekunden erschien auf dem Bildschirm das Antlitz einer Frau, die fast genauso aussah wie Violet, und ... doch nicht. Ich bemerkte noch so subtile Unterschiede—in ihrer Haltung, der Länge ihrer Haare, die kleine Narbe auf ihrer Stirn.

"Violet? Ach du lieber Gott, bist du es wirklich?" Die Frau am anderen Ende der Leitung quietschte und war vollkommen außer sich. Ihr offenes Haar ruhte weich auf ihren nackten Schultern. Sie war in feinste Seide gehüllt und unter dem dünnen Stoff baumelten deutlich sichtbar die Verpartnerungsketten ihres Mannes zwischen ihren harten Nippeln hin und her. Sie strahlte vor Glück. Ihr Ausdruck, ihr Lächeln kannte keine Geheimnisse. Mindy war ungeniert. Unbefangen. Wild.

"Mindy?" Violet trat an den Bildschirm. "Ja, ich bin's. Geht's dir gut? Ich war krank vor lauter Sorge."

Die andere Frau lachte, als wäre nichts gewesen. Keine Reue. Keine

Schuldgefühle. Keine Rücksicht auf Violet oder was sie ihrer Schwester angetan hatte. Ich wollte Mindy übers Knie legen und ihr für das sichtliche Unbehagen und den Schmerz, den sie meiner Partnerin bereitet hatte den Arsch versohlen, bis er nur so glühte. Violet stiegen die Tränen in die Augen, aber sie schluckte sie runter, feste, und verdrängte ihren Kummer. Sie weigerte sich, den Schmerz zuzulassen. Weigerte sich, ihn rauszulassen.

Ich erkannte sofort, wie verschieden sie waren. Violets Schwester war locker, großzügig und emotional. Offensichtlich lebte sie in den Tag hinein, sie hatte wenig Selbstbeherrschung und würde sich an der Seite eines fürsorglichen Partners sicher und beschützt fühlen. Eine perfekte Frau für die überbehütenden, dominanten Männer auf Trion. Und ihrer Nippelkette nach zu urteilen wurde sie bereits beansprucht. Sie würde ihren Partner nicht zurückweisen, aber falls doch, dann würde sie mit einem anderen auf Trion verbleiben bis sie zufrieden wäre. Sie würde nicht zur Erde zurückkehren, so wie Violet es gehofft hatte.

"Tut mir leid, Violet, aber ich musste weg. Nachdem Josh Schluss gemacht hat, konnte ich einfach nicht mehr. Ich bin hier so glücklich. Goran ist unglaublich." Sie rollte die Augen, grinste wie im Delirium. "Ich glaube, ich liebe ihn, Violet. Ich bin erst ein paar Tage hier, aber er ist ... einfach nur toll. Dieser Ort ist toll. Wir waren auf diesem Außenposten in der Wüste. Es gibt zwei Sonnen und ... Gott, Violet. Du solltest auch eine Braut werden. Es ist das allergeilste aller Zeiten."

"Ein paar *Tage*?" Violet lauschte dem verbalen Dünnschiss ihrer Zwillingsschwester, sie atmete tief durch, kniff die Augen zusammen und machte den Rücken gerade. Ihre Hände waren zu Fäusten geballt und ihre Wangen nahmen zusehends Farbe an—diesmal aber nicht vor Lust. Ich kannte sie zwar erst seit ein paar Stunden, aber sie war offensichtlich sauer. Stinkwütend. Sie wollte unbedingt zu ihrer Schwester, wollte wenigstens mit ihr reden und sicher gehen, dass es ihr gut ging. Aber jetzt, als sie sich gegenüber standen, war es eine gute Sache, dass sie Lichtjahre voneinander entfernt waren.

6

Violet, Abfertigungszentrum für Interstellare Bräute, Erde

"Mindy, halt die Klappe!" Meine Worte glichen einem Peitschenhieb, aber das war mir egal. Ich war so außer mir. So wütend, dass ich kaum noch geradeaus gucken, geschweige denn einen klaren Gedanken fassen konnte. Wie konnte sie es nur wagen mir von diesem lächerlichen Außenposten und wie sie es dort getrieben hatte und wie überglücklich sie war zu erzählen? Fehlten nur noch kleine Streifenhörnchen und Vögelchen um sie herum, wie in einem Disneyfilm.

Mindy blieb regelrecht die Spucke weg und ihr Kiefer schloss sich hörbar.

"Hatten wir nicht ausgemacht, dass wir uns immer sagen, wo die andere hingeht?" fragte ich sie und lenkte unser Gespräch wieder aufs Wesentliche zurück.

Mindy schniefte, sie wandte aber nicht den Blick ab. Gott, es war so gut sie zu sehen und zu wissen, dass sie in Ordnung war. Trotzdem, am liebsten wollte ich sie ohrfeigen. Ich war nicht der Typ, der handgreiflich wurde, aber ich war so verdammt wütend auf meine Zwillingsschwester, dass ich kaum noch Luft bekam.

"Ich habe dir eine Nachricht hinterlassen."

Jetzt blieb mir die Spucke weg. "Seit deiner Nachricht habe ich kein Auge zugemacht. Das kannst du von mir aus machen, wenn du Einkaufen bist und nicht weißt, ob wir Milch brauchen. Oder wenn du zu einem Freund gehst und später nach Hause kommst. Verflucht, du kannst mir auch den Namen und die Adresse des Typs schicken, der dich diesmal in der Bar abgeschleppt hat."

Mindy beugte sich vor, als ob wir unter uns wären. Allerdings ahnte sie nicht, wer auf dieser Seite des Bildschirms alles mithörte. "Violet, pssst. Er hört dich vielleicht."

"Was? Dass du keine Jungfrau mehr warst? Das hat er mittlerweile bestimmt schon selber rausgefunden."

Mindy war was Sex anbelangte schon immer sehr ... freizügig gewesen. Sie stellte gerne ihren Körper zur Verfügung. Ich hatte kein Problem damit, solange sie keine Risiken einging. Frauen konnten ganz unverbindlich Sex haben, genau wie Männer. Abends mit einem Typen nach Hause gehen und ihn danach nie wieder sehen. Das war vollkommen in Ordnung und ich hatte sie nie dafür verurteilt. Aber ich war nicht so wie sie. Ich war ein Beziehungstyp. Belangloser Sex war bei mir nicht drin. Ich hatte Freunde. Kurze Beziehungen, aber die waren exklusiv und bedeuteten auch etwas.

Bis jetzt. Jetzt stand ich plötzlich Mindy in nichts mehr nach. Eben erst hatte ich drei Wildfremde—wildfremde *Aliens*—in meine Wohnung gelassen und binnen Minuten mit ihnen Sex gehabt. Und nicht einfach nur Sex. Wir hatten gefickt. Heiß, schmutzig und wild, *ficken* eben.

Aber Axon, Zed und Calder waren anders. Sie waren mein Match und allein das wirkte bereits wie ein Magnet. Irgendwie wusste ich, dass sie mir gehörten, dass sie mir niemals wehtun würden und genau das geben würden, was ich wollte. Nein, was ich brauchte.

Meine Muschi stach, nachdem Zed und Calders dicke Schwänze sie ausgedehnt hatten. Mein Kiefer schmerzte, nachdem ich für Axon weit aufgemacht hatte. Und mein Arsch fühlte sich nach Calders Herumgespiele leicht wund an. Selbst jetzt als ich mitten im Bräutezentrum herumstand, wollte ich mehr.

Mein Kitzler pulsierte vor Verlangen, vor unersättlicher Lust. Meine Nippel stellten sich auf und rieben gegen meinen BH. Ich war süchtig und brauchte den nächsten Schuss.

Erging es Mindy mit ihrem Partner etwa genauso? Ich betrachtete ihr Outfit, wenn man es überhaupt so bezeichnen konnte. Sie hatte einen hauchdünnen, durchsichtigen Fummel an. Das Gewand ließ nichts der Fantasie übrig und selbst am andere Ende des Universums konnte ich ihre Brustwarzen sehen, ihre Nippel waren mit Ringen gepierct und dazwischen hing eine Kette, genau wie die Jungs es vorausgesagt hatten.

Ich war neugierig und wollte von ihrer Erfahrung hören, von ihrem Partner, aber es war nicht der richtige Zeitpunkt.

Ich war viel zu wütend, um jetzt ein vertrauliches Gespräch mit ihr zu führen. Sie brauchte ein paar deutliche Worte und die würde ich ihr geben.

"Goran und ich haben keine Geheimnisse," konterte sie.

Ich stemmte die Hände in die Hüften. "Hast du ihm auch gesagt, dass du dich als Braut gemeldet und deiner einzigen Familie eine Nachricht aufs Telefon gesprochen hast, anstatt dich zu verabschieden?"

Sie errötete.

"Hast du ihm gesagt, dass ich dir so gleichgültig bin?"

Meine Kehle schnürte sich zu und Tränen stiegen mir in die Augen.

Mindys Miene entspannte sich. "Du bedeutest mir mehr als alles auf der Welt!"

"Warum hast du mich dann wie den letzten Dreck behandelt?" konterte ich.

"Mindy, ich war wochenlang krank vor Sorge. Acht Wochen!"

Sie runzelte die Stirn. "Ich bin erst seit zwei Tagen hier. Das verstehe ich nicht."

Die Aufseherin räusperte sich aus der Ferne. "Die Zeit verläuft auf Trion etwas anders als hier auf der Erde. Und auf Viken. Laut unseren Bräuten auf Trion kann ich ihnen nur sagen, dass ein Tag auf Trion etwa vier bis fünf Wochen auf der Erde entspricht."

"Was?" Hatte ich eben geschrien? Oder war der Schrei nur in meinem Kopf?

Mindy wiegelte ab, ganz typisch für meine Zwillingsschwester, und mit einer abwertenden Handbewegung schob sie einfach beiseite, was ihrem Ermessen nach eine Nichtigkeit darstellte. Das Raum-Zeit-Kontinuum, also *Star Trek*-Müll, gehörte für sie offensichtlich auch in diese Kategorie. "Versteh doch, Violet. Es ging nicht um dich, es geht um mich.

Nach der Pleite mit Josh brauchte ich eine Veränderung. Es gab für mich keinen Grund auf der Erde zu bleiben."

Wie vor den Kopf geschlagen machte ich einen Schritt zurück und stieß gegen einen festen Körper. Er war groß, warm. Eine Hand landete auf meiner Schulter und tröstete mich. "Keinen Grund? Also bedeute ich dir überhaupt nichts?"

"Wer ist das?" fragte Mindy ungläubig und deutete mit dem Finger.

Ich wusste nicht, welcher meiner Partner hinter mir stand, also lugte ich über meine Schulter.

"Calder." Ich hatte nicht die Absicht ihr mehr zu erzählen. Nach dem, was sie eben von sich gegeben hatte, schuldete ich ihr keinerlei Erklärungen.

Mindy streckte ihre Hand aus. "Warte mal. Wie kommt es, dass du mit mir reden kannst. In Vero Beach gibt es keine Sprechanlage." Jetzt musste sie scharf nachdenken. "Du bist im Bräutezentrum. Wieso?"

"Weil ich mit dir reden wollte."

Sie schüttelte den Kopf und ihr dunkles Haar strich über ihre nackten Schultern.

"Nein. Sie würden dich nicht einfach so reinmarschieren lassen, um mit mir zu reden. Was machst du da?"

Ich atmete tief durch. "Mindy, deinetwegen war ich krank vor Sorge. Vor fast zwei Monaten bist du *verschwunden* und ich habe nichts von dir gehört."

"Tut mir leid."

"Im Ernst?" fragte ich. "Für mich hört es sich nicht so an. Ich habe wochenlang kein Auge zugemacht und du hast dich währenddessen mit einem Alien amüsiert."

"Ich amüsiere mich überhaupt nicht. Ich habe mich verliebt. Gott, er ist so gut im Bett. Ich glaube, in den ersten paar Stunden bin ich viermal gekommen und—"

"Sei still. Halt einfach dein verdammtes Maul." Ich wurde normalerweise nicht ausfällig, aber diesmal fühlte es sich sooooo gut an. "Das kann ich dir einfach nicht glauben."

Sie seufzte und neigte den Kopf zur Seite, wie immer, wenn sie mich beschwichtigen und unsere Zwillingssituation ausnutzen wollte. Es funktionierte jedes Mal. Egal, was für einen Bockmist sie veranstaltete, ich hatte ihr *immer* verziehen. Aber diesmal? Dieses Mal war sie zu weit gegangen.

"Tut mir leid. Ich hätte es dir sagen sollen. Aber dann hätte ich es nicht durchgezogen, einfach aufbrechen und mich testen lassen. Ich musste es tun, ich musste meinen Partner finden. Ich hatte es so satt, immer nur Verlierer wie Josh abzubekommen und ich wollte nicht auf die nächste und die übernächste Niete warten. Ich wollte *ihn*, den Richtigen für mich. Ich hätte es nicht fertiggebracht mich von dir zu verabschieden. Das hätte zu sehr wehgetan."

Tränen stiegen ihr in die Augen und kullerten über ihre Wangen. Es stimmte, was sie da sagte. Alles. Sie hatte ununterbrochen nur Nieten abbekommen. Sie hatte vielleicht ein paar gute Orgasmen gehabt, aber das war's auch schon. Keine Gefühle. Keine Liebe. Nur ein Haufen Arschlöcher. Zwischendrin war vielleicht auch der eine oder andere anständige Typ dabei, aber mit denen hatte es einfach nicht geklappt.

Mir war jetzt klar geworden, dass der Test *verdammt* gut war und sollte die Übereinstimmung zwischen ihr und ihrem Partner genauso groß sein wie zwischen mir und Axon, Zed und Calder, dann war sie jetzt wahrscheinlich sehr, sehr glücklich.

"Ich wäre mit dir gekommen," erklärte ich ihr.

Sie schniefte. "Wirklich? Violet, du bist perfekt. Dein Leben ist perfekt. Wir sind zwar Zwillinge, aber du hast jahrelang auf mich aufgepasst. Im Vergleich zu dir bin ich eine Versagerin."

Ich schüttelte den Kopf. "Ich mag es nicht, wenn du so über dich sprichst."

"Ich auch nicht." Eine tiefe Stimme

dröhnte durch das Mikrofon und Mindy riss erschrocken die Augen auf. Zuerst wirkte sie etwas panisch, dann aber lächelte sie.

"Gebieter, bitte, ich möchte so gerne meine Schwester wiedersehen."

Eine riesige Gestalt erschien auf dem Bildschirm und stellte sich hinter Mindy. Er trug eine Art Rüstung und darüber ein langes Gewand, das ihn wie ein mittelalterlicher Wüstenbeduine aussehen ließ. Das Schwert an seiner Hüfte sah einfach tödlich aus, aber die Waffe an seiner anderen Hüfte war die wahre Bedrohung. Eine Art Pistole, aber ganz in Silber. Eine Alien-Knarre. Er sah aus, als würde er gleich in den Krieg ziehen, was mich beunruhigte.

Mindy aber strahlte ihn an, als wäre er ihr Ein und Alles. Nie hatte sie jemanden auf diese Art angeblickt und insgeheim musste ich ihr verzeihen, jedenfalls ein bisschen. Nie hatte ich sie so glücklich gesehen. Dieser Typ, ihr *Gebieter*, war groß, dunkelhaarig und gutaussehend, sein langes Haar reichte ihm bis zu den Schultern und er hatte einen bärtigen Kiefer. Er sah aus wie ein ... Pirat oder ein Sultan. Die Art, mit der er Mindys Taille umschlang, sehr weit oben, sodass ihre Brüste auf seinem Unterarm auflagen, war ein flagrantes Zeichen von Besitz. Hatte sie ihn wirklich *Gebieter* genannt?

"Ja, ich stimme dir zu, aber ich habe dich gewarnt, sollte es nochmal vorkommen, dass du schlecht über dich redest, oder?"

Mindy wirkte zerknirscht und leicht beschämt. Aber ich kannte meine Schwester. Sie verspürte keine Furcht. Ihrem Ausdruck nach war sie ... angetörnt? Hatte dieser Mann sie hörig gemacht? "Du wirst mich bestrafen."

"Ganz richtig. Wenn ich deine Schwester erstmal kennengelernt habe, wird dein Arsch purpurrot leuchten, und zwar bevor ich dich ficken werde."

Er klang so ziemlich wie Zed und ich musste mich fragen, ob alle Knackärsche aus dem Weltall so dominant waren. Aber ich wusste auch—schließlich war ich ihre eineiige Zwillingsschwester—, dass Mindy einen Mann brauchte, der sich nicht alle ihre Kapriolen gefallen ließ. Und so, wie sich ihre Atmung beschleunigte und ihre Augen ganz glasig wurden, hatte sie genau das bekommen, was sie brauchte.

"Ja, Gebieter." Mindys Wangen wurden knallrot, vielleicht war es eine Mischung aus Unbehagen angesichts einer Runde Arsch versohlen und Vorfreude auf einen ordentlichen Fick. Genau genommen kannte ich das Gefühl.

Sie räusperte sich. "Violet, das ist General Goran von Trion, mein Partner." Sie strahlte bis über beide Ohren und blickte zu ihm auf. Sie wirkte überglücklich. Begeistert. Verliebt. Der Begriff *Gebieter* war ein Hinweis auf die Intensität seiner Dominanz und sie schien in seinen Händen regelrecht aufzublühen.

Ich freute mich für sie und wünschte mir plötzlich dasselbe Glück.

"Hallo, Schwester meiner Partnerin." Er musterte mich durch den Bildschirm hindurch und ich spürte Calders Hand, als er meine Schulter drückte. "Du siehst Mindy frappierend ähnlich. Aber es gibt ein paar Unterschiede."

Was sollte ich sagen? *Schön dich kennenzulernen? Hast du das Baseballspiel gestern Abend gesehen?* Er kam nicht von der Erde und das Einzige, was uns miteinander verband, war Mindy. Verflucht, sie waren noch nicht einmal *auf* der Erde. Wir führten ein Gespräch und waren Lichtjahre voneinander entfernt. Sie waren auf Trion.

Und doch, plötzlich wusste ich ganz genau, was ich diesem Mann, der meinen Platz eingenommen hatte, sagen wollte. "Besser, du passt gut auf meine Schwester auf. Oder du bekommst es mit mir zu tun."

Meine Drohgebärde brachte ihn zum Schmunzeln, er schien sich kein bisschen einschüchtern zu lassen. "Wie ich sehe, hast du dasselbe Temperament wie deine Schwester." Er blickte zu Calder. "Viel Spaß dabei, sie zu zähmen, Krieger."

Der gesamte Wortwechsel trieb mich zur Weißglut. Ich konnte Mindy nicht länger böse sein, nicht mehr. Aber ich *war* immer noch wütend und meine Wut hatte jetzt einen neuen Sündenbock gefunden. "Ich meine es ernst, General. Solltest du meiner Schwester wehtun, dann werde ich dich persönlich um die Ecke bringen."

Aufseherin Egara war entsetzt. "Miss Nichols, sie bedrohen gerade einen—"

Sie kam nicht besonders weit. Goran reckte die Hand aus und selbst die Aufseherin musste angesichts seiner Dominanz kuschen und geriet ins Stocken. "Du bist auf Trion gern gesehen, Schwester. Mindy gehört mir und ich versichere dir, ich werde mich um sie kümmern, sie beschützen und lieben, wie es einem achtbaren Krieger gebührt.

Gewalt wird nicht nötig sein." Er grinste und ich verstand schließlich, warum meine Schwester ihn anhimmelte, als wäre er das Zentrum ihres Universums. Sein Lächeln war einfach umwerfend. "Und ich bewundere dein ungezügeltes Temperament, Violet. Etwas, was du mit deiner Schwester gemein hast. Ihre Leidenschaft und ihre Loyalität sind nur zwei der vielen Gründe, warum ich sie liebe."

Mindy errötete und fühlte sich offensichtlich geschmeichelt. Nicht viele Männer würden ihre Liebe für eine Frau so offen verkünden, das musste ich zugeben. Und schon gar nicht vor einer Gruppe wildfremder Krieger.

Ich seufzte laut. "Mindy. Ich weiß nicht, was ich sagen soll."

"Violet, hättest du mich wirklich gehen lassen?"

Zum ersten Mal wandte ich den Blick von ihr ab. Ich war so wütend über ihr Verschwinden, dass ich gar nicht darüber nachgedacht hatte, wie ich wohl reagiert hätte, wenn sie mich vorher eingeweiht hätte. Hätte ich sie überhaupt aus der Wohnung rausgelassen? Ich hätte sie ausgelacht und für verrückt erklärt. Ihr gesagt, dass sie einfach auf den richtigen Typen warten sollte. Jetzt aber, als ich sie überglücklich an der Seite des Aliens sah, musste ich mich fragen, ob ich sie nicht von dem abgehalten hätte, was sie sich von ganzem Herzen wünschte. Nein, was sie brauchte.

"Ich hätte dich in der Wohnung eingesperrt, dich mit deinem Lieblingswein abgefüllt und dich so lange mit Eiscreme bestochen, bis du mir versprochen hättest, mich nicht allein zu lassen."

Sie grinste. "Genau." Ihr Blick fiel auf Calder, ihre Hand aber umklammerte ihren Partner am Handgelenk und ich war ziemlich sicher, dass ihr völlig entgangen war, wie ihre Fingerspitzen dabei seinen Arm liebkosten.

"Aber du hast einen eigenen Partner gefunden, einen Viken, wenn ich mich nicht täusche," sprach Goran und sein

Blick fiel auf die Hand an meiner Schulter. Calder.

Mindy machte große Augen. "Was?" schrillte sie. "Deswegen bist du im Bräutezentrum? Weil du auch gematcht worden bist? Warte." Sie streckte die Hand aus, ihre übliche Gebärde, wenn sie nachdenken musste. "Warum ist dein Partner *dort*?"

Zed und Axon gesellten sich zu mir, sodass ich von drei Seiten umringt wurde.

Mindy klappte die Kinnlade runter und sie starrte uns einfach nur an. Und starrte.

"Calder ist nicht ihr einziger Partner," sprach Axon unüberhörbar. "Ich bin auch ihr Partner, Axon von Viken."

"Und ich auch." Zed grüßte den fremden Krieger mit einem leichten Kopfnicken. "Royale Elitegarde von Viken. Ich bin Zed. Violet ist meine Partnerin."

Mindy riss kreischend die Arme hoch, wie ein Schiedsrichter nach einem

Touchdown. Ich kannte dieses Gehabe, ihr Partner aber starrte sie nur ungläubig an und meine Partner waren etwas befremdet.

"Drei Partner? Du gehst ja ab, Mädel! Du musst mir alles erzählen. Ich meine, sie sind bei dir in Florida! Gleich drei! Viken. Krass, ich hab' echt ... versautes Zeug über die gehört. Hast du schon ... ich meine bist du—"

"Jetzt mal langsam, Liebes," sprach Goran mit bedrohlichem Ton, allerdings konnte ich genau sehen, dass sich sein Mundwinkel nach oben zog.

"Ja, Viken. Drei von ihnen. Sie sind hier, weil, ich brauchte ... ich konnte nicht aufbrechen, ohne vorher mit dir gesprochen zu haben." Ich würde nicht ausplappern, dass ich das Match eigentlich abgelehnt hatte. Nicht mit ihnen an meiner Seite und schon gar nicht mit Aufseherin Egara im selben Raum, schließlich hatte sie die ganze Zeit über recht gehabt. Ich hätte echt was verpasst. Ich blickte flüchtig zu ihr herüber und zum Glück hatte sie nicht den ich-hab's-ihnen-ja-gesagt-Ausdruck auf dem Gesicht. Sie sah einfach nur froh aus. "Aber jetzt gehe ich nach Viken, und zwar sobald wir hier fertig sind."

"Also haben sie dich schon erobert!" Mindy klatschte vergnügt in die Hände.

Ich schüttelte den Kopf. Ich würde ihr auch nicht verklickern, dass ich sie dafür alle gleichzeitig nehmen müsste. Das wäre einfach zu peinlich.

"Sie hat dreißig Tage Zeit, um eine formelle Entscheidung zu treffen," erklärte Zed. "In der Zwischenzeit wird sie ihre Partner und ihren neuen Planeten kennenlernen."

"So lauten die Regeln, Brüder." Goran nickte billigend und Mindy schmiegte sich in seine Arme, als ob sie seit Jahren mit ihm zusammen war. "Da sie jetzt eine Art Schwester für mich ist, solltet ihr wissen, dass sie offiziell unter meinem Schutz steht."

Ich runzelte die Stirn. Wie bitte? Vor

fünf Minuten noch wusste er nicht einmal, dass ich existierte.

Calders Hand krallte sich in meine Schulter. "Ich versichere dir, General Goran, wir werden uns gut um sie kümmern. Wir werden sie beschützen. Wir haben dreißig Tage und wir werden diese Zeit weise nutzen."

"Wir werden zu allen Zeiten bei ihr bleiben," fügte Zed hinzu.

"Wir werden zu allen Zeiten *in* ihr bleiben," stellte Axon klar, worauf Goran lachen musste und Mindy errötete. Wir blickten uns in die Augen und ihr Ausdruck sprach Bände. *Heilige Scheiße, Schwesterherz.* Allerdings freute sie sich für mich und versprühte zugleich eine tiefe Zufriedenheit über ihr eigenes Match.

Mir wurde glühend heiß und ich dachte, ich würde in Flammen aufgehen. Ihre besitzergreifenden Worte waren mir peinlich, sie törnten mich aber auch unerhört an. Welcher Erdentyp hätte so unverfroren kühn sein ... Interesse geäußert?

Mindy lächelte und wackelte mit den Augenbrauen.

"Sehr gut. In ein paar Stunden brechen wir zur Ratsversammlung im Außenposten auf, wo ich meine Partnerin den anderen vorstellen werde. Violet, mach dir keine Sorgen um deine Schwester. Und nach der Versammlung werde ich denen nachstellen, die sie bedroht haben." Goran beugte sich vor und liebkoste Mindys Nacken. "Und ihr seid auf Trion herzlich willkommen. Krieger, bitte stattet uns einen Besuch ab, sobald meine Schwägerin beansprucht wurde und voll und ganz euch gehört. Wir werden euch mit offenen Armen empfangen."

Goran richtete sich diesmal an meine Partner, nicht an mich. Aber ich hatte auch keine Ahnung vom Weltraum, ich wusste noch nicht einmal, wie man nach Trion gelangte, also war es angemessen. Ich hatte irgendwie das Gefühl, dass ich mich nach meinem Abschied von der Erde daran gewöhnen musste, dass dominante Männer die Dinge für mich in die Hand nahmen.

"Komm uns besuchen, Violet," Mindy flehte regelrecht. "Bitte, komm."

"Das wird sie," entgegnete Zed und seine Stimme war genauso düster wie in meiner Wohnung, als er tief in mir gesteckt hatte. "Das garantiere ich."

Verwirrt blickte ich zu ihm auf; diese Doppeldeutigkeit ...

"Oder können wir dich besuchen kommen. Wäre das möglich, Gebieter? Ich würde so gern meine Schwester besuchen."

Goran blickte zu ihr hinunter und ich erkannte die eine Sache, die mich endgültig beruhigte. Liebe. Hingabe. Endgültige Ergebenheit.

Diesen Gesichtsausdruck auf einem Mann kannte ich nur aus Filmen. "Erst muss ich die Rebellen finden. Die zerstören, die es auf dich abgesehen haben.

Sobald sie erledigt sind, werden wir bei deiner Schwester vorbeischauen, *Gara*."

Zed neben mir erstarrte und wie automatisch fasste ich nach seiner Hand. "Welche Rebellen? Ich werde meine Partnerin nicht nach Trion bringen, wenn sie dort in Gefahr ist."

Goran blickte zu ihm auf und sein Blick verhärtete sich umgehend. "Sie haben meine Partnerin bedroht. Ich werde mich um sie kümmern."

Bei seinen Worten fing mein Herz an zu rasen. Zed hingegen entspannte sich, was ich absolut nicht nachvollziehen konnte. Mindy war bedroht worden? Und Zed fand das *beruhigend*? Hatte ich was verpasst? "Verstanden, Bruder. Dann gute Jagd!"

Der Trione nickte und zwischen den beiden schien ein stillschweigendes Einvernehmen zu herrschen.

Ich blickte zu Zed und wollte herausfinden, was zum Teufel hier gerade ablief, aber er blickte nicht zu mir. Er nickte Aufseherin Egara zu. "Verabschiede dich, Violet."

"Mach's gut, Mindy. Bis bald."

"Mach's gut, Violet. Ich hab' dich—"

Die Übertragung war zu Ende.

Ich entfernte mich von Calder, von allen dreien und wirbelte herum, mit verschränkten Armen. "Ich verstehe nicht, was eben passiert ist. Mindy ist in Gefahr. Wir müssen nach Trion reisen."

Zed zog eine Augenbraue hoch, aber seine Augen waren eiskalt. "Violet, sie ist nicht in Gefahr."

Frustriert stemmte ich die Hände in die Hüften und funkelte sie alle drei an. "Wie kannst du sowas nur sagen? Goran hat eben gesagt, dass sie bedroht wird!"

"Genau, Liebes." Axon grinste. "Was denkst du würden wir tun, wenn dich jemand bedrohen würde?"

Diese Frage brachte mich ins Stocken. "Keine Ahnung." Hatte ich echt nicht. Ich kannte sie erst seit ein paar Stunden.

Calder, der während des Gesprächs

überwiegend geschwiegen hatte, antwortete diesmal. "Jeder, der dich bedrohen sollte, wird einen qualvollen Tod sterben, Liebling."

"Was?" Hatte er das wirklich gesagt? Waren die Gesetze im Weltraum so anders? Wenn man hier auf der Erde jemanden abmurkste, weil er etwas Dummes gesagt hatte, dann nannte man das Mord. Und eine Morddrohung allein konnte einen schon ins Gefängnis bringen. "Ihr könnt nicht einfach jemanden abschlachten, nur weil er etwas Dummes gesagt hat. Gibt es auf Viken denn keinen Knast?"

Zed erstarrte wie eine Raubkatze. "Violet, eine Partnerin ist unantastbar."

Aber ... das war einfach ... Ich wandte mich Axon zu und hoffte auf ein Wort der Vernunft in dieser absurden Unterhaltung. "Axon?"

Seine grünen Augen waren unnachgiebig und kalt. Zu kalt. "Jede Bedrohung wird ausgeschaltet. Das steht nicht zur Debatte, Violet. Wir müssen dich beschützen."

"Was, wenn mich jemand schlagen will? Oder in den Bauch oder gegen das Schienbein treten will? So etwas kommt andauernd vor."

Zeds Stimme war eisig. Gefühllos. "Jeder, der dir weh tut, wird sterben, Violet. So läuft es bei uns. Und auf Trion genauso."

Diese Achterbahnfahrt der Gefühle war einfach zu viel und meine Knie zitterten. Der Adrenalinstoß, den das Gespräch mit meiner Schwester ausgelöst hatte, machte sich jetzt bemerkbar. Mir stand wohl ein brutaler Crash bevor. Schlimmer noch, mein mentales Grundgerüst wurde wie eine Sanddüne im Wüstensturm verweht und machte mich verwundbar. Tränen stiegen mir in die Augen. Ihr Schutzgelübde war verrückt. Besitzergreifend. Intensiv.

Und ich glaubte ihnen jedes Wort. Ihr Angebot bewirkte, dass ich mich jetzt sicherer fühlte als je zuvor in meinem

Leben ... und entblöst. Verletzlich. Ich konnte den Tumult in meinem Inneren nicht verstehen.

Ich blickte zur Aufseherin rüber und auch sie hatte Tränen in den Augen. Auf wackeligen Knien lief ich zu ihr herüber und wollte sie umarmen. Zuerst widersetzte sie sich, dann gab sie schließlich nach und drückte mich fest an sich. "Sie gehören ihnen, Violet. Ehren Sie ihr Match, lieben Sie sie. Es ist nicht selbstverständlich."

Ich wich zurück und blickte ihr in die Augen. "Sie waren eine Braut, oder?"

Sie nickte zaghaft.

"Was ist geschehen?"

Sie schaute weg und trat zurück, plötzlich wieder durch und durch die formelle Aufseherin. "Die Hive haben sie mir genommen." Sie lief zur Steuerkonsole hinüber. "Ihr Transportfenster schwindet. Ich empfehle, dass Sie jetzt aufbrechen."

"Violet." Zed rief meinen Namen, nicht als Frage, sondern als Aufforderung zu ihm auf die Transportplattform zu steigen.

"Ich komme gleich," erwiderte ich und blickte ein letztes Mal zur Aufseherin rüber. Ich musste mich fragen, welch grauenhafte Dinge ihren Partnern zugestoßen waren. Sie hatte von *mehreren* gesprochen, nicht einem Partner, also hatte sie mehr als einen. Und sie hatte sie verloren.

Ehe ich einen Schritt weiter machen konnte, schaufelte mich Calder in seine Arme und schmiegte mich wie wertvolle Fracht gegen seine Brust. "Jetzt kommst du noch nicht, Liebling, aber später schon. Du wirst kommen. Und zwar immer wieder. Auf meinem Schwanz, meinem Mund, meinen Fingern," flüsterte Calder mir leise ins Ohr. Hoffentlich hatte Aufseherin Egara nicht mitgehört.

"Du kommst mit uns nach Viken. Sofort." Axon ergriff meine Hand, während ich von Calder auf die Transportplattform befördert wurde.

Zed griff an Calders Schulter vorbei und nahm meine andere Hand, sodass ich uns alle miteinander vereinte.

"Alles Gute, Violet," rief Aufseherin Egara. "Sie sind in guten Händen." Dann machte sie sich an der Steuerung zu schaffen. Das Wummern wurde immer lauter und die Härchen an meinen Armen standen mir zu Berge. "Ihr Transport beginnt in drei ... zwei ... eins."

7

*C*alder, *Privatquartier, Viken United*

Die Pflicht rief, und zwar trotz der Ankunft meiner neuen Partnerin, besonders da wir zur Erde reisen und Violet abholen mussten—im Gegensatz zum normalen Prozedere, das vorsah, dass die Partnerin nach Viken kam. Wir waren zwar kaum zwölf Stunden lang unterwegs gewesen, in diesem Zeitraum aber hätten wir unsere Braut durchficken, sie mit unserem Samen abfüllen und mit ihrer neuen Umgebung vertraut machen sollen. Sie wäre voll und ganz der Macht des Samens erlegen.

Stattdessen waren wir quer durch Universum gereist. Aus diesem Grund musste ich eine Stunde nach unserer Ankunft wieder zum Dienst antreten. Anstatt in Violets süßer Muschi zu versinken, musste ich meine Uniform überstreifen und die Königin und unsere junge Prinzessin bewachen. Es war eine Ehre, die ich überaus ernst nahm, aber zum ersten Mal war ich angespannt und ruhelos, weil ich lieber woanders sein wollte.

Als die Königin mich über meine Partnerin ausgefragt hatte, war mir bewusst geworden, wie wenig ich über Violet wusste. Das hatte mich ziemlich frustriert, und zwar nicht nur sexuell.

Ich wusste, dass Violet sich um ihre Zwillingsschwester sorgte; das war während ihres Gesprächs offensichtlich. Ihre Familienliebe—egal, wie klein ihre Familie sein mochte—verstärkte mein Verlangen für sie, was unser Match nur noch mehr bestätigte. Ihre Fürsorglichkeit ihrer Schwester gegenüber schrie geradezu nach Sektor Eins. Gerne würde ich sie einmal im Monat nach Trion bringen, wenn es sie glücklich machen würde. Da wir uns nicht länger auf der Erde befanden, war das auch viel einfacher.

Aber abgesehen von dieser schwesterlichen Zuneigung wusste ich nichts über sie und das bedrückte mich.

Die Königin hatte mich regelrecht mit Fragen bombardiert, eine nach der anderen. Hatte sie eine Lieblingsspeise? Welche Musik hörte sie? Welchen Job hatte sie auf der Erde? Was hatte sie gelernt? Wie alt war sie? Wo war sie geboren worden? Wo hatte sie gelebt?

Die letzte Antwort wusste ich und ich schilderte so gut wie möglich ihr Apartment und ihre Heimatstadt. Aber die meiste Zeit mit der Königin zusammen war ich beschämt darüber, dass ich meine Partnerin gefickt und zum Höhepunkt gebracht hatte, und zwar mit dem egoistischen Motiv, sie mit der Macht meines Samens an mich zu binden und meine niederen Triebe zu befriedigen.

Violet war jetzt hier auf Viken. Axon und Zed wachten über sie, während sie schlief. Der Transport hatte mich erschöpft, aber ich hatte das schon viele Male getan und nicht nur bis zur Erde. Mein Körper war die Strapazen gewohnt, genau wie Axon und Zed. Für Violet aber war es neu. Bei unserer Ankunft schlief sie selig in meinen Armen und selbst nachdem ich sie in Axons Quartier getragen hatte—nicht in meines, schließlich musste ich arbeiten—war sie nicht aufgewacht. Wir hatten einen Arzt einbestellt, um uns zu vergewissern, dass sie den Transport unversehrt überstanden hatte und er hatte uns versichert, dass sie sich einfach ausschlafen musste.

Ich war dankbar dafür, dass Violet sicher und beschützt war, dass in meiner

Abwesenheit jemand auf sie aufpasste und dass sie nicht allein in meinem Quartier und auf einem neuen Planeten ausharren musste, so wie es der Fall gewesen wäre, wenn ich ihr alleiniger Partner wäre. Was aber hatten die anderen beiden Krieger während meiner Abwesenheit über sie in Erfahrung gebracht? Hatten sie sie angerührt? Sie verwöhnt? Sie kommen lassen? Sie dazu gebracht ihre Namen zu schreien? Ich musste annehmen, dass die Antwort ja lautete, denn die dreifache Macht des Samens musste einfach nur heftig sein. Sie würde dreimal so intensiv wie sonst auf sie einwirken.

Mein Dienst war jetzt vorüber und ich zog mir nach meiner Dusche eine dünne Hose an. Mir wurde klar, dass ich mir vielleicht ein anderes Quartier nehmen sollte. Um so viel Zeit wie möglich mit Violet zu verbringen, müsste ich mit Axon und Zed ein Quartier teilen. Dann wäre sie jetzt direkt hinter der Badezimmertür, nicht auf einer anderen

Etage der Elitegarden. Wir könnten stattdessen ein weitläufiges Quartier im Bereich für verpartnerte Garden anfordern.

Zed war zusammen mit Axon in dessen Quartier geblieben—er hatte hier kein Quartier, seines befand sich im fernen IQC—und diese Tatsache allein bewirkte, dass ich fürchtete die beiden könnten eine Art Pakt schließen, um Violet für sich zu behalten.

Zwei gegen einen. Dann stünde es schlecht für mich. Aber ich war ein Krieger, und ein Teil von mir begrüßte die Herausforderung.

Ein anderer Teil von mir konnte den glasigen Ausdruck purer, animalischer Lust in Violets Augen einfach nicht vergessen, als sie in ihrem Apartment auf der Erde Zeds Schwanz geritten hatte und ich an ihrem Arsch herumgespielt hatte.

Sie war in der richtigen Stellung gewesen und hätte uns beide nehmen können. Ich hätte von hinten ihren Arsch ausfüllen können, während Zed ihre

Muschi fickte und Axon ihren Mund nahm. Alle drei auf einmal, eine wahre Beanspruchung. Und zwar permanent. Für immer.

Aber ihr Körper war nicht bereit dafür gewesen und war es noch immer nicht ... noch nicht. Sie dort zu ficken wäre nicht fair gewesen. Sie war zum ersten Mal der Macht des Samens unterlegen, ihr Körper war regelrecht in Flammen aufgegangen. So leidenschaftlich und offen. So großzügig. In ihrer verzweifelten Lust hätte sie ohne zu zögern die offizielle Eroberung über sich ergehen lassen, wir hätten sie alle drei gleichzeitig ficken können, aber dann hätte sie keine freie Wahl mehr gehabt. Sie hätte vielleicht zugestimmt, allerdings nicht unbefangen und aus freien Stücken.

Das wäre nicht richtig gewesen und das wollte ich auch nicht. Ich wollte sie für mich allein. Als Mutter meiner Kinder. Ich wollte sie Nacht für Nacht sicher und warm in meinem Bett wissen. Nie hatte ich auch nur daran gedacht, mir mit anderen Kriegern eine Frau zu teilen.

Warum also wollte mir das Bild von ihr, wie sie zwischen uns lag, nicht mehr aus dem Kopf gehen? Warum wurde bei der Vorstellung, wie ich mir ihren Körper mit zwei Fremden *teilte* mein Schwanz steinhart?

Ich musste umgehend dort hin, in Axons Quartier. Wer weiß, was sie da gerade mit ihr anstellten? Mein Schwanz wurde angesichts der endlosen Möglichkeiten immer dicker und ich wollte mich ihnen anschließen.

Als ich dabei war, nach meinem Shirt zu suchen, klopfte es plötzlich verführerisch an der Tür, allerdings so leise, dass ich das Geräusch fast als Einbildung abgetan hätte.

Da. Ich hörte es noch einmal.

Ich ging Richtung Tür, machte sie auf. Mir stockte der Atem.

"Violet."

"Hi." Sie trug ihr Haar offen, wie ein

Wasserfall aus Seide fiel es über ihre Schultern. Volle Lippen, rosige, hohe Wangen, strahlende Augen. Sie trug das traditionelle Gewand einer Vikenschen Braut, aber nicht im formalen grau, braun oder schwarz der Sektoren, sondern ein warmes Rot, das jede ihrer Kurven betonte. Das Kleid reichte ihr bis zu den Knöcheln und die kleinen roten Ballerinas an ihren Füßen waren entzückend. Sexy. Ich wollte sie auf mein Bett befördern und ihr von den Füßen aufwärts die Kleidung vom Körper küssen und sie dann nehmen.

Das war es, was ich wollte. Violet. Nur für mich allein. Ich starrte sie an. Verblüfft.

"Ähm, sorry. Soll ich später wiederkommen?"

Axon knurrte. Ich hatte ihn gar nicht bemerkt. Scheiße, fast hätte ich es verbockt.

Ich blinzelte, dann lächelte ich und streckte ihr die Hand aus.

"Nein. Natürlich nicht." Ich packte

sie und zog sie an mich heran, dann hob ich sie hoch, damit wir auf Augenhöhe waren. Ich konnte mich unmöglich zurückhalten. "Bleib."

Sie grinste und umschlang meinen Hals. Ich war wie berauscht. Es war perfekt. Alles, wovon ich immer geträumt hatte. "Okay. Ich wollte—du hattest mich nicht eingeladen."

Ich schwang sie weg von der Tür und funkelte Axon an.

"Zed ist zum IQC transportiert, um seinen Transfer abzuschließen. In ein paar Stunden ist er wieder da und ich muss zum Dienst und die Königin bewachen," erklärte Axon.

Er wirkte überhaupt nicht begeistert —verständlicherweise—aber ich nickte nur.

"Liebes, bald sehen uns wieder," sprach er zu Violet und bemerkte dabei, wie sie die Arme um meinen Hals geschlungen hatte. Sie zu halten ließ mich vor Freude fast überschäumen. Ich war jetzt an der Reihe und sie freute sich sichtlich. Sie wollte genauso sehr mit mir zusammen sein, wie ich mit ihr.

"Ja, bald," erwiderte Violet und blickte lächelnd zu Axon. Ich wollte sie ganz für mich allein, würde mich aber mit der Situation arrangieren.

Die Tür schob sich zu und ich war mehr als zufrieden. Niemand würde uns stören. Und sie war hier. Mit mir.

Zwei gegen einen? Von wegen! Am liebsten wollte ich triumphierend aufheulen. Sie war hier. Mit mir. Allein.

Zufrieden hielt ich sie in den Armen, ich wollte sie zu nichts drängen. Wenn ich sie nämlich küssen würde, nur ein einziges Mal, dann würde ich nicht mehr aufhören wollen. "Hallo, Liebling. Es ist mir eine Ehre, dich in meinem Quartier zu empfangen."

"Danke." Sie lächelte und blickte sich von ihrer Position aus im Zimmer um. Ihre Füße baumelten über dem Boden, ihr Gesicht war fast auf derselben Höhe wie meines. Ich beobachtete, wie sie meine braunen Möbel betrachtete, das cremefarbene Bett, das Familienfoto an der Wand: meine Eltern und meine zwei Brüder, die alle längst verstorben waren—meine Eltern des Alters wegen, meine Brüder im Krieg.

So oft war ich allein hier gewesen, dass ihre Anwesenheit etwas in mir zu heilen schien, von dem ich gar nicht wusste, wie ramponiert es war.

Emotionen durchfluteten mich und ich vergrub mein Gesicht an ihrem Hals. Ich drückte sie fest an mich und dankte den Göttern dafür, dass sie mir gehörte. Jahrelang hatte ich alles verdrängt. Ich hatte mich verschlossen, jeden Funken der Hoffnung weit von mir geschoben. Aber sie war wie der Schlüssel zu meinem Gefängnis. Es war ein Wunder, das nur eine Partnerin vollbringen konnte. Sie brachte alle meine Mauern zum Einstürzen und nichts würde sie aufhalten.

Ich wollte sie gar nicht aufhalten. Ich wollte alles mit ihr teilen.

Alles.

"Calder? Alles in Ordnung?" Violets Frage war wie ein Lufthauch. Intim. Worte unter Liebenden. Mein Herz, das bereits am Dahinschmelzen war, geriet ins Stocken. Der Schmerz war überwältigend, aber ich begrüßte ihn.

"Ja, Liebling. Mit dir geht es mir bestens." Ich legte eine Hand an ihren Arsch und hob sie hoch, damit sie meine knochenharte Erektion spüren konnte. "Ich will dich. Aber wenn ich dich erst einmal küsse, dann werde ich nicht mehr aufhören können."

Ihr vergnügtes Lachen war wie Balsam für meine Seele und wie eine Streicheleinheit ihrer Hand auf meiner harten Länge. "Alles, was du willst, Schatz. Du hast dich so wunderbar um mich gekümmert."

Ich hatte nichts getan, womit ich ein solches Lob verdiente. Noch nicht. Verwundert blickte ich sie an. "Ich habe nichts getan, das so viel Dankbarkeit rechtfertigt."

Sie strahlte über beide Ohren. "Du

warst es, der das Gespräch mit meiner Schwester ermöglicht hat, du hast Aufseherin Egara überredet. Das Gespräch war so überfällig. Ernsthaft. Ich bin überglücklich. Jetzt, wo ich weiß, dass es ihr gut geht, fühle ich mich so viel besser. Du hast keine Ahnung, wie viel mir das bedeutet." Tränen stiegen ihr in die Augen und sie näherte sich mir. "Küss mich, Calder. Küss mich. Ich möchte Liebe machen. Ich möchte dich auch glücklich machen."

Bei diesen Worten lösten sich alle meine noblen Absichten in Luft auf, dennoch hielt ich inne.

"Geht es dir gut? Hast du dich vom Transport erholt? Bist du nicht wund, nachdem Zed und Axon dich verwöhnt haben?"

Sie schüttelte leicht den Kopf. "Sie haben mich nicht angerührt."

Was?

"Vor dreißig Minuten bin ich aufgewacht. Zed war bereits fort und Axon hat mich gebadet und mir das hübsche

Kleid angezogen. Aber weil er zum Dienst musste, wollte er mich nicht anrühren. Er fürchtete, dass er nicht mehr von mir ablassen könnte, sollte ich erst einmal nackt in seinem Bett landen."

Bei der letzten Ausführung errötete sie.

Was Axon betraf, so verstand ich seine Vorbehalte. Ich hielt mich aus denselben Gründen zurück, denn würde ich ihr erst einmal das Gewand vom Leib reißen und sie nackt vor mir stehen sehen, dann würde es kein Halten mehr geben bis sie bestens bedient, wohl gefickt und mit meinem Samen überschwemmt wäre. Mund, Muschi, Arsch, wo immer sie es wollte.

"Seit der Erde hat sich niemand um dich gekümmert? Niemand hat dir die Spannung genommen?" fragte ich verblüfft. Wie hatte sie es nur geschafft, so lange ihre Lust zu unterdrücken? Schließlich wirkte in ihr jetzt die Macht des Samens. Ihren fiebrigen, leuchtenden Bäckchen und vor Lust wie vernebelten Augen nach zu urteilen war sie jetzt am Ende ihrer Selbstbeherrschung angekommen.

Sie schüttelte den Kopf. "Nein. Ich brauche es, Calder. Ich weiß nicht wieso, aber ich bin so—"

"Du musst gefickt werden, Liebes?" mahnte ich an. Die Tatsache, dass ich die Not lindern konnte, die die Macht des Samens ihrer Partner in ihr hervorrief, erfüllte mich mit Stolz. Ich fühlte mich mächtig. Viril. Violet brauchte mich und ich würde mich um sie kümmern. Das war mein Auftrag, mein Recht, mein Privileg.

"Ja," flüsterte sie und ich presste sie mit dem Rücken gegen die Wand, ihr Kleid rutschte nach oben und über ihre Hüften und mein Mund verschlang ihren, noch ehe sie diese eine Silbe beenden konnte.

Schüchtern war sie nicht, meine kleine Partnerin, denn sie schlang die Beine um meine Hüften und vergrub die Hände in meinem Haar. Sie zog mich an sich heran und verlangte nach mehr. Sie brauchte es.

Meine Hand glitt ihren zarten Schenkel hoch und begeistert durfte ich feststellen, dass sie keine Unterwäsche unter ihrem Kleid trug. Axon war ein weiser Mann, er hatte sichergestellt, dass ihre Muschi nach ihrem Bad leicht zugänglich war. Ich umfasste ihren Arsch, spielte an jenem Loch, das ich am allermeisten wollte.

Sie wölbte den Rücken von der Wand empor und presste sich meiner Hand entgegen. "Ja. Tu es. Nimm mich dort. Ich will, dass du es machst."

Das waren die Worte, die ich von einer Partnerin hören wollte und stöhnend trug ich sie zum Tisch im kleinen Essbereich. Ich nutzte den Tisch nur zum Lesen oder Arbeiten, denn ich zog es vor meine Mahlzeiten im Speisesaal einzunehmen. Es war die erste verfügbare horizontale Fläche, die einen einfachen Zugriff zur Schublade mit dem Gleitmittel bot. Ich würde es brauchen, um in ihren engen Hintereingang hineinzugleiten und ihr Vergnügen zu garantieren.

Als ich sie auf den Boden stellte und nach der Flasche griff, streifte sie zu meinem Schock ihre Schuhe ab und zog ratzfatz ihr Kleid über den Kopf und warf es zu Boden. Sie war nackt und stellte jeden perfekten Zentimeter zur Schau. Ihre lüsternen Augen, ihr lebhaftes Lächeln, ihre straffen Nippel, der dunkle Flaum zwischen ihren Beinen und ihre feuchte Muschi, die sich zwischen ihren gespreizten Schenkeln andeutete, alles an ihr war einfach spektakulär.

"Wo willst du mich nehmen? Hier?" Sie grinste verrucht, dann drehte sie sich um und legte sich bäuchlings auf den Tisch. Ihr Arsch wurde mir wie ein Geschenk dargeboten, ihre Brüste pressten auf die harte Tischplatte. Ihr Haar fiel wie ein seidener Vorhang über den Rücken und auf den Tisch. Und ihr Körper räkelte sich gleich einer Göttin, die runden Keulen ihres Arsches zeigten zu mir, ihre Füße ruhten auf dem Boden.

Mein Schwanz pochte und der Vorsaft sickerte mir aus der Spitze.

Meine Stimme war kaum mehr als ein Knurren. "Mach die Beine breit, Liebling. Ich will deine feuchte Muschi sehen."

Sie gehorchte aufs Wort und machte willig für mich auf, damit ich die rosa Lippen ihrer glitzernden Muschi unter ihrem jungfräulichen Arsch betrachten konnte.

Es war wie ein Traum. Eine liebevolle, schöne, unterwürfige Partnerin. Meine Hand glitt an ihrer Wirbelsäule auf und ab, dann über ihre Hüften und ich malte ihre Kurven nach. Schließlich konnte ich mich unmöglich länger zurückhalten und ich ließ zwei Finger in ihre nasse Hitze gleiten und ergötzte mich an ihren zarten Lustschreien. Ich langte zur Seite und drückte einen Knopf, um das Fenster neben dem Tisch transparent zu machen. Das Glas gab den Blick auf die Palastgärten frei, auf üppiges Grün und die belaubte Berglandschaft in der Ferne. Aber da unten waren Leute und auch wenn niemand auf ein spezifisches Fenster im Quartier der Garden achtete, so war es *durchaus* möglich, dass jemand sie so sah.

Die Idee erregte mich, sie gefiel mir. "Schau nach draußen, siehst du die Leute da unten? Sie müssen nur aufschauen und schon können sie sehen, wie wunderschön du bist."

Sie winselte, blieb aber an Ort und Stelle und machte keine Anstalten sich zu bedecken. Im Gegenteil, ihre Muschi sabberte förmlich und wurde klitschnass.

Plötzlich klingelte es an der Tür, gefolgt von einer Stimme. "Calder, hier ist Axon. Lass mich rein."

Violet richtete sich auf, ihre Brüste hoben sich vom Tisch und sie blickte in Richtung Tür. Mit einer Hand auf ihrem Rücken hielt ich sie fest. "Bleib wo du bist, Liebling. Zeig Axon, wie scharf du bist, wie alle Leute in Viken United dir zusehen können."

Ich hörte mich an wie Zed, mein Tonfall war dominant, aber es gefiel mir einfach meine Partnerin vorzuführen. Alle sollten sehen, wie feucht ihre Muschi meinetwegen wurde, wie sehr sie nach meinem Schwanz gierte. Wie ich es ihr besorgen würde. Sie würden ihre Schreie hören und wissen, dass sie bestens versorgt wurde.

Ich lief zur Tür und machte auf.

Axon kam herein, allerdings würdigte er mich keines Blickes, denn seine Augen waren einzig auf Violet gerichtet. "Verdammt," zischte er und tätschelte dabei seinen Schwanz. "Ich konnte nicht auf meinen Posten gehen. Violet geht vor." Er ging zu ihr herüber, glitt mit der Hand über ihr Haar und strich es ihr aus dem Gesicht. "Du brauchst es ganz offensichtlich. Kümmert Calder sich auch um dich?"

Sie nickte und erwiderte seine Zuwendungen.

"Setz dich hin und sieh uns zu, Axon. Sieh zu, wie unsere Partnerin zum ersten Mal meinen Schwanz in den Arsch nimmt. Sieh ihr beim Kommen zu."

Axons Augen flackerten vor Hitze. Aber nicht weil ich sie ficken würde, sondern weil unsere Partnerin gleich gefickt werden würde. Ich mochte zwar vom Sektor Eins kommen und genauso gerne vor Publikum ficken, wie ich anderen dabei zusah, aber Axon war in puncto Sex keinesfalls schüchtern. Wenn unsere Partnerin befriedigt werden musste, dann würde er mir den Vortritt lassen. Zumindest mir und Zed. Keiner von uns würde zulassen, dass unsere Partnerin zu kurz kam.

Axon schnappte sich einen Stuhl, ging in den Wohnbereich und machte es sich bequem, natürlich mit bester Aussicht. Er hatte die Beine von sich gestreckt und seine Hand ruhte auf seinem Schwanz, er rieb ihn trotz Hose. Seine Augen klebten förmlich an Violets Muschi.

"Du bist ganz feucht für ihn, weil man dir zusieht, oder, Liebes?" fragte er sie.

"Ja, Calder, bitte," winselte sie.

"Ihr Betteln ist so süß, nicht, Axon?" fragte ich und war ganz außer mir, weil ich ihre Pracht mit ihm teilen durfte.

Ich strich über ihren Kitzler und bewunderte, wie sich ihr Körper unter meiner Berührung nur so krümmte.

"Ja." Sie antwortete und erbebte und ich belohnte sie, indem ich in meine Hose fasste und meine Eichel rieb, dann erntete ich mit den Fingerspitzen einige Tropfen Vorsaft.

Ich war immer noch dabei sie mit den Fingern zu ficken und ihren Kitzler zu reiben, als ich meinen Saft auf ihren jungfräulichen Eingang schmierte und abwartete. Nervös. Angespannt. Ungeduldig.

Eine Sekunde verstrich, dann zwei.

Ihr lautes Winseln war die Vorankündigung der heftigen Spasmen, mit denen ihre Muschi meine Finger zerquetschte. Sie musste kommen und ihr gesamter Körper zuckte und pulsierte, während die berauschende Substanz in meinem Samen in ihren Organismus eindrang und sie an mich band. Sie ganz wild auf mich machte. Meine Berührungen. Meinen Schwanz. Meinen Samen. Obwohl der Vorsaft meinen Zugang in ihr straffes Loch nicht unbedingt erleichtern würde, so garantierte er doch ihr Verlangen danach.

"Calder." Mein Name. Das war alles, was sie sagte. Alles, was sie zu sagen brauchte, als sie gegen meinen Finger presste. Ich tröpfelte etwas Gleitmittel aus der Flasche und ließ es in ihr Poloch hinein flutschen. Ihr Orgasmus war vorüber, nur die Nachbeben erschütterten ihren Körper und ich arbeitete immer mehr Gel in sie hinein. Sie krümmte sich und schlug regelrecht auf meinen Tisch ein, während ich sicherstellte, dass es sich angenehm für sie anfühlen würde.

"Ich werde dich hier ficken, Liebling. Axon wird dir dabei zusehen."

"Ja. Bitte. Mach schneller." Ihr Arsch zog sich um meinen Finger zusammen und ich stöhnte, weil ich mir vorstellte, wie sie das um meine harte Länge herum tun würde. Sie war so eng. So heiß.

"Immer mit der Ruhe. Ich werde dir nicht dabei wehtun."

Sie wackelte mit den Hüften und wand sich protestierend, weil ich meine Hände entfernte und noch mehr Gleitgel auftragen wollte. "Ist mir egal."

Mit einem unverwechselbaren Klatscher landete meine Hand auf ihrer runden Arschbacke und sie machte einen Ruck vorwärts. Ich hatte sie überrascht. Gut so. "Mir aber nicht. Niemand wird dir weh tun. Niemals. Hast du verstanden?"

Sie schob die Hände nach vorne, Handflächen flach auf der Tischplatte, dann krümmte sie ihre kleinen Finger um die Kante und hielt sich fest. Sie klammerte sich fest. "Ist mir egal. Fick mich, Calder. Ich will es jetzt. Ich will dich jetzt."

Wieder versohlte ich ihr den Arsch. Und wieder. Noch bevor ihre Arschbacken rosarot erblüht waren, stöhnte sie, aber nicht vor Schmerz. Ihre Muschi war klitschnass und ihre Säfte liefen an ihren Schenkeln runter. "Zed hatte recht. Das hier gefällt dir oder etwa nicht? Soll ich dir den Arsch versohlen, Liebling? Ihn zum Glühen bringen?"

Ihr Kopf flog vor und zurück, ihr Haar wirbelte wild über ihre Schultern. "Ich weiß nicht. Ich ... ich brauche dich. Gott. Bitte."

Ihre Beine zitterten. Ihre geflüsterten Worte waren halb Eingeständnis, halb Forderung. Ihre Finger umkrallten in einem hypnotisierenden Rhythmus wieder und wieder die Tischkante, als ob sie sich so beruhigen wollte.

Aber sie sollte sich nicht beruhigen. Ich wollte sie ganz wild vor Lust.

Einmal mehr führte ich die Flasche Gleitmittel an ihren Arsch und ich ignorierte ihr genüssliches Winseln, als ich ihr unberührtes Loch mit noch mehr von der Substanz einschmierte. Ich würde sie so ficken, wie sie es wollte und ich würde ihr dabei nicht wehtun. Sobald sie hinten nur so flutschte, würde ich sie behutsam öffnen und ich würde sie dabei nicht lädieren.

Als sie bereit war, zog ich meine Kleider aus und warf sie zur Seite. "Bist du bereit für mich, Liebling?"

"Ja." Sie kippte die Hüften und schob ihren Arsch in die Höhe. Aber ich würde sie nicht ficken, noch nicht.

Stattdessen sammelte ich noch mehr Vorsaft an meinem Schwanz und ließ meine Hand zwischen ihre Beine gleiten, um die Substanz um ihren Kitzler herum zu verteilen. Sie buckelte und zuckte unter mir, ihr Gewinsel wandelte sich in ein lautes Stöhnen.

"Mach die Augen auf und sieh dir all die Leute da draußen an. Sieht dir irgendjemand zu? Können sie deine Lustschreie hören?"

Ohne Zeit zu verlieren ließ ich meinen Schwanz mit einem langen, geschmeidigen Stoß in ihre Muschi gleiten. Tief. Ich stieß gegen ihre Gebärmutter. Mit meinen Händen auf ihrem Arsch spreizte ich sie weit auseinander und stellte sicher, dass sie jeden harten Zentimeter in sich aufnahm.

Dann zog ich heraus. Und pumpte wieder in sie hinein. Sie zerschellte förmlich und ihre Schreie beschleunigten meinen Herzschlag, während ich zusah, wie sie die Kontrolle verlor.

Sie war das prächtigste und schönste Wesen, was ich je gesehen hatte und ich könnte sie niemals aufgeben. Ich könnte sie niemals verlassen. Sie gehörte mir.

Als ihre Muschi zu zucken aufhörte, zog ich heraus und führte stattdessen zwei Finger in ihren Arsch ein. Dann drei. Sie keuchte, drückte aber zurück und schob mich tiefer in sie hinein, damit ich sie weiter vorbereiten konnte.

Ich entfernte meine Finger und platzierte meinen Schwanz an ihrem Hintereingang, dann presste ich langsam nach vorne, sodass sie spüren konnte, wie meine Eichel ihr jungfräuliches Loch durchbrach. Ganz langsam und behutsam. "Das ist deine letzte Chance, um nein zu sagen. Sag nein und ich werde warten."

Sie schüttelte energisch den Kopf. "Ich will nicht warten." Dann drückte sie die Beine durch und wollte sich regelrecht auf mir aufspießen, ich aber drückte sie mit eiserner Hand wieder auf die Tischplatte.

"Wir machen das auf meine Weise."

Als sie nickte und ihre Beine sich entspannten, nahm ich meine freie Hand und versohlte ihr für ihre Widerspenstigkeit und ihren Mangel an Geduld den Arsch. Ihre Öffnung pulsierte als Reaktion darauf und dehnte sich etwas weiter auseinander, sodass ich regelrecht in sie hineingezogen wurde.

Die pralle, pilzköpfige Spitze meines Schwanzes durchdrang mit einem stillten Plopp ihren straffen Muskelring und wir beide stöhnten, als ich in sie rein presste.

Ich ließ mir Zeit, Schweißperlen zierten meine Brauen und mein Körper war gespannt wie ein Bogen, während ich immer tiefer in sie eindrang. Ihr Körper entspannte sich schließlich und als ich bis zum Anschlag in ihr versank, wurde ich fast vom Orgasmus fortgerissen, mein Schwanz pulsierte mit den Vorboten der Erleichterung.

Zähneknirschend hielt ich mich zurück. Aber ihr Körper buckelte und sie hob die Füße vom Boden und schlang ihre Waden um meine Schenkel. Sie hielt mich fest und presste mich an ihren Arsch, während ihre inneren Wände mit einem weiteren Orgasmus pulsierten und zuckten. Die Macht meines Samens. Sie brachte sie zum Höhepunkt. Erfüllte ihren Körper mit sinnlicher Not. Lust. Verlangen. Für mich.

Nur für mich.

Allerdings stimmte das nicht. Sie hatte nach unserer Zeit auf der Erde auch noch Samen von Zed und Axon im Körper. Ihren Anspruch auf sie. Ihr Vergnügen.

Der Gedanke betrübte mich, aber nur den Bruchteil einer Sekunde lang, denn ihr wachsendes Wehklagen des Verlangens lenkte meine uneingeschränkte Aufmerksamkeit wieder auf sie. Ihr Arsch zog sich um meinen Schwanz zusammen, ihre Spannung wuchs, dann konnte ich mich nicht mehr bremsen und pumpte langsam in sie hinein, nur einmal, und mein Schwanz explodierte regelrecht in ihr.

Mein Samen katapultierte sie ein weiteres Mal über die Schwelle und ihr Schrei tönte wie Musik in meinen Ohren und ich wollte mir voller primitiver Genugtuung auf die Brust trommeln. Ich hatte meine Partnerin befriedigt und ihr Vergnügen bereitet. Sie erobert. Ich pumpte meinen Samen in sie hinein, füllte und markierte sie und eigentlich hätte es sich wie das ultimative Vergnügen anfühlen müssen.

Stattdessen war ich hin und hergerissen. Sie gehörte mir. Aber nicht mir allein. Ihre Haut, ihre zarten Schreie, der liebliche Duft ihrer Muschi und ihre großzügige Art zu lieben gehörten nicht nur mir allein. All das ließ sie auch anderen zuteilwerden. Zed und Axon.

Ich fühlte mich habgierig. Eifersüchtig. Egoistisch.

Und ich konnte sie nicht aufgeben.

Und doch, als ich mit einer langsamen Bewegung aus ihr herauszog, war Axon sofort zur Stelle. Mit geöffnetem Hosenstall, Schwanz in der Hand. "Ich bin dran."

"Axon, meine Muschi. Nimm meine Muschi," stöhnte Violet. "Ich brauche dich auch."

Und als ich beiseite trat und es mir mit meinem immer noch harten Schwanz auf dem Stuhl bequem machte, wusste ich, dass ich sie nicht aufgeben musste. Axon rollte sie vorsichtig auf den Rücken und sie schlang die Beine um seine Hüften, dann drang er ohne Umschweife in ihre klitschnasse Muschi ein. Ich musste ihr nur das geben, was sie brauchte. Also mehr als nur mich allein. Und zwar nicht, weil ich nicht gut genug war, sondern weil sie *alles* für mich war.

8

Violet, Privatgemächer der Königin, Viken United

"Ich bin so froh, dass du hier bist. Bella ist auch eine interstellare Braut von der Erde, aber sie lebt mit ihren Partnern im IQC und wir sehen uns nur selten."

Leah strahlte über beide Ohren, sie war sichtlich aufgeregt—und sie bat mich sogleich, sie privat einfach mit ihrem Vornamen anzusprechen und nicht mit ihrem offiziellen Titel. Königin. Ja, sie war eine verdammte Königin!

Ich glaubte zwar nicht, dass ihre drei Partner ihr den Kontakt mit anderen Frauen untersagten, aber das Treffen mit einer anderen Frau von der Erde war ihr zufolge offensichtlich eine Seltenheit. Und sie war nun nicht gerade *irgendwer* auf Viken. Sie war die Königin. Die Frau, die jenes Kind geboren hatte, das den Planeten ohne die Vorherrschaft irgendeines Sektors regieren würde.

Auf unserem Weg zum Palast hatte Axon mich aufgeklärt und mir die Hintergründe erläutert, damit ich nicht wie eine Vollidiotin klingen würde.

"Es ist schon eine Herausforderung," gestand ich ihr ein.

Nachdem Calder und Axon mich gefickt hatten, und zwar gründlich, hatten sie mich zwar sauber gewischt, aber unter die Dusche springen durfte ich nicht. Dem virilen, zufriedenen Ausdruck auf ihren Gesichtern nach gefiel ihnen die Tatsache, dass ich mit ihrem Samen markiert worden war.

Und dieser Samen? Heilige Scheiße, das Zeug hatte es in sich.

Ich hatte nicht die Absicht, über Babys zu reden, aber—

"Oh Gott," platzte es aus mir heraus.

Leah hielt inne und wirkte alarmiert. Die Garden am Eingang traten einen Schritt näher. Ich streckte die Hand aus. "Sorry, alles bestens. Mir ist nur eben etwas klar geworden."

Leah zog eine Augenbraue hoch und wartete. Oh ja, sie war definitiv eine Königin.

Ich beugte mich an sie heran. "Ich habe gar nicht übers schwanger werden nachgedacht," flüsterte ich.

Sie lächelte nur. "Bei mir hat es kaum fünf Minuten gedauert."

Erschrocken legte ich die Hände an meinen flachen Bauch. "Ich nehme die Pille."

"Nein, tust du nicht, nicht mehr." Sie erkannte, dass ich panisch wurde—drei Partner waren an sich schon eine gewaltige Veränderung, zumindest für den

Moment—und legte eine Hand an meinen Oberarm. "Geh einfach zur Krankenstation und lass dir eine Spritze geben, genau wie zu Hause." Sie räusperte sich und errötete leicht. "Ich meine auf der Erde." Sie blickte nach rechts und links. "Erzähl bloß niemanden, dass ich das eben gesagt habe."

Ich runzelte mit der Stirn. "Was? Dass ich mir eine Verhütungsspritze geben lassen soll?"

"Nein, dass die Erde mein Zuhause ist. Das ist sie nicht. Viken ist meine Heimat, aber deinetwegen habe ich das vergessen. Und mein Hintern wird den Preis dafür bezahlen."

Ich schnaubte, dann lachte ich. "Du bekommst also auch den Arsch versohlt?"

Wir starrten uns nur an und dann lachten wir beide, bis uns die Tränen über die Wangen liefen.

"Komm, ich werde dich erst einmal herumführen." Sie nahm meinen Arm und führte mich aus dem Zimmer hinaus auf einen großräumigen Gang. Ein paar Garden folgten uns, allerdings auf angemessener Distanz. War es das, was Axon und Calder auf ihrem Posten taten? Wenn ja, dann hätte ich nichts dagegen, wenn einer der beiden mir jetzt hinterherlaufen würde. Obwohl, ich wollte nicht, dass sie mithörten, wie ich ein Mädchengespräch führte. Ich war nicht sicher, ob sie mich verstehen würden, zumindest noch nicht. Schließlich kannte ich sie noch nicht besonders gut.

"War es ... war es schwer für dich, deine Partner kennenzulernen? Ich meine, es sind immerhin gleich drei und sie sind so ... munter," gestand ich ein.

"Alle ehemaligen Koalitionskämpfer haben sich das Recht auf eine Partnerin verdient, wenn das Testprogramm also ein passendes Match für sie findet, sind sie immer *mehr* als eifrig."

"Aber meine haben sich nicht zusammen testen lassen. Es ist nicht so, als ob sie Freunde wären oder so."

Ein Garde öffnete uns die Tür und

wir traten hinaus auf den Balkon, der die gesamte Palastfassade schmückte. Der Ausblick war außergewöhnlich, ganz Viken United war zu sehen—oder zumindest musste ich davon ausgehen.

Das erinnerte mich an das Fenster, aus dem ich geblickt hatte, während Calder mich gefickt hatte und die Möglichkeit bestand, dort gesehen zu werden. Das hatte mich ganz heiß gemacht —nein, noch heißer—und ich war heftig gekommen. Selbst jetzt, wenn ich daran dachte gegen dieses Balkongeländer genagelt und von hinten gefickt zu werden, während die Leute unten mir dabei zusahen, wurde meine Muschi feucht. Windend umfassten meine Hände das dicke Geländer.

"Meine Partner sind Brüder, sie sind Drillinge, allerdings hatten sie sich bis zu unserem Match nie kennengelernt. Es war keine einfache Umstellung. Und um auf deine Frage einzugehen, nein. Es war keine schwierige Zeit, aber es hat eine *Weile* gedauert. Hab Geduld."

Ich blickte auf die Gebäude draußen, auf die abwechslungsreiche Architektur, die sich harmonisch in die Natur einfügte und ein Teil der Landschaft wurde.

"Aber wir ... wir haben Sex. Sehr viel Sex. Ich meine, sie sind meinetwegen bis zu meiner Wohnung nach Florida gereist und ich habe auf der Stelle auf der Couch mit ihnen gefickt."

Die Erinnerung trieb mir die Schamesröte ins Gesicht.

"Am besten, du lässt deine irdischen Moralvorstellungen, deine Scham beiseite. Es ist nicht das gleiche hier. Du kannst die Männer hier absolut nicht mit den Typen auf der Erde vergleichen. Sie sind sehr sinnlich und Sex ist für sie die Bekundung ihrer Zuneigung für dich. Außerdem sind sie gut dabei." Sie zwinkerte einmal. "So, wie du gerade rot wirst gehe ich davon aus, dass deine ebenso gut im Bett sind. Und dass die Macht des Samens dich überwältigt hat."

Ich biss mir auf die Lippe. "Sag mir, was es damit auf sich hat."

Das tat sie, ohne Umschweife erklärte sie mir, wie extra stark der Vikensche Samen auf die Frauen mit drei Partnern einwirkte, und ganz besonders auf diejenigen von einem fremden Planeten wie der Erde, deren genetische Struktur nicht an diese Substanz angepasst war. Es war wie der Genuss von Meeresfrüchten in einem dritte-Welt-Land. Ich würde erbärmlich krank werden, aber den Einheimischen würde es überhaupt nichts ausmachen. "Keine Sorge, das wird sich schon einpendeln. Du wirst dich immer nach deinen Partnern sehnen und mit ihnen schlafen wollen, aber nicht wegen der Macht des Samens. Die ist nur um ... nun, um das Eis zu brechen."

"Okay. Danke."

"Jetzt erzähl mir von dir. Was hast du auf der Erde gemacht? Ich war im Grunde eine Waise, dann eine Studentin und dann bin ich von einem reichen, charmanten Immobilienhai von den Füßen gefegt worden."

"Was ist passiert? Wie bist du hier auf Viken gelandet?"

Leah seufzte, und der Kummer in ihren Augen war nicht neu, sondern überwunden. Ihre damaligen Probleme waren überwunden und sie war jetzt glücklich. "Wie sich herausstellte, ist er mit Drogen reich geworden, er hatte ein paar zwielichtige Businesspartner und sobald wir verlobt waren, hat er beschlossen, seine Launen an mir auszulassen."

"Meine Güte. Das tut mir leid."

Sie lachte. "Mir nicht. Sieh nur, wohin es mich schließlich geführt hat. Ich bin eine Königin, ich habe eine wunderschöne Tochter und drei umwerfende Krieger, die mich lieben und mich beschützen." Sie blickte mir mit aller Tiefe in die Augen. "Das Leben ist hart. Und schön. Und unfair. Und schmerzhaft. Und perfekt. Ich würde nicht eine Sekunde ändern wollen. Du etwa?"

Ich wusste nicht, was ich darauf sagen sollte. Im Moment war ich mir über meine Zukunft alles andere als sicher, also wechselte ich das Thema. "Ich wollte Architektin werden, aber meine Noten haben leider nicht für ein Stipendium gereicht. Also bin ich stattdessen zur Berufsschule gegangen. Ich war in einem Architekturbüro, arbeitete viel mit CAD, zeichnete Pläne am Computer."

Leah wirkte erst überrascht, dann blickte sie zufrieden. "Na dann ist das hier ja genau das Richtige für dich. Was hältst du von der Architektur in Viken United?" Sie deutete auf die Stadtlandschaft hinder dem Balkongeländer.

Ich blickte auf das Panorama vor mir und betrachtete ausgiebig die Gebäude vor mir. Der Palast selbst war ein seltsamer Mix aus englischen Tudorstil-Türmen und Steinbefestigungen mit barocken Stilelementen, die Bögen und Zierleisten waren sehr theatralisch und erinnerte ein bisschen ans antike Rom.

Wir waren innerhalb der Stadtmauern von Viken Untited, wo die drei Könige und die Repräsentanten der drei Sektoren zusammen den Planeten regierten. Die Schutzmauer um die kleine Stadt herum war solide und ungeschmückt, sie sah futuristisch aus und bildete einen scharfen Kontrast zu den spektakulären Gebäuden im Inneren. "Es ist wunderschön hier, Ich liebe den Stil, die Vielfalt der Gebäude."

"Und ich liebe es, meine Partnerin glücklich zu sehen."

Wir beide wirbelten herum, als wir Zeds Stimme vernahmen. Er verneigte sich vor Leah und schenkte mir ein Grinsen. Mit ihm waren drei große, identisch aussehende Männer gekommen. Sie hatten zwar unterschiedliche Frisuren und ein unterschiedliches Auftreten, aber sie waren eindeutig Brüder. Man musste kein eineiiger Zwilling sein, um das zu bemerken. Das hier mussten die drei Könige sein. Eineiige Drillinge. Leahs Partner.

Wir wurden einander vorgestellt und ich verneigte mich so gut wie möglich, auch wenn das vollkommen neu für mich war. Sie waren jung, etwa in meinem Alter, und es war ein bisschen bizarr. Aber, ich war neu hier und ich wollte Zed nicht blamieren.

"Deine Partnerin wünscht sich sicherlich deine Zuwendungen. Danke für deinen Besuch," erklärte Leah grinsend.

Ich wurde rot im Gesicht, denn ich wusste genau, woran sie gerade dachte. Zed *wollte* mich und sie würde uns nicht länger voneinander abhalten.

Zed

Wie gut es mir tat, als Violet sich zusammen mit der Königin vergnügte, ja sogar lachte. Mit einer anderen Frau von ihrer Welt. Ich wusste, dass sie beste Freundinnen sein würden; Königin Leah war eine gütige Frau, aber auch ziemlich ... beherzt. Leidenschaftlich. Sie ähnelten sich vom Charakter her und ich hatte keinen Zweifel daran, dass wir alle sechs, also die Männer, die mit den beiden Erdenfrauen verpartnert waren ihres lodernden Temperaments wegen vorzeitig altern würden.

Ihr erstes Treffen, das nur etwa eine Stunde gedauert hatte, war nicht lang genug gewesen, um Violet übers Knie zu legen und ihr den Arsch zu versohlen. Was ihr gefallen würde. Und zwar viel zu sehr.

Eine Stunde ohne ihre drei Männer reichte erst einmal. Axon, Calder und ich waren uns ihrer *ständigen* Lust auf Sex sehr wohl bewusst. Die Macht des Samens wirkte in ihr. Ich hatte vom ersten Moment an, als sie auf der Erde ihre Apartmenttür aufmachte gewusst, dass sie eine feurige Liebhaberin war, aber diese Leidenschaft wurde jetzt bei weitem übertroffen. Für den Moment jedenfalls.

Die Macht des Samens war stark, sie fesselte die neuen Partner aneinander und schaffte eine Bindung, die darauf basierte, dass man einfach *zusammen* sein musste. Nackt. Eng beieinander. Der Mann musste faktisch in seiner Partnerin *drin* bleiben.

Nach der offiziellen Beanspruchung ließ die Wirkung nach, aber bis vor kurzem war es immer nur ein Mann. Violet hatte wie Königin Leah drei Männer, die sie mit ihrem Samen füllten. Daher benötigte sie extra viel Zuwendung, extra viel Aufmerksamkeit ... und Sex. Keiner von uns beschwerte sich über ihre krampfhafte Gier nach unseren Schwänzen. Unseren Fingern, unseren Mündern.

Und die Tatsache, dass ich 'unsere' und nicht 'meine' Partnerin verwendete, brachte mich zu der Erkenntnis, dass drei Partner eine gute Sache waren. Ich war jetzt an der Reihe sie im Auge zu behalten, sie zu beschützen und alle ihre Bedürfnisse zu erfüllen.

Und nach der Art, wie ihre Wangen leuchteten und ihre Nippel unter ihrem weichen Kleid hervorstanden, würden ihre Bedürfnisse schon bald auch sexueller Natur sein.

Ich verneigte mich vor der Königin und reichte Violet die Hand. Sie ergriff sie ohne zu zögern und ich geleitete sie vom Balkon und hakte ihren Arm unter meinen Ellbogen.

"Hat es dir gefallen?" fragte ich.

"Ja, sie ist sehr nett."

"Ich habe gehört, wie du ihr von deiner Ausbildung und deiner Arbeit im Architekturbereich erzählt hast."

"Ja, auf der Erde war das mein Job."

Ich blickte auf sie herunter und bemerkte, dass sie stolz auf ihren Beruf war, genau wie ich stolz auf meine Zeit bei der Koalition war, meinen Dienst im IQC und jetzt hier, auf meinen neuen Posten auf Viken United.

"Wenn du dich erst einmal eingewöhnt hast, dann werden wir schauen, dass du wieder dort anknüpfen kannst."

Sie wurde langsamer und schaute mit großen Augen zu mir auf. "Wirklich?"

Stirnrunzelnd neigte ich den Kopf zur Seite. "Was spricht dagegen?"

"Leah arbeitet nicht und sie hat ein Kind. Und ich nehme an, dass das zweite Baby nicht lange auf sich warten lässt."

Ja, so, wie ihre vier Eltern sie vergötterten musste ich annehmen, dass Prinzessin Alayna bald einen Bruder oder eine Schwester bekommen würde.

"Königin Leah ist nicht gleich du. Und sie arbeitet. Sie ist nicht nur untätig. Ihre Aufgabe ist es ihr Volk zu führen und die Prinzessin zu einer zukünftigen Königin zu erziehen."

"Das stimmt, aber ..."

Ich hob ihr Kinn nach oben und wartete, bis sie mir in die Augen blickte. "Was genau hast du?"

Sie leckte sich die Lippen und mein Schwanz schwoll umgehend an. "Sie hat gesagt, dass sie sofort schwanger geworden ist. Ich, also ich will schon Kinder, aber nicht *sofort*."

Aha. Wir hatten sie gefickt, gründlich. Die Chancen auf ein Baby standen nicht schlecht. Viele Paare auf Viken zögerten den Kinderwunsch hinaus, bis der passende Zeitpunkt gekommen war. Andere ließen der Natur freien Lauf und mit der Macht des Samens war eine baldige Schwangerschaft so gut wie garantiert.

"Auf der Erde habe ich die Pille genommen, aber jetzt nicht mehr. Meine Pillenschachtel ist buchstäblich Lichtjahre weit weg."

Sie war besorgt. Ich hörte es in ihrer Stimme, sah es an der Anspannung in ihrem Körper. Sie war noch nicht soweit. Was bedeutete, dass ich ebenso wenig bereit war Vater zu werden. Abgesehen davon musste ich sie jetzt mit Axon und Calder teilen. Ein Baby würde die Lage nur noch komplizierter machen.

Ich beschleunigte meinen Gang. "Wohin gehen wir?" wollte sie wissen, während sie mir hinterher hetzte. Ich ging langsamer, aber nur ein bisschen.

"Zur Krankenstation. Für die Verhütungsspritze. Es ist deine Entscheidung."

"Aber warum laufen wir dann so schnell?" fragte sie leicht außer Atem.

"Weil je eher das erledigt ist,"—ich blickte an ihr herunter, während wir aus dem Palast liefen—"ich dich in eine dunkle Ecke oder einen verlassenen Gang zerren und dich durchficken werde."

Nachdem wir einen Doktor aufgetrieben hatten, dauerte es fünf Minuten. Ein kurzer Scan mit einem Leuchtstab und die Ärztin hatte sichergestellt, dass Violet nicht schwanger war, dann verabreichte sie ihr eine Spritze, die sicherstellte, dass das in der nächsten Zeit auch so bleiben würde. Uns wurde versichert, dass die Wirkung jederzeit aufgehoben werden konnte und Violet war wieder beruhigt.

Aus diesem Grund hielt ich, nachdem die Ärztin den Raum verlassen hatte Violets Hand. Ich wollte, dass sie im Untersuchungsraum blieb. Mit hochgezogener Augenbraue blickte sie über ihre Schulter zu mir herüber.

"Heb dein Kleid hoch. Zeig mir deine Muschi."

Sie machte große Augen, obwohl wir offensichtlich allein im Raum waren und die Tür verschlossen war. "Hier?"

Ich nickte leicht und verschränkte die Arme vor der Brust.

Sie schluckte nervös. "Es könnte gleich jemand reinkommen."

Sie war nervös, aber sie war ebenso angetörnt. Ihre Wangen bekamen Farbe und ihr Kleid konnte ihre steifen Nippel nicht mehr verbergen.

"Ja, aber ich habe das Gefühl die Ärztin weiß, dass sie uns nicht stören sollte."

Sie schnappte nach Luft. "Die denken wir werden—"

Mahnend streckte ich die Hand aus.

"Du hast hier nichts zu Sagen. Ich bestimme." Ich trat an sie heran und umfasste ihren Kiefer. "Ich würde dich niemals in Gefahr bringen oder dir wirklich Angst oder Unbehagen bereiten. Aber ich werde deine Grenzen austesten, dich reizen und herausfinden, worauf du abfährst, was dich heiß macht. Wenn du das hier nicht magst, wenn es dir wirklich Angst macht, dann werde ich es sofort lassen."

"Wirklich?"

"Liebes, was habe ich nur getan, damit du mich für einen Wüstling hältst?"

Einen Moment lang überlegte sie. "Nichts. Aber was werden die Ärzte und die Techniker von uns denken?"

"Dass ich mich glücklich schätzen kann, dich als Partnerin zu haben."

Ihre Augen blickten jetzt milde und sie lächelte, sie stellte sich sogar auf die Zehenspitzen und verpasste mir einen sanften Kuss. Ich schloss sie in meine Arme, spürte ihren weichen Körper gegen meine harten Kanten. Ihre Lippen öffneten sich und ich drang in sie ein, meine Zunge umspielte die ihre. Ich mochte zwar dominant sein, aber nicht immer und überall. In ihr konnte ich mich mühelos verlieren, mich ihrer Berührung, ihrem Aroma, ihrem Duft hingeben. Allem.

Ich beendete den Kuss und lehnte meine Stirn gegen ihre. "Ah! Liebes, was machst du nur mit mir."

Sie lächelte, ihr Mund war geschwollen und nass. Es wurde Zeit, dass ich mich wieder zusammenriss. Ich trat zurück, verschränkte die Arme vor der Brust. Ich zog eine Augenbraue hoch und stellte sicher, dass meine Stimme so tief wie möglich klang.

"Heb dein Kleid hoch, Violet, und zeig mir deine süße Muschi."

Ich wartete, als sie es sich durch den Kopf gehen ließ. Ich zwinkerte einmal, damit sie verstand, dass ich es zwar ernst meinte, es aber sehr wohl auch ein Spiel war. Es dauerte nicht lange, bis sie auch ein bisschen Spaß haben wollte. Nur Sekunden.

Ihre Finger umschlossen das wallende Material und zogen es langsam nach oben, bis es auf Hüfthöhe lag. Als ihre Muschi frei lag, trat ich näher. "Warum sehe ich gar keinen Samen aus deiner Muschi tropfen? Haben Axon und Calder dir nicht gegeben, was du brauchst?"

Sie keuchte. "Also ich würde nicht erst heißen, wilden Affensex haben und mich dann völlig durchgenudelt bei der Königin vorstellen." Dieses Szenario schien sie ernsthaft zu verärgern, was mir ganz recht war. Ich hatte nicht alles von dem verstanden, was sie eben gesagt hatte, aber ich wusste, was wilder Sex war. Was die Affen anging, so konnte ich mir vorstellen, was sie damit meinte und der Gedanke machte mich rasend.

"Haben sie dich gefickt, Liebes? Erzähl mir, was sie mit dir angestellt haben." Ich hob sie in meine Arme und lief mit ihr nach hinten, bis sie regelrecht gegen die Wand genagelt war. Ich packte ihren Arsch, hob sie hoch und sie schlang die Beine um meine Hüften. Ich zog gerade so weit zurück, um meine Hose zu öffnen und innerhalb eines Atemzugs war ich in ihr drin. Bis zu den Eiern. Bis zum Anschlag.

"Zed," hauchte sie und ihr zarter Atem fächelte gegen meinen Hals.

"Sag's mir." Mit den Zähnen zog ich an ihrem Ohrläppchen, vorsichtig, aber stark genug, um sie zum Beben zu bringen.

"Axon hat zugesehen." Ihre Muschiwände zogen sich um meinen Schwanz zusammen, als sie an ihre Zeit mit den anderen zurückdachte, ihr Körper reagierte schmachtend und er wurde ganz weich und nachgiebig. Was auch immer sie mit ihr angestellt hatten, sie wollte mehr.

"Zugesehen? Und was hat Calder mit dir gemacht, mein Schatz? Hat er deinen Arsch gefickt? Hat er dich kommen lassen?"

"Ja."

Ich zog heraus und rammte tief in sie

hinein, meine Hand umspielte ihren zarten Arsch und ich ließ zwei Finger dort in sie hinein gleiten. Sie stöhnte und warf den Kopf in den Nacken, ihre Augen waren geschlossen. Und ich war an der Schwelle zum Orgasmus. Einfach so. Nach einem Stoß. "Hat es dir gefallen? Hast du geschrien? Hast du seinen Namen gerufen?"

"Ich weiß nicht. Ich erinnere mich nicht." Ihre Worte waren kaum mehr als ein Hauchen. Sie schleuderte den Kopf hin und her, also vergrub ich meine freie Hand in ihren seidigen Strähnen und hielt sie fest, während ich in sie pumpte, mit ihrem Arsch spielte und ihren Mund mit einem harten, dominanten Kuss eroberte. Sie war jetzt mit mir zusammen. Mir. Und alles, was sie mit den anderen hatte gehörte ebenfalls mir. Sie würde es mir geben. Sie würde mir jedes ihrer Gefühle gestehen und mir sagen, was sie brauchte. Sie würde meinen Samen nehmen und laut meinen Namen kreischen.

Mir.

So war so feucht, sie triefte nur so vor Erregung und tief in ihr drin trug sie den Samen der anderen zwei. Sie war heiß und straff, einfach perfekt.

"Zed."

Ich fickte sie gleichzeitig mit Schwanz und Fingern und füllte sie komplett aus. Mit aller Gewalt verzögerte ich meinen Orgasmus, während mein Vorsaft die Innenwände ihrer Muschi auskleidete und ihr Blut zum Kochen brachte. Sie war verzweifelt. Sie stöhnte. Sie war am Dahinschmelzen. Ihre kleinen Hände gruben sich in meinen Rücken, in mein Haar und auch ohne Worte bettelte sie darum, härter von mir gefickt zu werden. Schneller. Sie wollte zum Höhepunkt gebracht werden.

Sie wimmerte und ich betrachtete ihr Gesicht und war einfach nur überwältigt, dass eine so schöne, großzügige Frau mir gehörte. Dass sie für immer mir gehören könnte, wenn die anderen nur endlich aufwachen würden. Sie gehörte uns allen.

Sie brauchte uns alle. Und so sehr ich sie auch für mich allein haben wollte, als ich zusah, wie sie die anderen fickte und von ihnen beglückt wurde und dabei spürte, dass sie die anderen ebenso sehr brauchte wie mich, war ich glücklich. Zufrieden.

Ihr Winseln wandelte sich in ein Stöhnen, ihre Fingernägel gruben sich tief in meine Schultern, selbst durch die Uniform hindurch. Ich genoss den Schmerz, den Beweis für ihr Verlangen. "Brauchst du mehr, Liebes?"

"Ja, Sir."

Dieses eine Wort ließ alle meine Sicherungen durchgehen. *Sir.* So lieblich und unterwürfig, sie hatte keine Ahnung, was für eine Macht sie über mich hatte.

Ich pumpte hart und schnell, nahm ihren Mund mit einem tiefen Vorstoß meiner Zunge und füllte sie aus. Mein Samen ergoss sich in ihre heiße Muschi und ich verschluckte ihren Schrei, als ihr Körper sich völlig aufgelöst verkrampfte und ungehemmt zitterte. Die Macht meines Samens würde sie an mich binden, sie würde immer mehr davon wollen.

Bei den Göttern, hoffentlich wollte sie mehr, denn ich würde nie genug von ihr bekommen.

Als wir beide erschöpft waren, hielt ich sie weiter gegen die Wand, mein Schwanz blieb tief in ihr vergraben und wir rangen nach Luft.

"Zed, ich will mich nicht zwischen euch entscheiden." Als sie sich mir leise offenbarte, hatte sie die Arme um mich geschlungen, ihre Fingerspitzen umspielten mit einer unmissverständlich sinnlichen Liebkosung meinen Hinterkopf. Ihre feminine Geste ließ mich erschaudern und in meiner Brust tat sich eine nie gekannte Schwere auf.

Das Gewicht schmerzte, aber es war ein Schmerz, ohne den ich nicht mehr leben wollte. Es war Liebe. Das musste es sein.

"Ich weiß, Liebes. Wir werden schon eine Lösung finden."

Ihre salzigen Tränen rissen die neue Wunde in meinem Herzen weit auf und fast hätte mich das Vertrauen, dass sie mir entgegenbrachte innerlich gebrochen. Sie war dabei, mir ihr Herz auf einem silbernen Tablett zu reichen und Calder, dieser Schwachkopf, war zu verfickt dämlich um es anzunehmen, um den Wert zu verstehen.

Schließlich zog ich meinen Schwanz aus ihr heraus, verpackte ihn wieder in meiner Hose und in diesem Moment schwor ich, dass ich wenn nötig die Scheiße aus diesem sturen Krieger rausprügeln würde. Axon würde keine Probleme machen. Er hatte bereits vor mir verstanden, was es für uns vier bedeuten würde eine Familie zu werden.

Ich war arrogant und egoistisch, als ich mit ihr verpartnert wurde. Als ihr die Tränen in die Augen stiegen und sie mir preisgab, wie sehr wir sie verletzt hatten, wurde mir klar, dass es hier nicht um uns ging, sondern um sie.

Sie war mit allen dreien von uns verpartnert worden.

Wenn einer perfekt für sie gewesen wäre, dann hätte das Protokoll auch nur einen Mann für sie ausgesucht.

Ich half ihr dabei, sich ihr Kleid zurechtzurücken und war insgeheim begeistert darüber, dass mein Samen jetzt an ihren Schenkeln klebte, dass sie meinen Geruch auf der Haut trug. Und dass sie sich mir anvertraut hatte, als sie ich in meine Arme geworfen hatte. Ihre Tränen hatten meine Uniform durchtränkt und befeuchteten meine Haut, aber ich begrüßte sie als eine Art Ehrung, als Zeichen ihres Vertrauens.

Sie gehörte mir und ich würde sie nicht aufgeben.

Und wenn sie Axon und Calder ebenso brauchte, dann würde ich sicherstellen, dass sie sie auch bekommen würde. So oder so. Ihr Glück war alles, was für mich zählte.

Viele Minuten verstrichen, während ich sie so in den Armen hielt, ich war froh über unseren Moment hier, abseits vom geschäftigen Trubel draußen.

Als es an der Tür klopfte, wollte ich den Störenfried instinktiv ignorieren, aber Violet schreckte auf und ich wusste, dass es mit dem magischen Moment vorbei war.

9

iolet

"Ja?"

Die Tür schob sich auf und eine Mitarbeiterin der Krankenstation verneigte sich leicht. "Entschuldigen sie die Unterbrechung, Sir. Gnädige Frau."

Die Krankenschwester, oder was immer sie war, wirkte durch und durch nett. Sie war ein ganzes Stück größer als ich und hatte breitere Schultern. Sie trug eine grüne Krankenhauskluft, aber ihr

Armband war rot, genau wie bei den Jungs.

Sollte sie irgendwie mitbekommen haben, was wir eben im Untersuchungszimmer getrieben hatten, dann ließ sie sich nichts davon anmerken. Umso besser, denn einen Moment hatte ich gefürchtet, dass ich vor Lust sterben könnte, als Zed mich gegen die Wand fickte und im nächsten Moment war ich am Weinen und untröstlich gewesen. Ich wusste nicht genau, was ich davon halten sollte. Ich war erschöpft, erfüllt, verwirrt, wund, zufrieden. Alles auf einmal. Mein Körper war nach dem Stress mit Mindy, dem Transport und mehr Orgasmen in den letzten paar Stunden als im ganzen letzten *Jahr* total ausgepowert. Mein gesamter Körper hatte Muskelkater, aber ich fühlte mich geliebt und *lebendig*. Und zwar richtig lebendig, zum ersten Mal seit Jahren.

Und meine Partner verlangten, dass ich sie aufgab. Verlangten, dass ich mich für einen von ihnen entscheiden würde. Der Gedanke war wie ein Stich ins Herz.

"Es gibt eine dringende Nachricht vom IQC auf Trion für Violet Nichols, Partnerin von Zed, Axon und Calder, Elitegarden der königlichen Familie. Es ist ein Notruf."

Zed nahm meine Hand, zerrte mich aus dem Raum und in den Hauptbereich der Krankenstation. Der Saal war voller Bildschirme und Monitore mit Daten, von denen ich nichts verstand. Kreisförmig um den Zentralbereich angeordnet gab es weitere Räume, wie der, aus dem wir eben herausgekommen waren, aber ich hatte keine Ahnung, wie viele davon belegt waren.

Trion? Notruf? "Mindy? Ist Mindy etwas zugestoßen?" Mein Herz setzte einen Moment aus und ich war so verdammt froh, dass ich nicht allein war. Alle meine erbärmlichen Probleme waren vergessen. Mindy war wichtiger als mein neues Leben auf einer neuen

Welt, mit drei Männern, die, wie es aussah, alles für mich tun würden.

Gott. Was war nur bei Mindy los?

"Sie werden jetzt durchgestellt," sagte die Krankenschwester und ging an eine der Steuerkonsolen. Ich wusste noch nicht einmal, wo ich ein Kommunikationsgerät finden würde—aber wenigstens wusste ich, wie die Dinger aussahen, schließlich hatte ich im Bräutezentrum in Miami selber eines benutzt.

Zed starrte an die Wand und ich folgte seinem Blick.

Sie machte sich an der Steuerung zu schaffen und einer der Bildschirme, der eben noch Patientendaten gezeigt war, wurde fünf Sekunden lang schwarz.

Und dann erschien General Goran, der Partner meiner Schwester auf dem Bildschirm. Im Gegensatz zum letzten Mal, als er überglücklich und über beide Ohren verliebt aussah, erblickte ich einen gebrochenen Mann. Er war entkräftet. Mit Schmutz und Blut bedeckt.

Der Raum hinter ihm sah aus, als ob dort eine Bombe hochgegangen war.

"Schwester, ich bedaure zutiefst, aber ich habe schlechte Neuigkeiten."

"Wo ist sie? Wo ist Mindy? Geht es ihr gut?" Wie aus einem Schnellschussgewehr schleuderte ich ihm die Fragen an den Kopf, ohne ihn wirklich antworten zu lassen. Er streckte die Handflächen aus, um mich zu beruhigen.

"Meine Liebste ist verwundet worden, aber bald wird es ihr besser gehen. Sie liegt in einem ReGen-Tank und heilt."

Ich blickte zu Zed. "Ein Tank? Was ist das?" Bilder von Mindy, wie sie in einer Art Alien-Sarg lag, huschten mir durch den Kopf und ich fing an zu zittern.

"Das ist ein Behandlungsapparat, den wir für eine schnellstmögliche Genesung einsetzen." Zed klang besorgt. Zu weich. Zaghaft.

"Eine schnelle Genesung von was bitte?" Ich wandte mich an den Mann meiner Zwillingsschwester. "Was ist Mindy zugestoßen?"

Gorans Augen verdunkelten sich, sie wurden nicht aufreizend düster oder emotional, sondern tödlich. Es war der herzlose, gnadenlose Blick eines Raubtiers. "Ein Attentäter hat zugeschlagen, als Regierungsrat Tark die Versammlung eröffnen wollte."

Mein Puls hämmerte so laut in meinem Schädel, dass ich kaum verstehen konnte, was er da sagte. "Ein Attentäter? Warum sollte man meine Schwester umbringen wollen?"

"Weil sie meine Partnerin ist. Und ich bin als General für die Armeen des Regierungsrats verantwortlich. Der Angriff war ein Versuch, mich unter den anderen Anführern zu diskreditieren, um Tark wie einen Schwächling aussehen zu lassen, der nicht in der Lage ist sein Volk zu schützen." Zu seinem Glück sah Goran zerknirscht aus. Denn wenn ich gekonnt hätte, dann wäre ich durch den

Bildschirm gesprungen und hätte ihn eigenhändig erwürgt.

"Und?" Ich wollte ihn am liebsten anschreien, aber meine Stimme war trügerisch ruhig. Sollte ich ihn erstmal zusammenschreien, dann würde ich gar nicht mehr aufhören. Ich war kurz vorm Überschnappen. "Dann hätten sie seine Partnerin umbringen sollen, nicht deine."

Gorans Seufzen machte meinen Körper tausend Pfund schwerer. Jedenfalls fühlte es sich so an. "Eva, die Gemahlin des Regierungsrats wird in den nächsten Tagen ihren Sohn und Thronfolger zur Welt bringen."

"Meine Schwester war also bei dieser Versammlung? Warum? Als Stellvertreterin? Wieso? Ist sie Teil des Regierungsrats? Das verstehe ich nicht."

"Violet, ich bin stolz auf meine Partnerin. Deine Schwester ist wunderschön und stark, sie ist treu und unterwürfig. Ihre Akzeptanz für mich und die anderen ist ein starkes Signal an den Rat und an meine Feinde."

Jetzt wollte ich ihn erst recht anschreien. Wut schäumte in mir, bis Zeds mächtige Hand auf meinem Nacken landete. Seine Berührung war wie Eis auf einem Brandherd, sie beruhigte mich. Ließ mich wieder durchatmen. Sie erinnerte mich daran, dass ich nicht allein war, dass ich nie wieder allein sein musste. "Du wolltest mit ihr angeben und Mindy ist ins Kreuzfeuer geraten."

Goran senkte den Kopf, sein Kummer war echt und so eindringlich, ich konnte seinen Schmerz buchstäblich durch den Bildschirm hindurch spüren. "Ihre Anwesenheit war eine kalkulierte Machtdemonstration, ein Zeichen des Vertrauens von seiten des Regierungsrats. Und ich habe versagt. Der Attentäter ist an unseren Wachleuten vorbeigekommen, am gesamten Sicherheitsbereich und hat meine Partnerin vor meinen Augen angegriffen. Ich musste ihm hilflos zusehen. Das werde ich mir nie verzeihen und ich werde nicht ruhen, bis derjenige, der Mindy dieses Leid zugefügt hat, vernichtet wurde."

"Also ist er geflüchtet? Er hat auf meine Schwester gefeuert und konnte flüchten?"

"Ja."

"Du hast gesagt, sie wäre in Sicherheit. Du hast es mir *versprochen*." Meine Stimme wurde bedrohlich tief und ich wollte ihn hassen, weil Mindy seinetwegen verletzt worden war, aber ich konnte es nicht, nicht, wenn es ihm deswegen offensichtlich noch viel schlechter erging als mir. Er war bereits am Boden zerstört, warum dann also noch auf ihn eintrampeln.

"Sie *ist* sicher," konterte Goran. "Wir sind von einem unserer eigenen Leute verraten worden. Keine Sorge, Schwester, ich schwöre, dass ich den Verräter finden werde und er dafür bezahlen wird."

Oh ja. Genau das hatte ich schon mal

gehört. Goran machte vollmundige Versprechungen, konnte diese aber nicht halten. Er hatte mir versprochen, dass Mindy nichts zustoßen würde und jetzt lag sie in einem Tank. Zum Heilen, aber sie war verletzt worden. Er hätte es gar nicht so weit kommen lassen dürfen!

"Niemand legt sich mit meiner Schwester an," zischte ich, Hände auf die Hüften gestützt. Zed machte große Augen. "Kein Mann, keine Frau oder Alien wird ihr weh tun und dann ungestraft davonkommen."

"Ich werde mich darum kümmern, Schwester," versicherte Goran.

Ich würde mich jetzt *nicht* mit den Ego-Verstrickungen von männlichen Alphatypen befassen, selbst wenn ich ihn durch den Bildschirm hindurch erwürgen wollte. Sich darum kümmern? Ja, richtig. Als ob er sich bis jetzt um irgendetwas gekümmert hatte.

"Bei allem Respekt, General, aber du bist nur ein einziger Mann. Ich habe drei Partner, die mir dabei helfen werden, diesen Trionischen Bastard dingfest zu machen. Wer auch immer er ist. Wir werden dir dabei helfen ihn zu finden. Wenn er Mindy verletzt hat, dann will ich ihn tot sehen."

"Auf keinen Fall." Zed fuchtelte entschieden mit der Hand durch die Luft und Goran schüttelte nur den Kopf.

"Kommt nicht infrage," entgegnete Goran.

"Nein verdammt," fügte Zed hinzu. "Du wirst keinen Fuß in so ein gefährliches Gebiet setzen. Es ist mein Job—genau wie Axons und Calders—dich zu beschützen. Das ist am einfachsten, wenn du hier bleibst und Mindys Partner die Sache überlässt, genau, wie es auch sein sollte."

"Na schön. Von mir aus könnt ihr Alphatypen euch so stur geben, wie ihr wollt. Aber ich bin weder eine Gefängnisinsassin, noch eine Sklavin. Ich werde nach Trion gehen. Allein, wenn es sein muss," drohte ich Zed mit zusammengekniffenen Augen.

Die Krankenschwester hinter uns war klug genug, um die Ruhe zu bewahren.

"Nein, verdammt," wiederholte Zed. "Du wirst nicht von meiner Seite weichen. Weder Axon noch Calder wird dir erlauben nach Trion zu gehen. Sie werden meiner Meinung sein, nämlich, dass deine Sicherheit an erster Stelle kommt."

"Goran hat gesagt, Mindy ist in Sicherheit. Wenn er das sagt, dann muss es auch so sein." Ich wandte mich wieder dem Bildschirm zu und blickte Goran drohend an, wehe, wenn er es wagen sollte mir zu widersprechen, denn das würde bedeuten, dass Mindy wirklich in Gefahr war. "Also, General, ist sie sicher dort oder nicht?"

"Mindy ist sicher," stellte er klar. "Aber der Verräter muss gefunden werden. Er muss hingerichtet werden."

"Dann gehe ich zu Mindy. Meiner Zwillingsschwester. Sie ist verletzt und ich werde ihr beistehen. Ich werde mich selbst um sie kümmern und bei ihr bleiben, bis es ihr besser geht." Ich stemmte die Hände in die Hüften. "Und meine Partner werden alles Notwendige tun, um dir dabei zu helfen den Verräter aufzuspüren. Wenn ich für dich wie eine Schwester bin, dann ist Mindy auch ihre Schwester. Es ist unser Recht euch zu unterstützen."

"Liebes, sie wird keine lange Reha benötigen. Nach ihrer Zeit im ReGen-Tank wird sie wieder völlig gesund sein." Zed flehte mich regelrecht an, aber ich ignorierte jedes einzelne seiner Worte. Meine Schwester brauchte mich. Das war, was mich betraf, das Ende der Diskussion. Ich würde Aufseherin Egara kontaktieren, den Obermufti der galaktischen interstellaren Koalition oder von mir aus auch den super-duper-wichtigen-Alien-Krieger-Gott persönlich. So oder so, ich würde von diesem Planeten verschwinden.

"Dann werde ich *sicher* an ihrer Seite bleiben und ihr helft Goran dabei den

Typen zu finden, der sie angegriffen hat." Ich funkelte Goran an und gab dem *Gebieter* meiner Schwester zu verstehen, wie sauer ich auf ihn war, weil so etwas überhaupt passieren konnte.

Zed sagte nichts darauf, er musterte mich. Ich blickte ihm fest in die Augen und ließ ihn erkennen, wie viel meine Zwillingsschwester mir bedeutete. Ich würde in dieser Sache nicht nachgeben.

"Hör zu, Zed. Meine Schwester, meine *Familie* wurde verletzt. Ich werde zu ihr gehen. Ich bin einverstanden, dass du mit Goran den Täter jagst, während ich *in Sicherheit* rumsitze und warte. Ein Kompromiss. *Du* musst auch ein Zugeständnis machen und mich zu ihr gehen lassen. Sie ist verletzt worden. Sie wird Angst haben. Wir sind immer füreinander da. Immer. Verstehst du das?"

Er entgegnete immer noch nichts.

"Ich werde nach Trion gehen, mit dir oder ohne dich."

Sicher, er konnte mich mühelos überwältigen, aber wenn er das tat, dann würde er diese eine Schlacht gewinnen, nicht den Krieg. Dieses Match, unsere Hochzeit, was auch immer, war bedeutender als dieser eine Vorfall. Wenn er mich jetzt hintergehen sollte, in dieser Frage, dann würde ich ihm niemals verzeihen. Sollte Mindy etwas zustoßen und ich konnte nicht bei ihr sein, dann würde ich *ihnen allen dreien* das nie verzeihen. Das Leben hatte gute und schlechte Seiten. Wenn wir das hier auf die Beine stellen und eine Familie gründen wollten, wenn sie mein Vertrauen, mein Herz gewinnen wollten, dann würden meine Partner sich auf meine Seite stellen, zumindest wenn es wirklich wichtig war. Mindy war meine eineiige Zwillingsschwester, sie war buchstäblich meine andere Hälfte. Das hier war wichtig. Sehr sogar.

"Sende uns die Transportkoordinaten," befahl Zed schließlich und sein Daumen strich sanft über meinen Hals, als er sprach. "Wir kommen, sobald ich die anderen erreicht habe."

Goran verneigte sich leicht. "Na schön. Mindy wird noch sechzehn Stunden im ReGen-Tank bleiben. Wenn sie aufwacht wird deine Anwesenheit sie bestimmt beruhigen. Der ReGen-Tank wird sie zwar komplett wiederherstellen, aber sie wird noch ein paar Tage im Bett bleiben müssen, bis ich sicher bin, dass sie wieder vollkommen gesund ist. Und mit deinen Partnern an deiner Seite bin ich zuversichtlich, dass sie sicher sein wird."

"Danke. Wir kommen so bald wie möglich."

Der Bildschirm erlosch und ich fiel Zed in die Arme, damit seine Stärke und seine Hitze mich aufwärmten. Gott, wie gut es war, jemanden zu haben an den man sich anlehnen konnte, der mir dabei helfen würde auf meine Schwester aufzupassen. Ich war so verdammt lange auf mich allein gestellt gewesen und ich fürchtete, dass das hier nicht real war. Aber er war real. Ich war nicht allein. Zum allerersten Mal.

Zeds tiefe Stimme dröhnte in meinen Ohren. "Axon und Calder werden überhaupt nicht erfreut sein."

Ich blickte zu ihm auf, legte meine Hände an seine Wangen und schenkte ihm meine ganze Herzenswärme. Es sollte verstehen, wie viel das für mich bedeutete. Wie viel *er* mir bedeutete. "Tausend Dank, Zed. Ich liebe meine Schwester."

"Ich weiß, Liebes. Wir wollen dir alle deine Wünsche erfüllen. Von Orgasmen bis zur Familie, aber du wirst dich *nicht* in Gefahr begeben. Das ist meine einzige Bedingung."

"Was habt ihr Space-Typen nur alle? So herrisch und beschützerisch. Goran ist von einem völlig anderen Planeten und mit Mindy führt er sich genauso auf."

Er nahm meine Hände von seinem Gesicht, küsste erst eine Handfläche, dann die andere.

"Du bist meine Partnerin. Es ist meine Aufgabe, mein Privileg für dein

Glück, dein Wohlergehen *und für deine Sicherheit* zu sorgen. Jetzt lass uns zur Transportstation gehen, bevor ich es mir noch anders überlege."

Letzten Endes sah es also doch so aus, als würde ich nach Trion gehen.

10

Axon, Krankenstation, Außenposten Zwei, Trion

DIE KÖNIGE HATTEN mich gewarnt und mir gesagt, dass es mit einer Erdenfrau nicht einfach werden würde. Ich hatte dabei an ihre Andersartigkeit und die merkwürdigen Gepflogenheiten auf der Erde gedacht. Die Heimatwelt hinter sich zu lassen und Viken als ihr neues Zuhause anzunehmen würde Violet wohl einiges abverlangen. Zu viel möglicherweise. Und mit gleich drei Partnern würde die Umstellung ins Dasein einer Vikenschen Braut für sie sogar noch schwieriger werden.

Aber diese Eingewöhnungsprobleme hatten sie damit gar nicht gemeint. Nein, sie meinten *echte* Probleme.

Statt zu ihren Partnern transportiert zu werden, wurde Sophia, ebenfalls eine Braut von der Erde, zu einem entlegenen Außenposten gesendet, wo ein Mordversuch gegen sie unternommen wurde. Die Rebellen hatten sie mit Königin Leah verwechselt. Ihre Partner—Gunnar, Erik und Rolf—mussten stundenlang in den Wäldern auf Viken nach ihr suchen, panisch und hilflos, weil sie ihre Braut nicht verteidigen konnten. Und sie hatten sie noch nicht einmal kennengelernt. Die Vorstellung, selbst auf eine Partnerin zu warten, nur um festzustellen, dass die Koordinaten falsch waren, hätte bei mir wohl einen Herzinfarkt ausgelöst.

Bella, die andere Erdenfrau mit drei Partnern auf Viken, war von ihrer

Schwägerin gekidnappt worden. Es war ein Versuch des VSS das IQC zu infiltrieren und Vikens Kommunikationsverbindung mit der Koalitionsflotte zu zerstören. Fast hätten sie Bella auf einen abgelegenen Sklavenplaneten außerhalb des Koalitionsbereiches transportiert, was sie und ihre drei Krieger wohl vernichtet hätte.

Ich hatte mir nichts weiter dabei gedacht und über den Wahnwitz dieser Geschichten gelacht. Ja, Geschichten. Wie ich mich geirrt hatte. Erst jetzt verstand ich nämlich, was diese Krieger durchgemacht hatten, um ihre auserwählte Partnerin zu beschützen.

Ich war jetzt weder damit beschäftigt stundenlang meine Partnerin durchzuficken, noch war ich dabei ein neues Quartier zu beziehen. Oder ihr Viken United zu zeigen, sie besser kennenzulernen und ihr ihren neuen Planeten mit all seiner Schönheit vorzustellen.

Ich war jetzt nicht bis zu den Eiern in ihr vergraben oder dabei, sie mit Zuneigung zu überhäufen und jeden nackten Zentimeter ihres makellosen Körpers mit meinen Lippen und meinen Händen zu erforschen.

Nein.

Wir waren auf Trion, weil ihre Schwester verwundet worden war. Wir befanden uns auf der Intensivstation der Krankenstation vor einer Reihe ReGen-Tanks. Mein Arm war um Violets Schultern geschlungen und ich tröstete sie, so gut es ging. Calder stand zu ihrer Linken, er lehnte sich gegen die Wand, als ob er das Gebäude vor dem Einsturz bewahrte. Zed stand wie ein Granitklotz da, er achtete auf alle Einzelheiten im Raum, die Leute, die Situation. Wir waren ein leichtes Ziel. Angreifbar. Keiner von uns war je auf Trion gewesen und die Informationen, die Zed über jene Rebellen, die Mindy an den Kragen wollten herausbekommen hatte bedeuteten für uns, dass unsere Sicherheit nicht garantiert werden konnte. Wir alle drei waren durchaus in der Lage uns selbst zu verteidigen, aber es missfiel mir, dass Violet hier war, dass wir sie an einen Ort gebracht hatten, an dem ihr Leben nicht sicher war.

Unsere Partnerin befand sich jetzt sicher in unserer Mitte. Wir hatten die Lage im Griff, aber ich bemerkte sehr wohl die nervöse Anspannung der anderen beiden Krieger, denn ich fühlte mich genauso. Dieses Gefühl würde erst nachlassen, sobald wir wieder zurück auf Viken wären. Nein, zurück auf Viken und in unserem neuen Quartier mit Violet nackig und unter ihren Partnern vergraben, vorzugsweise mit unseren drei Schwänzen in ihr, während wir sie für uns beanspruchten.

Wir starrten auf ihre fast identisch aussehende Doppelgängerin im ReGen-Tank. Ihr Teint wirkte befremdlich, vor Blutverlust und Schmerzen war sie fahl und grau im Gesicht und obwohl sie medizinisch versorgt wurde, beunruhigte uns ihr Anblick. Ganz besonders Violet. Wie ein Tiger im Käfig riss sie sich aus meinen Armen und lief zu dem gläsernen Tank, in dem Mindys leblose Gestalt ruhte. Hin und wieder zurück. Vom Kopf- bis zum Fußende. Wieder zurück. Und wieder. Und wieder.

Zed hatte sich auf der Krankenstation mit Goran ausgetauscht und uns umgehend in seinen Entschluss, nach Trion zu transportieren, eingeweiht. Ich war alles andere als erfreut über den Trip, über die damit verbundenen Gefahren oder die Tatsache, dass Violets Schwester verletzt worden war. Am liebsten wollte ich General Goran erstmal ausführlich zur Rede stellen und herausfinden, wie so etwas überhaupt passieren konnte. Calders verdrossener Miene nach zu urteilen dachte er genauso.

Calder aber schätzte Familienbande mehr als ich oder Zed. Er stammte aus dem ersten Sektor, also ging ihm die Familie über alles. Aber seine Familienmitglieder waren tot und für ihn war das, als ob er einen Arm oder ein Bein verloren hatte. Eine Partnerin—Violet—repräsentierte für ihn den Anfang einer neuen Familie. Für uns alle. Und im erweitertem Sinne würden wir Mindy jetzt ebenfalls zu unserer Familie zählen. Und zähneknirschend sogar General Goran.

Für Violet würde ich alles tun, ich würde sie sogar wie versprochen nach Trion bringen, allerdings nicht, wenn sie dort auch nur ansatzweise in Gefahr wäre. Aber, verflucht nochmal, ihre Schwester war in Schwierigkeiten und ich musste es ihr einfach nachsehen, dass sie verzweifelt an Mindys Seite sein wollte. Die Sache schmeckte mir nicht. Zed schmeckte sie nicht. Selbst Calder war sichtlich nervös. Viken. Unsere Geduld würde auf eine harte Probe gestellt werden, bis wir sie wieder zurückbringen konnten.

Nicht, dass ich mit Trion ein Problem hatte. Es war ein netter Planet. Mit einer angesehenen Bevölkerung. In der Koalition hatte ich mit vielen herausragenden Kriegern von diesem Planeten gekämpft, ich hatte ihren Erzählungen über Trion gelauscht und als Kind in der Schule hatten wir Trion im galaktischen Geografieunterricht durchgenommen, dennoch war es völlig anders, als ich es mir vorgestellt hatte.

Der Planet war nicht grün wie Viken. Überall war Sand. Es herrschte ein Wüstenklima und die Strukturen in diesem Außenposten waren aus schweren Tüchern errichtet, es waren nomadische Behausungen, die bei Bedarf woanders errichtet werden konnten. Die Technik im Inneren—also Transport- und Medizintechnik—war dieselbe wie bei uns. Vielleicht war das die einzige Gemeinsamkeit. Die Bräuche hier waren extrem anders. Goran war ein hoher Regierungsbeamter, die Farben seiner Gewänder wiesen ihn als solchen aus. Aber seine Partnerin lag gänzlich nackt im Re-Gen-Tank und nur die Trübung der unteren Hälfte der Glasscheibe schützte ihren Körper vor aufdringlichen Blicken, allerdings konnte ich die dunkle Linie der Ketten, die an ihren Nippelringen angebracht waren auf ihrem blassen Leib mühelos ausmachen.

Goran war unmissverständlich Mindys Partner. Seine Haltung während unseres Gesprächs im Bräutezentrum versprühte pure Dominanz und Mindy vermittelte Unterwürfigkeit. Es war nichts Falsches daran, es war einfach … anders. Zeds Bedürfnis nach Dominanz war dem nicht unähnlich und das war auch, was er im Bett auslebte, aber die männerdominierte Gesellschaft hier—sowohl im Schlafzimmer als auch außerhalb davon—war gewöhnungsbedürftig.

Offensichtlich war es genau das, was Mindy sich unbewusst gewünscht hatte, denn nur so konnte das Testprogramm sie mit Trion verkuppeln. Bei unserem ersten Kennenlernen auf der Erde wirkte sie überglücklich. Die Verpartnerung war bereits erfolgreich vollzogen worden. Und jetzt, als Goran fieberhaft auf Neuigkeiten von der Suche nach dem Täter wartete, war er voll und ganz

Mindy verfallen. Er gehörte komplett ihr. Seine Gefühle für sie steuerten jede seiner Handlungen. Er wollte sie gesund, wohlauf und in Sicherheit wissen, und das mehr als jeder andere von uns, obwohl ich das nicht gerade Violet unter die Nase gerieben hätte.

Ich wollte sie ebenfalls wieder gesund und sicher wissen und in Hinblick auf Violet bitte so schnell wie möglich.

Und das würde erst der Fall sein, wenn der ReGen-Tank erlosch, wenn die Maschine den Heilungszyklus vollzogen hatte, auf den sie programmiert worden war und Mindy wieder gesund und wohlauf war. Bis dahin würde Violet sich Sorgen machen und daran zweifeln, dass sie sich erholen würde. Sie wusste nicht, was ein ReGen-Tank alles bewirken konnte und hatte den Ärzten nicht geglaubt, als sie ihr versichert hatten, dass Mindy wieder in Ordnung kommen würde. Sie musste nur hier liegen bleiben, passiv und bewusstlos, und ihre Verletzungen würden heilen. Violet hatte uns berichtet, wie die Ärzte auf der Erde ihre Patienten aufschnitten, wie sie Skalpelle und andere Werkzeuge zur Behandlung nutzten und dann den Körper wieder zusammenflicken mussten, mit Nähten wie bei einem T-Shirt. Wie primitiv. Es glich einem Wunder, dass Violet und Mindy auf einem solch rückständigen Planeten so lange überlebt hatten.

Dem Timer zuzusehen war in etwa so, wie einer Küchenmaschine dabei zuzusehen, wie sie das Essen zubereitete.

Violet legte ihre Hand an die Glasscheibe. "Die Verletzungen, die der Arzt erwähnt hat"—sie erschauderte und atmete tief durch—"hätten Mindy auf der Erde das Leben gekostet. Nichts hätte so schwere Organverletzungen wiederherstellen können. Aber wie es aussieht, sind das hier im Weltraum nur geringfügige Schäden."

"Nichts ist geringfügig, wenn es um meine Partnerin geht," raunte Goran. Seine Hände waren zu Fäusten geballt, sein Körper stocksteif. Wenn Violet an Mindys Stelle im Tank läge, würde es mir genauso ergehen.

In der Tat aber war es seltsam Mindy dort liegen zu sehen. Sie sah ihrer Schwester dermaßen ähnlich, es war fast schon gespenstisch. Wie die Könige auf Viken, die sich wie ein Ei dem anderen ähnelten, abgesehen von ihren Frisuren und ihrer Körpersprache. Sie waren in drei verschieden Sektoren aufgewachsen und ihr Temperament war dementsprechend unterschiedlich.

Aber jetzt, als Mindy ohne Bewusstsein in einem Heilungskoma lag, wurde mir klar, dass es sehr wohl Violet hätte treffen *können*. Und dieser Gedanke ließ mich erschaudern. Auf gar keinen Fall würde ihr etwas zustoßen.

"General." Vom Eingang ertönte eine männliche Stimme.

Goran riss den Kopf hoch und eilte dem Boten entgegen.

"Wir haben Neuigkeiten von Regierungsrat Tark. Ihre Anfrage nach einer

Sitzungspause ist abgelehnt worden. Angesichts der gegenwärtigen Gefahrenlage und unter dem Umstand, dass Tarks Partnerin jederzeit ihr Kind erwartet, verlangt er ihre Anwesenheit."

Gorans Kiefer verkrampfte sich und er straffte die Schultern, als ob er gleich in die Luft gehen würde. "Na schön. Aber setzen sie den Regierungsrat darüber in Kenntnis, dass wir Mindy nicht wie geplant einsetzen können. Sie befindet sich immer noch im ReGen-Tank und benötigt noch einige Stunden zur Regeneration."

"Das wird den anderen Ratsmitgliedern nicht gefallen. Ihre Abwesenheit wird uns in den Augen der anderen schwach aussehen lassen."

"Ich pfeife auf den Rat," kläffte Goran. "Sag ihnen, dass ich mich weigere meine Partnerin weiter in Gefahr zu bringen, nur um einen Verräter aus dem Versteck zu locken—selbst, wenn sie wach wäre. Ich werde sie nicht als Lockvogel benutzen. Nicht noch einmal."

"Jawohl, Sir."

Goran wirbelte herum und näherte sich wieder dem Tank.

Ich beachtete ihn nicht, meine Augen waren allein auf Violet gerichtet. Ihr besorgter, verhärteter Blick gefiel mir nicht, genauso wenig die Art, wie sie den Kopf zur Seite neigte.

"Was soll das heißen, sie als Lockvogel benutzen?" wollte sie von Goran wissen.

Der arme Mann ließ die Schultern hängen und knickte regelrecht ein, dann strich er mit der Hand über die transparente Abdeckung vor jener Frau, die er offensichtlich vergötterte. "Die Frau hat uns dazu überredet, dass Mindy sich öffentlich zeigen soll, um den Verräter zu enttarnen."

"Welche Frau?" fragte Zed.

"Tarks. Die Partnerin vom Regierungsrat kommt ebenfalls von der Erde, eine angesehene Frau namens Eva. Erdenfrauen sind verdammt stur, wie ihr sicher schon mitbekommen habt." Er sprach zwar zu Violet, blickte dabei aber zu mir, dann zu Calder und schließlich zu Zed. "Mindy und Eva hatten einen Plan ausgeheckt und uns davon überzeugt. In meiner Überheblichkeit habe ich geglaubt, dass ich sie beschützen könnte, dass der Verräter es auf mich oder Tark abgesehen haben würde und nicht auf eine unserer Partnerinnen."

"Da hast du dich getäuscht." Violets Vorwurf blieb unbeantwortet, was eine gute Sache war, denn Calder blieb beunruhigend still, während er auf Mindy unter dem Glasdeckel starrte und sich wohl ausmalte, wie unsere Violet verletzt und blutend dort drin liegen würde. Wie sie Schmerzen erleiden würde.

Nie im Leben hätten wir einem solch törichten Plan zugestimmt und Mindy damit in den Glastank befördert.

Goran blickte Violet in die Augen und sie starrten sich an. Es ging um die Frau, die sie beide liebten. "Ich habe mich geirrt. Der Angriff war schnell und gut organisiert. Innerhalb von Sekunden konnte der Attentäter herein und wieder heraus spazieren. Niemand hat ihn gesehen."

Zed räusperte sich. "Was bringt es diesem Attentäter, eine wehrlose Frau niederzuschießen?"

Violets Schultern verkrampften sich bei dem Wort *wehrlos*, aber sie schluckte und wartete auf Gorans Antwort. Es stimmte, hier auf Trion waren die Frauen mehr oder weniger wehrlos, sie waren von ihren dominanten Männern abhängig. So wollten sie es und sie überließen sich gern der männlichen Führung. Gorans Verfassung nach hatte er zwar das Sagen, Mindy aber hatte letztendlich die gesamte Macht. Die Macht, ihn zu einem kompletten Schwächling zu machen, der ihr voll und ganz ausgeliefert war.

"Die Ratsmitglieder und besonders Regierungsrat Tark haben schon immer ihre Vorherrschaft und ihren Wert an jener Frau festgemacht, die sich bereit erklärt, ihnen zu dienen, die vor ihrem

Partner nieder kniet und so jedem ihre totale Ergebenheit ihrem Gebieter gegenüber zur Schau stellt. Je angesehener die Frau, desto mehr Vertrauen und Respekt wird ihrem Partner entgegengebracht. Da Eva aufgrund ihrer fortgeschrittenen Schwangerschaft nicht kommen kann und das politische Klima zwischen den Ratsmitgliedern angespannt ist, wird es Tark zum Nachteil werden, wenn ich ohne Mindy an meiner Seite dort auftauche. Die Machtverhältnisse auf Trion sind sehr fragil und mit tausendjährigen Traditionen und Politikmachenschaften verbunden."

"Wenn also meine *wehrlose* Schwester vor den Augen einer Horde Ratsmitglieder vor dir auf die Knie fällt, dann gibt das diesem Tark mehr Macht?"

Goran nickte. "Ja."

"Das ist Wahnsinn." Violet warf die Hände in die Luft und blinzelte. "Das verstehe ich nicht."

"Mindy ist eine seltene Person und

schön. Eine interstellare Braut. Sie wird mehr noch als alle anderen respektiert und verehrt. Genau wie Eva. Nur drei Kriegern im Rat ist eine solche Ehre bisher zuteil geworden, einschließlich mir. Regierungsrat Roark ist sehr mächtig, und er ist ein Verbündeter Tarks. Seine Erdenfrau heißt Natalie. Tark selbst ist oberster Regierungsrat Trions und er hat Eva an seiner Seite. Ich, als sein Stellvertreter, habe meinen Eid auf ihn geschworen. Ich bin ihm seit Jahren treu ergeben. Drei dermaßen angesehene Frauen in seinem politischen Umfeld zu haben verschafft ihm auf dem gesamten Planeten viel Macht und Ansehen. Macht bringt Stabilität. Kontrolle. Besonders, da Natalie Roark einen Sohn geschenkt hat und da Eva Tark bald ein Kind gebären wird. Dann gibt es noch diejenigen, die sich gerne nehmen möchten, was uns gehört. Oder es vernichten möchten."

"Du meinst meine Schwester umbringen. Und Eva. Und Natalie."

"Ja. Gegen Natalie und ihren Sohn gab es schon mehrere Mordversuche. Viele Ratsmitglieder leben noch immer nach den alten Bräuchen, wie dieser Bastard Bertok, der zu den alten Traditionen zurückkehren will und verlangt, dass wir uns eine Frau im Zelt des Regierungsrats teilen, dass wir unsere Frauen in die Unterwerfung prügeln, anstatt sie mit endlosem Vergnügen dorthin zu führen. Er war mehr als erzürnt, als Tarks Partnerin eintraf und Tark sich geweigert hatte, Eva zum ersten Mal vor den Augen der anderen zu nehmen. Als er sich weigerte sie zu schlagen oder sie Bertok zu überlassen."

Violet runzelte die Stirn. "Wie abartig."

Ich stimmte zu. Calder gefiel es zwar, seine Partnerin vorzuführen und andere Leute dabei zusehen zu lassen, wie er sie fickte, aber das war aus reinem Stolz. Diese Art der *Herabwürdigung* war nicht damit vergleichbar. Calder würde seine Partnerin *niemals* einem anderen übergeben, der nicht auch ihr Partner war. Er würde ihr niemals wehtun oder ihr Schaden zufügen, nur, um seine Stärke zu beweisen. Keiner von uns würde das tun.

"Findest du?" konterte Goran und musterte dabei Violet. "Das war unser Brauch, früher, vor vielen Jahren. Wir teilten uns eine Frau. Ist es nicht auch auf Viken noch so? Bist du heute nicht in Begleitung drei ergebener Partner aufgetaucht?"

"Das ist etwas anderes. Sie gehören mir nicht. Nicht alle. Sie sind eine Art Pfand, bis ich mir aussuche, wen von ihnen ich behalten möchte."

Als ich das hörte, stockte mir der Atem. *Sie gehören mir nicht.*

"Und du möchtest dich zwischen ihnen entscheiden?"

"Nein."

Danke verfarkt, wie Goran es gesagt hätte. Sie wollte sich nicht entscheiden, aber sie dachte, sie müsste es. Das würde sich ändern. Wir würden es ihr beweisen. Wir alle drei würden uns für sie einsetzen, genau wie unser Unterbewusstsein es wollte.

"Also würden sie sich eher davonmachen, als gemeinsam deine Liebe für sie zu teilen?" Gorans Augenbrauen blickten schockiert nach oben und er vermied es peinlichst, einen von uns anzuschauen, als wir, ihre Partner, Violet in die Augen blickten. "Dann sind deine Partner allesamt Dummköpfe. Ich würde Mindy mit einem Dutzend Krieger teilen, wenn es das wäre, was sie brauchte, um sich sicher und glücklich zu fühlen."

"Einem Dutzend?" Jetzt konnte Violet ihren Ärger nicht länger verbergen. Ihre Hände waren zu Fäusten geballt und Calders entspannte Pose an der Wand war verflogen, als er nach vorne trat und sichtlich bereit war einzugreifen, sollte Violet auf den General losgehen. Nun, einzugreifen, oder dem Mann eigenhändig die Scheiße rauszuprügeln. Ich war nicht sicher, was genau ihm vorschwebte. "Dieser Planet stinkt.

Wenn Mindy erstmal wieder gesund ist, werde ich sie mit nach Hause nehmen. Mit mir. Wo kein verrückter alter Mann sie vor der versammelten Regierung ficken will, weil er sich so mächtiger vorkommt, oder der von dir verlangt, dass du sie schlägst."

Goran kniff die Augen zusammen. "Was Bertok will und was ich zulassen werde, hat nichts miteinander zu tun. Mindy gehört mir. Als sie das Match akzeptiert hat, hat sie sich in meine Obhut begeben. Ihr williger Leib hat meinen Schwanz akzeptiert. Ich schlage meine Partnerin nicht. Manchmal bettelt sie um etwas Haue. Manchmal braucht sie Dinge, die nur ich ihr geben kann. Ich sorge mich um sie, und ihr Leben und Wohlergehen gehen mir über alles. Beleidige mich nicht noch einmal. Du liebst deine Schwester, genau wie ich sie liebe, und daher vergebe ich dir diesen einmaligen Ausfall. Aber mach diesen Fehler nicht noch einmal. Niemand wird sie mir nehmen und lebend davonkommen. Wage es nicht, mich zu bedrohen, Frau." Er trat einen Schritt näher an Violet heran, aber auch wenn er verärgert war, so wusste ich doch, dass er meiner Partnerin keinen Schaden zufügen würde. Er war wütend, weil Mindy verletzt worden war und sein Gerede sollte ihn beruhigen, und seiner Schwägerin seinen Standpunkt deutlichmachen. "Wage es nicht, das anzuzweifeln, was mir gehört."

"Oder was?" fragte Violet und stemmte die Hände in die Hüften. "Willst du mich auch schlagen? Versuchs doch. Versuchs mal und schau, wie weit du damit kommst."

Oh Scheiße. Zed regte sich jetzt ebenfalls. Violet zitterte vor Wut und die Lage schien zu eskalieren. Calder war Violet gegenüber viel zu beschützerisch, um vernünftig denken zu können und Zed war zu kalt und berechnend, um sich zurückzuhalten. Goran hatte soeben unsere Partnerin bedroht.

Ich lief nach vorne und zog Violet

vom ReGen-Tank weg, ich schloss sie von hinten in meine Arme und zog sie an mich heran. Ein paar Sekunden lang widersetzte sie sich ... aber nicht, um sich von mir zu lösen. Eher als Ventil für ihre Wut. Ich hielt sie fest, bis sie sich nicht mehr rührte, bis sie sich einigermaßen beruhigt hatte. Den Göttern sei Dank. Zed und Calder beruhigten sich ebenfalls.

"Warum beruhigen wir uns nicht alle ein bisschen? Wir alle stehen auf derselben Seite, Violet," sprach ich und flüsterte ihr ins Ohr. "Goran ist Mindys Partner. Er liebt sie. Er ist verärgert, weil sie verletzt wurde und stinkwütend auf sich, weil er es zugelassen hat. Er würde deiner Schwester niemals wehtun. Jetzt atme tief durch."

Violet erschauderte, aber sie ließ es zu, dass ich sie in den Armen hielt, während ein langes Schweigen den Raum erfüllte. Wie gut sie sich in meinen Armen anfühlte. Sie war warm, anschmiegsam und doch so gespannt wie ein Flitzebogen.

Goran, zutiefst erschüttert und offensichtlich krank vor Sorge, betätigte sein Kommunikationsgerät und rief zwei Wachleute in den Raum, sowie zwei weitere, die draußen im Korridor in Stellung gehen sollten. Als die Wachleute angetreten waren, küsste er die Abdeckung über Mindys unheimlich familiärem Gesicht. "Ich komme zurück, Liebes. Das verspreche ich."

Violet umschlang meine Handgelenke, und zwar so fest, dass ich sie fast fragen wollte, was los war, aber sie ergriff das Wort. "Goran, warte. Ich komme mit."

"Nein."

"Nein."

Zed und Calder antworteten im Chor, während Goran sie mit verwirrter Miene anstarrte. "Warum? Deine Schwester ist hier. Sie wird gerade wieder gesund. Du sollst hier warten, bis sie aufwacht, so wie du es wolltest."

Violet schob kopfschüttelnd meine

Arme beiseite. "Nein. Ich werde mit dir gehen. Wer auch immer Mindy töten wollte ist immer noch da draußen. Sobald sie aufwacht, wird sie erneut in Gefahr sein. Nimm mich mit. Ich werde ihren Platz beim Regierungstreffen einnehmen. Ich werde mich als Mindy ausgeben. Der Attentäter glaubt, dass er sie getötet oder zumindest schwer verletzt hat, oder? Sobald er Mindy munter und wohlauf an deiner Seite sieht, wird er sich ärgern. Er wird überrascht sein. Er wird ohne Planung aus seinem Versteck kommen. Er wird einen Fehler machen. Mindys Plan hatte funktioniert. Er hat angebissen. Versucht, sie zu töten. Er wird es wieder und wieder versuchen, bis er es schafft. Und dann werden sie Eva und Natalie nachstellen. Allen anderen interstellaren Bräuten, die noch nach Trion kommen sollten. Ich kann Mindy nicht hier zurücklassen, wenn ich weiß, dass sie immer noch in Gefahr ist und du wirst nicht zulassen, dass ich sie mit nach Viken nehme. Also müssen wir den Mörder fassen. Wir dürfen ihn nicht davonkommen lassen. Wir müssen das zu Ende bringen, oder sie wird hier niemals sicher sein. Niemals."

"Violet—" Ich rang nach den passenden Worten, suchte einen Weg ihr Vernunft beizubringen, aber sie befreite sich aus meinem Griff.

"Nein. Meine Zwillingsschwester ist in Gefahr. Ich werde das durchziehen. Niemand sonst kann das. Wir sind identisch. Niemand kann uns auseinander halten und hier auf Trion weiß keiner, dass ich überhaupt existiere. Ich werde Mindys Kleider überziehen, Goran wie die Liebe meines Lebens anglotzen und die gesamte Ratsversammlung glauben lassen, ich wäre seine Frau. Wenn der Attentäter sie wirklich umbringen will, dann wird er mir nachstellen und *ihr alle vier* werdet da sein, um ihn zu stoppen."

Wir hatten bereits mitbekommen— zuerst auf der Erde und später auf Viken, als die Nachricht vom Anschlag auf ihre

Schwester durchgekommen war—, wie verdammt stur Violet sein konnte. Wenn es um ihren Zwilling ging, war sie nicht nur unnachgiebig wie ein Klotz, sondern wie ein ganzer Gebirgszug. Ja, die Könige sollten Recht behalten. Erdenfrauen waren nicht leicht zu handhaben. Sie waren unnachgiebig. Sexy wie sonstwas und so verflucht frustrierend.

Mein Blick wanderte von Calder, dessen Miene rätselhaft blieb, zu Zed, dessen Augen mit eisigem Kalkül gefüllt waren und dann wusste ich es. Wir würden die Sache durchziehen, ob es uns gefiel oder nicht. Das hier musste aufhören. Mindy musste auf Trion sicher sein oder Violet würde niemals locker lassen. Sie würde sich ewig Sorgen machen, denn das war einfach ihr Temperament. Sie war schon immer so gewesen. In einem lichten Moment erkannte ich, wie sie mit unseren Kindern umgehen würde. Kämpferisch, loyal, leidenschaftlich. Niemand würde ihnen je etwas zuleide tun. Und jetzt musste

Violet ihre Schwester beschützen—und als ihre Partner mussten wir wiederum Violet beschützen.

Zed würde für uns alle sprechen. Er hatte in unserer jungen und fragilen Familie die Führung übernommen und ich war nicht sicher, ob ich es überhaupt herausbringen konnte. Jene Worte, die es gestatteten, dass Violet sich in Gefahr begab.

"Na schön, aber wir werden immer anwesend sein, Violet." Er blickte zu Goran. "Gib uns Kleidung, damit wir wie der Rest deiner Wachleute aussehen. Sie mag sich zwar als deine Partnerin ausgeben, aber wir werden Violet keine Sekunde aus den Augen lassen."

11

Violet, Planet Trion, Sektor Zwei, Treffen der Regierungsräte

MICH ALS MEINE Schwester auszugeben sollte ein Klacks werden. Zum Teufel, schon zu Kindergartenzeiten hatten wir die Plätze getauscht und unsere Lehrer ausgetrickst. Es war eine Art Spiel. Sie schrieb meine Englischtests und ich ihre Abschlussprüfung in Mathe. Wenn in meiner Klasse ein süßer Typ war, dann würde ich mit ihr die Plätze tauschen und sie würde ein paar Tage lang wie verrückt mit ihm flirten, bis ich bekam, was ich wollte. Ein Date.

Ich hatte mich nie daran gestört, dass Mindy das Luder und ich die Introvertierte war. Dass ich mir den Arsch aufreißen musste, um eine Eins-Minus zu bekommen und sie dieselbe Note bekam, ohne auch nur ein Buch aufzuschlagen. Wir teilten alles miteinander. Nichts konnte uns beiden etwas anhaben.

Bis jetzt.

Ich hasse es, mit gesenktem Haupt und einem Halsband um meinen Nacken im Sand zu knien.

Ich hasse es *wirklich*, wie ein Hund an einer verdammten golden Leinen auf dem Boden herumzukriechen und mich an Gorans Bein zu schmiegen.

Mein *Kleid* war kaum mehr als eine durchsichtige Gardine und zeigte wirklich *alles*. Jede. Einzelheit. Einschließlich der falschen Piercings, die sie mir auf Gorans Beharren hin an die Nippel geklebt hatten. Sie hatten mir eine Frau geschickt, um mich wie meine Schwester zurechtzumachen und als sie mir die Nippel piercen und die *Ornamente* des Generals an mir anbringen wollte, hatte Zed einen kurzen Blick auf sie geworfen und sie sofort rausgeschmissen. Sie war schnurstracks davongerannt.

Ich war froh darüber, dass musste ich zugeben. Ich hätte es zwar durchgezogen —*so sehr* konnte es nun auch nicht wehtun, oder?—, aber ich wollte es wirklich nicht. Piercings und Tattoos konnte ich noch nie etwas abgewinnen. Nie. Ich verabscheute Schmerz, und Nadeln hasste ich mehr alles andere. Das Einzige, was ich auf meinen Nippeln spüren wollte, waren die Münder meiner Partner.

Die Bedienstete war vollkommen verängstigt mit Goran zurückgekehrt. Nachdem sie zehn Minuten lang herum diskutiert hatten, zehn Minuten, in denen ich oben ohne herumgestanden hatte —was leicht befremdlich war—, klebten mir zwei edelsteinverzierte Goldringe an den Titten, mit einer feinen Goldkette dazwischen. Die Spitzen meiner Nippel waren vollkommen entblößt und für jedermann sichtbar, durch zwei Schlitze ragten sie aus dem durchsichtigen roten Stoff heraus. Es war obszön, besonders weil ich auch noch großzügig mit einer Art Mandelöl eingeschmiert worden war. Zed hatte diese Aufgabe übernommen und sichergestellt, dass ich von Kopf bis Fuß eingeölt war. Klar, die Massage hatte mich ganz wuschig und heiß auf ihn gemacht, seine Hände sollten noch andere Stellen an mir berühren, anstatt mir nur ein lahmes Vorspiel zu bieten. Ich wusste, was darauf folgen würde und ich wollte es.

Vielleicht war es der Körperkontakt, dieses brodelnde Verlangen nach ihm, was mich wie eine Sirene aussehen ließ. Oder wie ein weiblicher Sexdämon, der die Männer in den Wahnsinn trieb und sie zu Tode fickte.

Ein Sukkubus? Irgend sowas in der Art.

Ich konnte meine Männer kaum anblicken, denn ich war ... total geil auf sie. Und ich wusste, dass es ihnen nicht gefiel. Kein Bisschen. Zed war stinksauer, sein Kiefer war dermaßen angespannt, dass ich fürchtete seine Zähne würden zersplittern. Er war am nächsten an mir dran, zu meiner Rechten, nahe dem Zelteingang.

Calder sah rot. Sein Schwanz war steinhart und deutlich sichtbar, die fette Beule unter seinem Umhang war selbst vom anderen Ende des Zelts unübersehbar. Es war seine Art ... mich zur Schau zu stellen, mit mir anzugeben. Ihm gefiel, was er sah und es störte ihn nicht, dass die anderen mich so sehen konnten. Er war stolz auf mich, aber es war nicht *ich*, die hier vorgeführt wurde, sondern die falsche Mindy. Und aus diesem Grund hasste er es. Ich war nicht halb nackt—und in einer sehr entwürdigenden Art—, weil Calder meine Pracht mit anderen teilen wollte. Nein, ich war so zurechtgemacht, weil man mich auf ein Sexobjekt reduziert hatte. Ein Objekt, um Gorans Macht zu beweisen. Und das war völlig entgegengesetzt zu Calders Werten.

Er war am weitesten von mir entfernt, mir gegenüber, und er behielt Goran im Auge, als würde er ihm gleich die Hände abhacken. Goran war sehr respektvoll, seine große, warme Hand ruhte irgendwie tröstend auf meiner Schulter. Aber Calders Blick war einfach nur mörderisch. Eifersüchtig.

Er wollte hier oben an meiner Seite stehen und doch genoss er die Show ... und hasste sich gleichzeitig dafür. Oder hasste er mich?

Ich wollte nicht zu scharf darüber nachdenken. Er wollte immer noch, dass ich mich zwischen einen von ihnen entscheiden würde, er würde sich immer noch davonmachen, sollte er mich nicht haben können. Ich wollte ihn, aber ich wollte Zed und Axon genauso. Ich wollte sie alle drei. Aber Calder hatte ganz andere Vorstellungen. Die Vorstellung, ihn zu verlieren brach mir zwar das Herz, aber ich wollte nicht darüber nachdenken. Nicht jetzt jedenfalls.

Nicht, während Axon mich ungeniert anblickte, als wäre ich die allerschönste Kreatur der gesamten Schöpfung. Unter seinem Blick fühlte ich mich schön. Perfekt. Und ich konnte mich nicht davon abhalten, ihn dafür zu belohnen, also rollte ich die Schultern zurück und streckte die Brust raus, damit er sie in Augenschein nehmen konnte. Ich tat so, als würde ich mich strecken und an Gorans Bein heften, in Wahrheit aber ignorierte ich den Mann meiner Schwester und benutzte ihn als Krücke, während ich denjenigen anheizte, der *wirklich* mir gehörte. Axon. Er war derjenige, der an meiner Seite bleiben würde, egal, was die anderen machen würden.

In Wahrheit war er der Einzige, der wahrhaftig mir gehörte.

"Ratsmitglieder, können wir anfangen?" Das war Regierungsrat Tark. Er war groß und unverschämt gutaussehend, mit dunklen Haaren und Augen. Er sah aus, wie ein griechischer Gott *hätte* aussehen müssen. Ich konnte sehen, was Eva, die Erdenfrau, an ihm finden musste. Nach dem Anschlag auf Mindy war sie in ein Versteck gebracht worden, was wirklich schade war, denn ich hätte liebend gern eine von Mindys neuen Freundinnen kennengelernt. Es wäre sehr schön gewesen, mit einer anderen Frau von der Erde zu reden.

Aber sie war hochschwanger und ich würde es nicht zulassen, dass ein neugeborenes Baby in Gefahr gebracht wurde.

Es wurde still im Raum und ich blickte auf, als Goran das Wort ergriff; genau, wie er es mir aufgetragen hatte. Er hatte mir eine ganze Liste an Verhaltensregeln für Trionische Partnerinnen mitgegeben. Ich sollte ihn anschauen, als wäre er mein Mond und meine Sterne. Die Liebe meines Lebens. Der Mann, dem ich so bedingungslos ergeben war, dass ich es zuließ von ihm wie ein Maskottchen vorgeführt zu werden, fast nackt und in einem Raum voller Fremder.

Oh ja, genau.

Aber ich spielte mit. Für Mindy. Ich legte den Kopf in den Nacken und starrte zu Goran hoch, als wäre er mein Ein und Alles, als ob das brodelnde Verlangen in mir nur ihm und ihm allein galt. Ich glotzte auf seine Lippen und dachte daran, wie sicher ich mich in Zeds fester Umarmung fühlte, wie Axons Charme und Feinfühligkeit es immer schafften, meine Sorgen zu zerstreuen, wie Calders zügellose Leidenschaft bewirkte, dass ich immer um mehr betteln wollte. Dass ich immer mehr davon *wollte*.

Dann achtete ich nicht länger auf meine Partner. Zum Teufel, ich hörte nicht einmal auf das, was Goran und die anderen Männer schwafelten. Mehrere Bedienstete schenkten Wasser und Wein aus und servierten kleine Häppchen, während die Männer ihre Versammlung abhielten.

Ich hatte weder Hunger noch Durst. Ich hatte einen Job zu erledigen—nämlich denjenigen, der versucht hatte meine Schwester zu töten davon überzeugen, dass ich Mindy war, dass sie gesund und wohlauf war und über beide Ohren in den dominanten und mächtigen General Goran verliebt. Sie würden drauf reinfallen, es sei denn, irgendjemand wusste, dass Mindy eine eineiige Zwillingsschwester hatte. Wir mochten zwar im Weltraum sein, mit futuristischer Technik, die den Möglichkeiten auf der Erde Lichtjahre voraus war, aber soweit ich wusste, war noch niemand in der Lage einfach jemanden zu klonen.

ZED

DIE POLITISCHEN MACHENSCHAFTEN auf Trion interessierten mich einen feuchten

Dreck. Ich verstand nichts von dem Gelaber der Männer hier, außer den Handelsabkommen zwischen Sektoren und der Gefahr der Drover, oder was immer diese Rebellen waren. Nach etwa fünf Minuten hitziger Diskussionen hörte ich nicht mehr hin. Ich war voll und ganz auf Violet fokussiert.

Auf ihr zurückgestecktes Haar, das in einem einfachen Pferdeschwanz über ihre Schulter fiel. Goran hatte ihre seidigen Strähnen gestreichelt und sogar einmal an ihnen gezogen, sodass Violet gezwungenermaßen zu ihm aufblicken musste. Er lächelte ihr zu, mit dem Ausdruck eines mehr als stolzen Partners und sie lächelte zurück. Erst dann wandte er sich wieder der Versammlung vor ihm zu.

Ich wusste, dass sie nur so tat. Dieses Lächeln galt einzig mir, Calder und Axon.

Dann war da noch ihre Aufmachung. Kleider waren eigentlich dazu gedacht den Körper zu bedecken, um Anstand zu zeigen und Wärme zu spenden. Was Violet da anhatte erfüllte nichts davon. Ihr Fummel war zart wie ein Lufthauch, durchscheinend und dünn, perfekt für die Wüstenhitze. Aber das Ding war komplett durchsichtig. Ich konnte alles sehen … genau wie alle anderen Augenpaare, die auf sie fielen. Und ich wusste, dass alle männlichen Blicke nur so an ihr klebten, sobald sie einen Schritt hinter Goran das Zelt betreten hatte.

Ihr Kleid reichte bis zum Boden und wurde an der Taille mit einem dünnen Lederband zusammengehalten, aber ihre Brüste waren vollständig sichtbar. Wie auch ihre Muschi. Sie wurde von einem hübsch getrimmten Filz aus dunklen Haaren bedeckt. Vorher. Jetzt war sie kahl rasiert und ihre Schamlippen waren zu sehen. Aber es waren ihre Nippel, die regelrecht heraussprangen, beide ragten durch kleine Ausschnitte in ihrem Kleid hervor, die Ringattrappen waren nicht zu übersehen. Unter dem Stoff baumelten ein dünnes Kettchen und ein paar Goldscheiben. Sie stellten Gorans Familiensiegel dar, der Beweis dafür, dass Violet —nein, Mindy—verpartnert und beansprucht worden war. Sie waren ein permanenter Schmuck für Gorans Partnerin, für Violet aber waren sie nur eine vorübergehende Zierde.

Sobald sie wieder auf Viken zurück war, würde ich ihr zeigen, wie sehr ich ihre nackten, steifen Nippel liebte. In meinem Mund.

Ich war steinhart. Und zwar seit ich eine großzügige Menge Öl auf meine Hände gegossen und jeden perfekten Zentimeter ihres Körpers damit eingeschmiert hatte. Nacken und Schultern, Rücken und Brüste, ihren Bauch und sogar ihre köstlichen Oberschenkel. Das Licht im Raum bewirkte, dass sie regelrecht glühte. Sie war glatt und verführerisch. Mir war klar, dass ihre Muschi feucht war. Dafür hatte ich vor Ende meiner Zuwendungen gesorgt. Obwohl sie vor Goran auf den Knien hockte und sehnsüchtig zu ihm aufblickte, wusste ich, dass sie sich insgeheim nach mir sehnte.

Wenn sie so tun musste, als würde sie Goran anhimmeln und sich nach ihm verzehren, dann würde ich ihr dabei helfen. Auf keinen Fall wollte ich, dass dieser Mistkerl derjenige war, der diesen Ausdruck auf ihr Gesicht zauberte. Nein. Er wollte das ebenso wenig. Sie mochten zwar identisch aussehen, aber seine Partnerin, also die Frau, die auf seine Berührungen, seine Befehle abfuhr, lag immer noch im ReGen-Tank.

Violet gehörte mir. Uns.

Ich hasste es, sie so zu sehen. Entblößt. Sie mit Axon und Calder zu teilen war eine Sache. Sie von diesen Trionischen Männern begaffen zu lassen war eine andere. Und dieses Arschloch namens Bertok ... verflucht. Mir leuchtete sofort ein, wer dieser Typ war.

Er war ein uralter Sack und geil wie Sau. Andere Männer hatten Violet bewundernde Blicke zugeworfen und ich konnte sehen, wie ihre Schwänze unter ihren Gewändern stramm standen, aber es war Bertok, der sie mit üblen Absichten angeiferte. Seine hellblauen Augen wanderten über ihren Körper und er leckte sich die Lippen. Ich musste mich fragen, ob der Typ eine Partnerin hatte und ob sie noch lebte. Die arme Frau, sollte es denn eine geben.

Wenn das hier vorbei war, würde ich erstmal Violets Verlangen lindern. Ich konnte ihre harten Nippel sehen—wie alle anderen in diesem verfickten Zelt—und an ihrem leichten Hüftkreisen erkannte ich, dass die Macht des Samens wieder über sie gekommen war, dass sie mehr brauchte. Ein halber Tag war vergangen, seit ich sie auf der Krankenstation auf Viken gefickt hatte. Viel zu lange für eine frische Partnerin. Sie brauchte es. Und da Violet drei Partner hatte, brauchte sie es ziemlich heftig.

Goran würde ihr Verlangen wohl nicht nachvollziehen können, er würde eher glauben, dass sie eine unglaubliche

Schauspielerin war. Ich aber wusste, dass sie dieses Kleid hochziehen, ihre Beine spreizen und meinen Mund auf ihr spüren wollte. Ich würde das süße Aroma ihrer Muschi kosten, meinen Mund und mein Kinn mit ihren Säften bedecken. Ich würde meine Finger tief in ihrer Spalte vergraben und ihre Erregung fließen lassen, sodass ich sie auflecken müsste bis sie kommen würde, wieder und wieder.

Ich würde sie betteln lassen. Ich würde die anderen anleiten, damit sie Violet verwöhnten und dabei diese Augen, diese gefühlvollen Augen beobachten, damit sie mir offenbarten, was Violet brauchte. Ihr Körper war mein Tempel und ich würde garantieren, dass sie ordentlich angebetet wurde. Wieder und wieder, bis sie erledigt war. Gorans Gold und Zierden waren nichts im Vergleich dazu. Sie waren leere Symbole des Besitztums. Verstand er überhaupt, dass wenn er wirklich eine Frau besitzen wollte, er ihr Herz gewinnen musste?

Ihre Kapitulation? Ihr uneingeschränktes Vertrauen? Oder waren die Ketten und Scheiben nur äußere Statussymbole, damit jeder verstand zu wem sie gehörte? Calder würde das wohl eher verstehen als ich.

Ich dachte zurück an Gorans zermürbte Miene, als er über Mindys Re-Gen-Tank wachte, mit zausigen Haaren und tiefen Kummerfalten um Augen und Mund.

Ja. Er wusste es. Er hatte es verstanden. Mindy gehörte wahrhaftig ihm … und er hatte sie enttäuscht. Aber sie würde sich wieder erholen. Sie würde wieder gesund werden und voll und ganz ihm gehören.

Trotzdem, ich würde nicht denselben Fehler machen oder eine ähnliche Hölle durchleben.

Violet war umwerfend und sie spielte ihre Rolle mehr als überzeugend. Das Vertrauen, das Verlangen in ihren Augen war absolut, aber es galt nicht Goran. Sondern mir. Ihren Partnern. Wir alle waren anwesend und sie vertraute darauf, dass wir sie beschützten und nicht auf ihre femininen Rundungen starrten oder uns unseren Fantasien hingaben, etwa wie wir sie übers Knie legten, ihre den Arsch versohlten und sie durchfickten, bis sie vor Ekstase nur so schrie.

Etwas wehleidig aber mit neu gefundener Entschlossenheit riss ich meinen Blick von ihr. Ich würde nicht mehr hinsehen. Ich hatte einen Job zu machen, einen Attentäter niederzustrecken.

Violet würde nicht wie Mindy im Re-Gen-Tank landen. Nein, meine Partnerin vertraute darauf, dass ich sie beschützte. Sie würde nicht zu Schaden kommen, keinen Tropfen ihres Blutes würde vergossen werden.

Sollte irgendjemand sie anrühren, würde er sterben.

12

Am liebsten wollte ich den alten Scheißkerl umbringen.

Sein Name war Bertok. Er wirkte prähistorisch, faltig, aber immer noch wehrhaft. Goran hatte uns gesagt, dass das älteste Ratsmitglied mindestens neunzig Jahre auf dem Buckel hatte.

Er wirkte doppelt so alt. Und der blanke Hass in seinen Augen, mit dem er Regierungsrat Tark anfunkelte, ließ meine Alarmglocken schrillen. Der Älteste bemühte sich nicht im Geringsten, seine Verachtung zu verschleiern. Was ihn meiner Meinung nach zu einem Hauptverdächtigen für die Attacke auf Mindy machte.

Allerdings war es selten der offenkundige Feind, der zum tödlichen Schlag ausholte.

Von der Politik auf Trion hatte ich keine Ahnung. Aber ich wusste, dass Mindy zu Goran gehörte und im erweiterten Sinne zu Violet, und Violet gehörte mir.

Also, noch nicht ganz. Aber bald. Uns blieben noch mehrere Wochen Zeit, um sie zu verführen, um ihr Herz zu erobern. Seit ich Violet kennengelernt hatte, hatte ich für ihre anderen Verehrer, also Axon und Zed, durchaus Respekt entwickelt. Beide Krieger standen am Rand des Zeltes stramm, genau wie ich. Beide konnten einfach nicht anders, als unsere wunderschöne Partnerin anzustarren.

So ziemlich alles an dieser Situation erinnerte mich an Zuhause. Ihr liebestrunkener Blick, ihre totale Unterwerfung. Auf Viken, in meinem Heimatdorf, würde eine Frau sich so geben, um ihre Wertschätzung für ihren Partner zu verkünden. Sie würde ihm gestatten sie auf dem Dorfplatz zu ficken und stolz ihre Wonne herausschreien, damit alle es hören und bezeugen konnten.

Das hier war gar nicht so anders. Sie mochten zwar privat ficken, aber ihre Vorzüge waren für jedermann sichtbar. Nur Bertoks lüsterner Blick störte mich.

Auf Viken, im ersten Sektor jedenfalls, war eine solche Demonstration heilig. Sie wurde respektiert.

Bertoks blaue Augen aber versprühten Gewalt und Lust, sobald er Violet anblickte. Ich kannte diesen Ausdruck, es war der Ausdruck eines Sadisten, eines Mannes, der es genoss anderen Schmerzen zuzufügen.

"Was für eine Überraschung, dass ihre Partnerin anwesend ist, General," kommentierte Bertok laut und unüberhörbar. "Wir hatten eine erschütternde Nachricht über einen Angriff auf sie erhalten. Wie ich sehe, ist das nicht der Fall."

Violet wandte sich dem alten Mann zu und der weiche, liebevolle Glimmer in ihren Augen verflog und wandelte sich in kühle Berechnung. Der Umschwung war unverkennbar und wurde, da war ich mir sicher, von allen im Raum bemerkt.

Man hatte ihr eingeschärft, dass sie nicht reden durfte, sondern darauf vertrauen sollte, dass ihr Partner, General Goran oder Regierungsrat Tark für sie antworten würden. Dass sie ihre Ehre verteidigen würden. Aber ich konnte ganz klar sehen, wie die Wut in ihr hochkam. Sie glaubte, dieser alte Mann war eine Bedrohung für ihre Schwester und bis jetzt musste ich ihr zustimmen.

"Die Situation wurde stark übertrieben, Regierungsrat Bertok," antwortete Goran besonnen. Seine Hand strich besitzergreifend und besänftigend über Violets Mähne. "Aber ich danke ihnen für ihre Anteilnahme. Wie sie sehen können, ist meine Partnerin sicher, wohlauf und zufrieden." Goran lehnte sich in seinen Polstersessel zurück, als wäre alles in bester Ordnung. Der Ausdruck auf seinem Gesicht verkörperte pure Arroganz. Wie es aussah, war Violet nicht die einzige oscarverdächtige Schauspielerin im Zelt.

Rechts von Goran saß der oberste Regierungsrat von Trion, ein großer, muskelbepackter Krieger namens Tark. Wir waren nur kurz einander vorgestellt worden, aber ich wusste, dass er ebenfalls eine Frau von der Erde liebte, eine Frau wie Violet. Gorans Worten zufolge war er einer der ältesten und vertrauenswürdigsten Freunde des Generals. Seine Miene aber wirkte nicht sehr zufrieden. "Regierungsrat Bertok, ich würde gern wissen, wer ihnen diese Falschinformationen über die Partnerin des Generals hat zukommen lassen, denn über meine

Partnerin, die wunderschöne Eva, die in diesem Moment mein Kind erwartet, hat es ähnliche Gerüchte gegeben."

Bertok verneigte sich leicht. "Geehrter Regierungsrat, ich bitte um Vergebung. Die Geschwindigkeit, mit der solche Lügen über den Planeten verbreitet werden ist in der Tat atemberaubend. Ich wollte sie nicht beleidigen, aber meine Söhne haben diese Gerüchte von den Soldaten und deren Frauen gehört. Ich fürchte, ich kann ihnen diesbezüglich keine konkretere Antwort geben."

Lügner. Der alte Mann log wie gedruckt.

Bertoks verschlagene blaue Augen hatten mehrmals zwischen Goran und Tark hin und her geblickt, bevor er seine Antwort gab. Ich warf Violet einen kurzen Blick zu und stellte fest, dass sie sich wieder Goran zugewandt hatte, sie schmiegte sich an seinen Oberschenkel und ihr Kopf ruhte dort wie auf einem Kissen. Eine Magd schenkte Goran Wein

ein, dann füllte sie Violets Kelch und ich konzentrierte mich wieder auf Bertok. Der blickte zu einem Ratsmitglied namens Roark, der einzige andere Mann im Raum, der eine Partnerin von der Erde hatte.

"Und sie, Regierungsrat Roark?" fragte Bertok. "Wo ist ihre Partnerin, die hübsche Natalie?"

Roark zog die Augenbrauen hoch, biss aber nicht an. "Meine Partnerin und mein Sohn sind sicher und wohlauf zu Hause, Regierungsrat Bertok. Danke für die Nachfrage. Und wie geht es ihrer Partnerin? Ich habe gehört, sie erwartet ein Kind."

Wenn seine Partnerin schwanger war, dann musste sie Jahrzehnte jünger sein als er. Ich konnte die arme Frau nur bemitleiden.

"Sie ist tot, wie sie sehr wohl wissen. Die Drover haben sie bei einem Überfall getötet."

Roark beugte sich vor und nickte als Zeichen der Anteilnahme—für die getötete Partnerin, nicht für Bertok musste ich annehmen. "Mein Beileid. Falls sie Unterstützung brauchen, kann ich Krieger in die Bergregionen entsenden. Ist das nicht schon die vierte Frau, die sie auf diese Art verloren haben?"

Sein Ton ließ durchblicken, dass er dem alten Mann kein einziges Wort glaubte, und dass Bertoks Partnerinnen auf ganz andere Weise umgekommen waren. Angesichts dieses Bastards konnte ich mir nur ausmalen, welchen Horror diese Frauen durchleben mussten. Unter diesen Umständen wurden die lustvollen Blicke, die er Violet zuwarf immer unerträglicher.

Ich wollte ihn umbringen. Ich konnte mir nur vorstellen, wie abgrundtief Goran ihn hassen musste, jetzt, wo seine Partnerin in einem ReGen-Tank lag.

Violet schlang ihre Hand um Gorans Wade und tätschelte sein Bein. Als wollte sie ihn besänftigen. Ihn liebkosen. Der Anblick war für mich kaum auszuhalten. Nicht mit diesem Kleid, das bewirkte, dass ich sie fast schon verzweifelt ficken wollte. Nicht mit der Gewissheit, dass sie nicht nur mich mit liebenden, vertrauensvollen Augen anblickte, sondern Axon und Zed ebenfalls.

Ohne Frage, ich war ein egoistischer Mistkerl. Noch immer kämpfte ich mit der Idee, sie zu teilen. Sie mit den anderen beiden zu ficken—und ihr zu dritt Vergnügen zu bereiten—, war alles andere als eine lästige Pflicht. Im Gegenteil, der Gedanke, wie sie sich uns dreien hingab ließ meinen Schwanz unter meinem Trionischen Gewand nur so zucken.

Sie war leidenschaftlich und furchtlos, unsere Violet. Aber ein Teil von mir beharrte auf meinem alten Traum, dem Traum von einem Leben und einem Heim im Sektor Eins, nicht auf der Insel-Zitadelle von Viken United. Sie allein für mich zu beanspruchen. Ihr meinen Samen, meine Kinder zu schenken. Zuzusehen, wie sie den Kleinen hinterherrannte, während sie auf dem Weg zur Schule durch Gebüsche preschten.

Es war ein alter Traum von mir, den ich seit meiner Kindheit hegte, seit meine eigene Mutter uns zur Schule gebracht hatte, lachend und singend, während wir wild durch die Wälder zogen. Sie war so schön, so fröhlich. Ihre Gelassenheit befriedete die gesamte Familie. Und sie beruhigte meinen Vater, dessen Temperament nach der Rückkehr vom Krieg gegen die Hive ungehalten und unvorhersehbar war.

Meine Mutter war diejenige, die uns alle gerettet hatte. Wenn ich mir aber Violet anschaute, dann musste ich feststellen, dass sie so gar nicht wie meine Mutter war. Violet war wild und leidenschaftlich. Sie war mutig und fordernd. Äußerlich war sie zurückhaltend und diszipliniert, aber hinter ihrer kühlen Fassade tobte ein Sturm der Emotionen, der Lust. Des Verlangens. Der Liebe. Obwohl sie seelenruhig vor uns saß, war sie alles andere als ruhig, sie war eine

Kämpferin, die schnell rot sah und ihre Gefühle nicht zurückhielt. Sie war das Feuer auf dem stillen See meiner Mutter. Ihr Gegenstück. Sie hatte nichts von der Partnerin, die ich mir immer erträumt hatte.

Und doch brauchte ich sie.

Bertok erhob sich, was eine Kettenreaktion auslöste, denn die anderen Ratsmitglieder, einschließlich Goran sprangen ebenfalls auf, um ihm Einhalt zu gebieten. Bertok war alt. Nicht zu alt zum Kämpfen, aber zu alt, um es mit den Kriegern hier im Raum aufzunehmen.

Warum also war er dann aufgestanden? Warum forderte er die anderen heraus?

Mit einem imaginären Achselzucken wartete ich auf Gorans Signal. Der wiederum blieb ruhig, also stellte ich meine Fersen wieder auf den Boden und sah zu, was als Nächstes passieren würde. Das Einzige, was mich noch mehr anwiderte als Politik, das waren die verdammten Hive und das sprach Bände.

Nur Tark war sitzen geblieben, die Verachtung und die unbeeindruckte Abgebrühtheit auf seinem Gesicht verärgerten den alten Mann sichtlich—und brachten mich zum Grinsen.

Bertok zitterte vor Rage. "Sie sitzen mit ihren interstellaren Bräuten rum und mich verurteilen sie. Sie haben uns alle im Stich gelassen, haben auf fernen Welten einen vagen Feind gejagt. Sie haben unser Volk verraten. Sie haben den Thron von Trion nicht verdient."

"Wollen sie meine Position infrage stellen, Bertok?" Das kam von Tark, auch er war jetzt aufgestanden und alle anderen schienen einen halben Schritt zurückzuweichen, um dem dominanten Wortführer im Raum den nötigen Platz für eine Konfrontation zu lassen. Er war groß. Das Schwert an seiner Hüfte war geschärft und gründlich geölt worden, der Glanz seiner Schneide war der Beleg für die Schärfe seiner Klinge. Er würde es mit jedem hier im Raum aufnehmen können, einschließlich mir und Zed.

Wenn es um Violet ging, würde ich mich mit ihm anlegen, aber ich war nicht sicher, wer von uns gewinnen würde.

Bertok dagegen wusste genau, wer aus einer Auseinandersetzung als Verlierer hervorgehen würde. "Sei kein Dummkopf, Tark. Natürlich nicht. Ich spreche nur aus, was sowieso offensichtlich ist. Das Drover-Problem ist immer noch nicht gelöst worden und ich habe eine weitere Frau verloren. Einen weiteren ungeborenen Sohn. Ich will Gerechtigkeit."

Bei diesen Worten entspannten sich die Männer wieder. Alle außer Axon, der quer durch den Raum spurtete. Alle außer Violet, deren gellender Schrei meinen Körper bis ins Mark erschütterte. Und Zed. Er war bereits vorne und überwältigte die Dienstmagd, die Violet eben noch einen Kelch Wein serviert hatte.

Nachdem sie den Weinkelch auf einen kleinen Tisch neben Violet und

Goran gestellt hatte, zog sie einen Dolch aus ihrer Tracht und wollte Violet die Kehle durchschlitzen.

Axon warf sich schützend auf Violet. Da sie zu Gorans Füßen festgebunden war, konnte sie sich nicht rühren, sie konnte nicht fliehen, also schirmte Axon sie mit seinem Leib ab, während Zed die Angreiferin packte. Ihr Arm war immer noch ausgestreckt, die unbarmherzige Klingenspitze deutete direkt auf unsere Partnerin. "Hier ist dein Attentäter, Goran."

Goran wandte sich der Frau zu und Roark und Tark stellten sich sicherheitshalber hinter ihn, sollte eines der anderen Ratsmitglieder oder deren Wachleute Goran von hinten angreifen.

Und ich? Ich konnte weder meine Partnerin sehen, noch Zed, oder das Gespräch mit anhören, welches unter den riesigen, wutentbrannten Trion-Kriegern stattfand, die das restliche Zelt mit gezückten Schwertern und tödlicher Miene auf ihren Gesichtern von der Tribüne abschirmten. Sie hatten um ihre Anführer herum einen Kreis gebildet, eine zusätzliche Schutzbarriere.

Alles war so schnell gegangen. Im Bruchteil einer Sekunde war die Sache gelaufen. Wir waren von einem männlichen Angreifer ausgegangen, aber die einzige Bedienstete war unseren wachsamen Blicken entgangen, was sie einkalkuliert hatte. Ohne Zeds und Axons blitzartiges Eingreifen wäre Violet vermutlich verletzt worden. Sie wäre womöglich getötet worden, mit einer Klinge im Hals, während der weiße Sand ihr Blut aufgesaugt hätte.

Tark zückte sein Schwert in Richtung Bertok. "Ist das dein Werk, alter Mann? Wenn die Frau zu dir gehört, dann werde ich dir den Kopf abschlagen."

Bertok wurde ganz bleich und ließ sich auf eine Matte auf dem Boden plumpsen, als ob seine Knie plötzlich nachgegeben hätten. Was für ein Feigling. Das war er also. Ein weinerlicher, erbärmlicher Feigling.

"Niemals," beteuerte er. "Eine Partnerin ist heilig, Regierungsrat. Selbst in der Wildnis ehren wir diese Wahrheit." Weder Tark noch Roark wirkten überzeugt davon, aber bis die Attentäterin vernommen wurde, konnten sie nicht mehr ausrichten, um Violets Sicherheit zu gewährleisten. Besonders jetzt, wo die Atmosphäre im Zelt gekippt war und es jederzeit zu einem Gewaltausbruch kommen konnte.

Meine Lektion hatte ich gelernt, zu spät, aber immerhin. Ich ignorierte Tark und Bertoks Auseinandersetzung und konzentrierte mich auf die anderen im Raum, ich musterte jeden Soldaten und Diener, jeden Regierungsrat und Wachmann, mein wachsamer Blick suchte nach einer möglichen Bedrohung. Nur weil einer von ihnen festgesetzt worden war, musste das nicht heißen, dass es nicht noch andere Verräter gab.

Ich verließ mich darauf, dass Axon und Zed Violet beschützten und als Axon kurz zu mir rüber blickte und nickte, verstand ich, dass sie ihrerseits darauf vertrauten, dass ich ihnen den Rücken freihielt. In dem Moment wurde mir bewusst, dass wir wirklich wie eine Familie funktionierten. Wir waren Krieger und jetzt Brüder, die dieselbe Frau liebten und schützten. Unsere Partnerin.

Sie gehörte uns.

Viken United oder mein bewaldetes Zuhause im Sektor Eins? Das war jetzt egal. Violet war meine Heimat. Und dank Zed und Axon, die sich ebenfalls um sie kümmerten, sie verwöhnten und beglückten, war das Pensum weniger hart. Wenn ich einmal nicht für sie da sein konnte, dann würden sie sich ihrer annehmen. Darauf konnte ich mich verlassen. Sie liebte sie. Und sie liebte mich. Ich konnte es in ihren Augen sehen, in der Art, wie sie sich unseren Berührungen hingab. Sie brauchte uns alle und ich würde ihr nichts vorenthalten. Nicht mehr. Es war egoistisch und dumm von mir gewesen, aber die Vorstellung sie zu verlieren schmerzte mich auf eine Weise, die ich mir nie hätte vorstellen können.

Sie gehörte uns. Und es war mir völlig egal, welche Haarfarbe unsere Tochter haben würde. Oder welcher Vater vor Stolz und Freude strahlen würde, wenn ich sie in die Luft warf und ihren kleinen Kopf küsste. Ich hatte zwei weitere Krieger an meiner Seite, um unsere Familie zu beschützen, sie zu lieben.

Wir mussten Violet nur davon überzeugen sich für immer für uns zu entscheiden.

Als ich sie aber anblickte, da wurde mir klar, dass ich nicht warten wollte, bis wir wieder auf Viken wären.

Ich wollte sie hier beanspruchen. Jetzt.

Dieses Mal würde sich nichts und niemand uns in den Weg stellen.

13

Calder, Mirana-Oase, Außenposten Zwei, Trion

AM LIEBSTEN WOLLTE ich mich sofort ausziehen und ins kühle Wasser der Oase springen. Fast. Noch lieber wollte ich Violet. Und zwar jetzt. Ich wollte mich tief in ihrer Muschi vergraben, sie mit Axon und Zed teilen und gemeinsam beanspruchen ... der Wunsch nach der offiziellen Vikenschen Eroberung war so dringlich, dass meine Eier schmerzten. Mein Herz schmerzte ebenfalls, und zwar weil ich ihr verzweifelt zeigen wollte, wie viel sie mir bedeutete, wie viel sie uns allen bedeutete.

Sie war unsere Familie, unsere Welt. Der Dreh- und Angelpunkt unseres Glücks. Für Zed und Axon galt das wohl genauso, denn ... wir waren uns einig. Ich war zur Vernunft gekommen und jetzt dankbar dafür, dass die beiden ebenfalls in ihrem Leben waren. Ihretwegen war sie sicher und wohlauf und unversehrt geblieben, obwohl sie mit einem Messer angegriffen worden war.

Mindy war wieder völlig gesund aus dem ReGen-Tank entlassen worden. Bertok war in sein Zuhause in der Wildnis zurückgekehrt, wo auch immer das war. Auch wenn er sich nicht als Attentäter entpuppt hatte, beruhigte mich die Tatsache, dass er abgereist war. Die Dienstmagd saß im Gefängnis des Außenpostens und stand unter ständiger Beobachtung. Sie war vernommen worden und hatte ausgesagt, dass sie allein agierte. Für den Moment war Außenposten Zwei wieder sicher.

Wir konnten uns wieder voll und ganz Violet widmen. Es gab keine Ablenkungen. Keine Gefahren, keine kranke Schwester, noch nicht einmal unsere Arbeit als royale Garden. Nur Violet. Und sie hatte immer noch den hauchdünnen Trion-Fummel am Leib. Ihr Körper war immer noch ölverschmiert. Ihre Kurven waren sichtbar und ihre Nippel ragten immer noch durch die Schlitze in ihrem Kleid. Sie war eine fleischgewordene Sexgöttin. Dekadent und sexy. Üppig und aufreizend, genau wie beabsichtigt. Ich war stolz darauf, dass sie meine Partnerin war. Stolz darauf, dass die Männer dort im Zelt ihr lusterfüllte Blicke zugeworfen hatten, dass sie sie am liebsten gefickt hätten, wenn sie nicht einem anderen gehört hätte. Mir. Axon. Zed.

Und doch stammte sie weder von Trion, noch gehörte sie Goran. Sie hatten sich nach der falschen Frau verzehrt, nach Mindys Doppelgängerin. Nach einer Trionischen Partnerin, die sich nur allzu gern ihrem Gebieter unterwarf und die von Goran vollends befriedigt wurde.

Aber sie war nicht wie Mindy. Sie gehörte nicht in dieses Gewand. Die Ringe und Ketten gehörten nicht an ihren Körper. Ihre natürliche Schönheit stand ihr am besten. Unaufgeregt und nackt. Einfach nur Violet. Mit nichts als ihrer schweißgebadeten Haut, die von ihrem süßen Nektar befeuchtet wurde, während sie nach unseren Schwänzen gierte.

Ich hatte mit mitangesehen, wie sie vor Goran auf die Knie gegangen war. Wie anmutig sie sich unterworfen hatte. Sie war perfekt in dieser Rolle. Sie hatte ihren Schein-Partner nur so angehimmelt. Aber ich kannte diese Hüftbewegung, kannte den wahren Grund für ihre steifen Nippel, für die Lust in ihren Augen. Sie wollte unsere Schwänze. Sie wollte ihren Arsch mit Öl eingeschmiert und dieses perfekte Loch für meinen

Schwanz vorbereitet bekommen. Axons Schwanz sollte an ihren Lippen vorbei und tief in ihre Kehle gleiten. Sie wollte Zeds Mund auf ihrem Kitzler spüren oder seinen Schwanz tief in ihrer Muschi.

Zed.

Mit seiner liebevollen Ölmassage hatte er sie angeheizt. Auf Trion sollten die Partnerinnen bitteschön glitzern. Er hatte ihre Beine gespreizt, um sie zu rasieren und dann mit ihrer Muschi gespielt. Und wir hatten ihnen zugesehen. Verfickt, und wie wir zugesehen hatten. Sicherzugehen, dass sie sich in ihrer Rolle als unterwürfige Partnerin wohlfühlte war für Zed ein Leichtes gewesen. Als sie dann ganz vernarrt und willig Goran angehimmelt hatte, galt diese Wärme nur uns.

Axon hatte mich an die Macht des Samens erinnert, an ihre stetig wachsende Not. Als wir auf der Suche nach dem Täter waren und ihn fieberhaft der Justiz überstellen wollten, da hatten wir vor lauter Wut, Sorge und Entschlossenheit ganz vergessen uns den wachsenden sexuellen Bedürfnissen unserer Partnerin zu widmen.

Und als der verfluchte Angriff dann tatsächlich stattgefunden hatte und das reinste Chaos herrschte, da hatten wir ihre Lust aus Sorge um ihre Sicherheit gänzlich beiseite geschoben.

Jetzt aber, hier ... in dieser versteckten kleinen Oase, die so an Viken erinnerte, würden wir ihr endlich Erleichterung verschaffen. Gleich würden wir sie ficken. Und sie würde vollkommen beansprucht werden. Wir konnten unmöglich länger warten.

"Dieser Ort ist unglaublich. Kein Wunder, dass Mindy so aus dem Häuschen war!" Violet jubelte, als wir einen engen, von Blättern umrankten Sandpfad entlang liefen.

Es war schön hier. Rasch waren wir von sattgrünen Baumkronen umgeben, üppigen Blättern, genau wie auf Viken. Regenbogenfarben—kräftige Rot-, Lila-

und Brauntöne—umgaben uns. Selbst der Himmel über uns wurde von einem dicken Laubdach verschleiert. Der Pfad öffnete sich und Violet staunte nur, als Axon zur Seite trat. Sie blieb stehen und betrachtete das Panorama.

Vor uns lag ein tiefes Wasserloch mit schroffen Felsen. Es wurde von einer natürlichen Quelle genährt, das Tröpfeln und Plätschern des Wassers mischte sich mit dem Rascheln der Blätter. Der Boden unter unseren Füßen war lehmig und mit dunkelbraunem Moos bedeckt, er war weich und fruchtbar. Feucht, genau wie die Luft. Es war, als ob wir vom trockenen Außenposten in unser eigenes kleines Reich gelangt waren.

Und wir *waren* allein. Goran hatte uns versichert, dass Mirana für den Rest des Tages uns gehörte. Ein paar Wachen hatten uns sogar den Pfad gezeigt—ich bezweifelte, dass wir ihn sonst gefunden hätten—und warteten jetzt draußen; sie garantierten unsere Privatsphäre und Sicherheit. Wenn ich erstmal bis zu den

Eiern in meiner Partnerin steckte, würde ich alles um mich herum vergessen, einschließlich sie zu beschützen.

"Wie wunderschön," säuselte Violet und blickte aufs Wasser. Sie ging ans Ufer und kniete nieder, sodass das Kleid um ihre Knie herum Falten warf und tauchte die Finger ins Wasser. Sie riss die Augen auf und lächelte begeistert. "Es ist warm!"

"Dann werden wir schwimmen gehen," sprach Zed und legte sein Trionisches Gewand ab.

Axon und ich zogen rasch unsere Stiefel aus. Die Vorstellung, Violet ganz nass und schlüpfrig in unserer Mitte zu haben spornte uns regelrecht an.

Violet musste nicht lang überredet werden und zog sich ihr Kleid vom Leib. "Ich war noch nie nackt schwimmen."

Als wir alle drei unverhüllt waren, hielten wir inne und starrten sie einfach nur an. Mein Hemd baumelte von meinen Fingern, ich hatte es bereits vergessen. Ihre Haut glänzte vor lauter Öl und jede ihrer Kurven stand hervor. Ihre Brüste waren immer noch mit den Ringen und Ketten geschmückt, Gorans Münzen baumelten frei herum und stießen gegen ihren Bauch.

Das war es, was jeder einzelne Mann im Zelt sehen wollte. Aber sie gehörte uns und nur uns allein.

Sie war so verdammt schön und dass sie mir gehörte verblüffte mich immer noch. Uns. Seit unserer Ankunft auf Trion hatten wir sie nicht angerührt. Geschlagene zwei Tage. Zwei Tage, seit dem wir sie miteinander geteilt, angefasst und daran erinnert hatten, dass sie uns gehörte. *Verfarkt*, wie Goran wohl sagen würde. Sie war viel zu lange ohne unseren Samen geblieben.

Mein Schwanz wurde bei ihrem verführerischen Anblick sofort steif. Nein, noch steifer. Und doch war sie geschmückt wie eine Trionische Braut, obwohl sie gar keine war. Sie war nicht Mindy.

"Soll ich dir helfen die Nippelringe

abzunehmen?" fragte Zed und deutete auf die jetzt überflüssigen Anhängsel.

Violet schaute an sich herunter, als ob sie die Ringe ganz vergessen hätte. Sie umfasste eine Brust und machte sich vorsichtig am Ring zu schaffen. Der Klebstoff, mit dem sie befestigt wurden war stark, aber einige Sekunden später war der Ring ab.

Ich musste stöhnen, als sie sich an die Brüste fasste und sich berührte. Der jetzt ungeschmückte Nippel war hart, das zarte Fleisch war vom Klebstoff und der Ringbefreiung leicht gerötet. Vorsichtig entfernte sie auch den anderen Goldring und ließ ihre Kette in einem kleinen Häufchen auf den Boden fallen.

"Ja verdammt," keuchte ich. Genau so mochte ich sie. Sie war natürlich und umwerfend und für meinen Vikenschen Geschmack einfach perfekt. Zed und Axons Schwänze waren auch nicht mehr zu übersehen, auch sie standen bei ihrem Anblick stramm.

"Ich weiß nicht was FKK bedeuten

soll," erklärte ich. "Aber wenn du dabei nackig in einem warmen Pool mit Wasser herumschwimmst, dann habe ich es auch noch nicht gemacht. Wir werden es zusammen ausprobieren."

Wir sahen zu, wie sie ins Wasser schritt, das Gefälle war seicht und das Wasser reichte ihr bis zur Taille. Mit einem elegant warf sie sich nach vorne und tauchte unter, dann kam sie mit einem Lächeln wieder hoch und schnappte nach Luft. Ihr dunkles Haar lag jetzt eng an ihrem Kopf und tröpfelte an ihrem Rücken entlang. Ihre Brüste schaukelten im Wasser, ihre rosa Nippel waren hart und direkt unter der Wasseroberfläche sichtbar.

Oh ja, es gab nichts Besseres als Nacktschwimmen.

Ich ließ mein Hemd fallen und folgte ihr ins Wasser; es war genauso warm, wie sie gesagt hatte. Ich ging ebenfalls auf Tauchgang, öffnete die Augen und bewunderte unter Wasser Violets Beine und die Falten ihrer Muschi. Ich schwamm auf sie zu, packte sie und hob sie hoch, als ich wieder auftauchte. Ihre Haut war immer noch ganz glitschig vom Öl und auf dem Wasser bildeten sich kleine Perlen.

Sie umfasste meine Schultern und lachte.

"Mein Schatz, ich liebe es, wenn du lachst. Wenn du glücklich bist, bin ich auch glücklich."

Hinter uns plätscherte es und binnen Sekunden waren Axon und Zed an unserer Seite. Wir bildeten einen Kreis um sie. Violet war in unserer Mitte, genau dort, wo sie hingehörte.

Ich hielt sie in den Armen, sodass sie im Wasser schwebte, während wir uns um sie versammelten. Der Grund des Sees war weich und mit Moos bedeckt. Meine Hand glitt von ihrer Taille auf ihren Arsch, ich packte sie und sie schlang die Beine um meine Hüften. Mein Schwanz steckte zwischen uns, lang und dick presste er gegen unsere Bäuche. Mein Vorsaft sickerte bereits aus der Krone und umschmeichelte ihre Haut, im Wasser aber war die Wirkung abgeschwächt und sie wimmerte nur, dann stöhnte sie.

Zed und Axon tauschten einen Blick aus und blickten zu mir. Sie nickten.

Verfarkt ja.

Wir würden sie hier nehmen. Zum ersten Mal. Wir würden sie bis zur völligen Erschöpfung ficken, stundenlang.

Der Staub des Außenpostens war jetzt weggewaschen. Der Schweiß der zwei Sonnen ebenfalls. Die Welt außerhalb der Oase existierte nicht länger. Alles was zählte, lag jetzt in meinen Armen.

Zed und Axon ergriffen jeweils eine Hand von Violet und halfen ihr dabei, sich zurückzulegen, sodass sie zwischen uns auf dem Wasser trieb. Sie stützten ihre Schultern, damit sie sich prächtig vor uns ausbreiten konnte. Ihre andere Hand blieb frei und konnte auf Erkundungstour gehen. Und wie sie Violet erkundeten; ihre Brüste, ihren Bauch.

Ich hatte beide Hände frei und fasste zwischen uns, ich glitt über ihre schlüpfrigen Falten und schob zwei Finger in sie hinein.

"Calder!" rief sie, dann legte sie den Kopf in den Nacken, blickte den zwei Sonnen entgegen und schloss die Augen.

"Du bist so eng, so feucht," flüsterte ich. Sie war so warm, ihre Innenwände kräuselten sich und zogen meine Finger tiefer in ihre Muschi. "Es ist schon sehr lange her, Liebling. Willst du von deinen Männern gefickt werden?"

"Ja, Gott, ja."

Ich wollte keine Sekunde länger warten, sondern ihr sofort das geben, was sie brauchte. Also verlagerte ich die Hüften, richtete meinen Schwanz auf ihre Spalte aus und stieß tief in sie hinein. Das Wasser strudelte um uns herum und dämpfte meine sonst so heftigen Stöße. Sie war wärmer als das Wasser, mein Schwanz labte sich an ihrer Hitze. Ich spürte sofort, als mein Vorsaft ihre Muschiwände bedeckten, denn sie verkrampfte sich und klemmte die Beine um meinen Arsch. Ihre Nippel wurden noch härter und sie drückte den Rücken durch. Sie musste kommen. Ja, sie brauchte das hier. Nach allem, was sie durchgemacht hatte, brauchte sie jetzt Ablenkung. Sie brauchte die Gewissheit, dass ihre Partner bei ihr waren, sie beschützten. Sie liebten. Dass sie ihr immer exakt das geben würden, was sie brauchte.

Verdammt, was für ein Anblick. Und ich hatte mich kaum in ihr bewegt. Stattdessen hielt ich still, tief, so verdammt tief in ihrem Inneren und konnte spüren, wie sie sich um meinen Schwanz zusammenzog und mich mit ihren Säften bedeckte.

"Zed, Axon, seht her, wie unsere Partnerin einen Schwanz nimmt. Wie sie sich uns anbietet. Wie wir sie verwöhnen. Ihr das geben, was sie braucht. Ein Schwanz reicht dir nicht, oder, Violet Nichols von der Erde?"

Als ich ihren vollen Namen aussprach, öffnete sie die Augen und blickte zu uns auf.

Sie schüttelte den Kopf, ihr dunkles Haar wirbelte im Wasser herum und strich über ihre Schultern. "Nein."

"Du brauchst deine drei Partner. Du brauchst mich, Zed und Axon."

Das war keine Frage, sondern eine Feststellung. Ich hatte mich geirrt, aber jetzt hatte ich verstanden.

"Ja," wiederholte sie.

Sie befeuchtete ihre Lippen und Zed knurrte inbrünstig.

Meine Hüften bewegten sich ganz von selbst, dermaßen stark war mein Bedürfnis nach Vollendung. Meine Eier schmerzten und wollten sich entleeren, sie wollten sie mit meinem Samen füllen, den ich seit unserer letzten Nummer auf dem Esszimmertisch auf Viken in mir angesammelt hatte.

"Wenn du uns alle drei haben willst, dann soll es so sein. Wir werden nicht länger um dich kämpfen, denn du gehörst uns allen. Dich zu teilen bedeutet nicht, sich mit weniger zu begnügen. Wir alle bekommen *alles* von dir. Alles, von dem wir je geträumt haben."

"Ja," hauchte sie.

Wir mussten sie nicht lange überreden. Sie war sich der Sache genauso sicher wie wir. Und dessen, was als Nächstes kommen würde.

"Dann ist es soweit," führte ich aus. "Mein Schwanz in deiner Muschi möchte dich zwar ficken, aber jetzt ist der Moment der Verpartnerung gekommen. Akzeptierst du uns als deine ausgewählten Partner?"

Ich zog komplett aus ihr heraus. Violet wimmerte und richtete sich auf. Zed und Axon halfen ihr, sodass sie wieder in meinen Armen ruhte, ihre Beine umklammerten weiterhin meine Hüften, aber mein Schwanz steckte einmal mehr zwischen uns. Ich hatte ihr das gegeben, wonach ihr Körper sich verzehrte, nämlich die Macht meines Samens, aber ich wollte, dass sie mit klarem Kopf und nicht unter Einfluss der Substanz ihre Zustimmung gab.

Das Wasser rann ihren Rücken entlang, ihre harten Nippel pressten gegen meine Brust. "Ich will deinen Schwanz in mir spüren," klagte sie.

Ich musste lächeln. "Na schön. Du bekommst meinen Schwanz, allerdings in deinem Arsch, und zwar schön tief. Zed wird deine Muschi beglücken und Axon wird in diesen hübschen Mund hinein gleiten."

Sie ließ die Hüften kreisen und rieb ihre Muschi gegen meine pralle Eichel.

"Ja, bitte," flehte sie und leckte mir das Wasser vom Hals.

Ich blickte kurz zu Zed und Axon. "Es ist soweit."

Sie gingen aus dem Wasser und ich folgte ihnen, den Griff um unsere Partnerin lockerte ich erst, als ich sie auf dem weichen Moos niederlegen konnte und sie für uns ausbreitete. Es war soweit. Ich würde sie mit ihren anderen beiden Partnern teilen, sie zu unserer

Frau machen. Für immer. Wir würden jene Familie gründen, nach der ich mich immer gesehnt hatte und diese Familie würde um so viele Kinder anwachsen, wie Violet uns geben wollte. Bis dahin würden wir sie ficken und ficken. Wir würden so lange üben, bis sie die Verhütungsspritze nicht mehr haben wollte und unser Samen in ihr Wurzeln schlagen konnte. Bis sie fruchtbar wäre.

Ich war überglücklich. Mein Dasein war komplett ... und nur dank Violet.

14

ed

WAS FÜR EIN ANBLICK. Sie war wunderschön. Die Unterwürfigkeit lag in ihrer Natur ... manchmal jedenfalls. Ich musste lächeln und mir wurde klar, dass sie sich nie komplett unterwerfen würde, und das war völlig in Ordnung. Ich wollte sie nicht so, wie Mindy gerne sein wollte. Ich wollte sie nicht zu meinen Füßen auf dem Boden kauernd und angebunden sehen und sie vollkommen und unmissverständlich dominieren. Ich liebte Violet so, wie sie war. Frech, ungebändigt, clever, leidenschaftlich, mutig, furchtlos und teuflisch sexy. Sie verkörperte alles, was ich mir immer von einer Partnerin gewünscht hatte ... und noch viel mehr. Hier, ungestört und mit ihren anderen beiden Partnern konnte sie sich so unterwerfen, wie sie es wünschte. Aber ich wollte ihr Herz. Ich brauchte es genauso sehr wie ihre Unterwerfung.

"Akzeptierst du unseren Anspruch auf dich? Hier? Heute? Uns alle drei?" fragte ich.

Violets begierige Augen trafen auf meine. In ihrem Blick erkannte ich Liebe, Erregung und Akzeptanz. Nicht, weil es von ihr verlangt wurde, sondern weil sie es *wollte.* Calder hatte ihr ein winziges Bisschen seines Samens geschenkt, allerdings hatte das Wasser wohl verhindert, dass die Macht des Samens sie sofort überwältigte. Es war genug, um ihre Not zu lindern, ihr Bedürfniss zu sättigen, aber nicht so stark, dass es ihren Verstand vernebelte. Sie sollte mir ihre Antwort bei vollem Besitz ihrer geistigen Kräfte geben.

Erst wenige Tage waren vergangen, seit sie uns auf der Erde die Tür vor sie Nase knallen wollte. Jetzt hatten wir bereits so viel miteinander durchgemacht. Auf der Erde, Viken, Trion. Sie hatte sich als ihre Schwester ausgegeben—was sie nicht noch einmal wagen würde, es sei denn, sie wollte so heftig den Arsch versohlt bekommen, dass sie eine Woche lang nicht mehr sitzen könnte—und jetzt war sie hier mit uns im Paradies.

Sie wollte sich aufsetzen, ich aber hob mahnend die Hand. Sie hielt inne.

"Bleib, wo du bist. Du kannst deinen Partnern alles zeigen, während du antwortest."

Sie leckte sich die Lippen, ihr gesamter Körper war immer noch nass. Wasserperlen glitten über ihren Bauch, an ihren Schenkeln entlang, über ihre Brüste und sie tröpfelten von ihrem Haar. Weiter unten war sie auch nass, allerdings aus einem ganz anderen Grund.

"Ich akzeptiere euren Anspruch. Ich akzeptiere dich, Zed, genau wie Axon und Calder." Sie blickte jeden einzelnen von uns an. "Ich will eure Partnerin sein, eure Braut. Für immer."

Ich fiel neben ihr auf die Knie, der samtig weiche Lehmboden dämpfte den Aufprall. Ich beugte mich vor und küsste sie zärtlich. Axon, der die ganze Zeit über geschwiegen hatte, rückte zwischen ihre gespreizten Beine. Er küsste sie ebenfalls, allerdings weiter unten. Ich verschluckte ihr lustvolles Keuchen, das Axon ihr entlockte, als er sie mit der Zunge leckte und fickte.

"Du bist klitschnass, Liebes," verkündete Axons tiefe Stimme zwischen ihren Schenkeln.

Als sie aufschrie, hob ich den Kopf und suchte ihre dunklen Augen. "Was macht Axon mit dir?"

"Er … er leckt mich," stöhnte sie.

"Was noch?" fragte Calder und ging

gegenüber in Stellung.

Sie drehte den Kopf auf seine Seite.

"Er hat zwei Finger—"

"Drei," stellte Axon klar.

"—in mir drin. Er hat ... oh Gott, er hat meinen G-Punkt gefunden und ich muss gleich koooommmmen!"

Ihr Rücken wölbte sich empor und sie schloss die Augen. Ich sah zu, wie ihre Haut ganz rosig wurde. Zuerst ihre Wangen, dann immer tiefer am Hals und an den Brüsten. Ihre Brüste wurden gleichmäßig rosa, im selben Farbton wie ihre straffen Nippel. Ungeschmückt gefielen sie mir viel besser.

Als sie befriedet war und kleine heiße Atemzüge ausstieß, legte sie sich vollkommen schlapp zurück und ihr Mundwinkel bog sich nach oben. Eine sehr zufriedene Miene. Ihre Augen aber blieben geschlossen. Axon setzte sich auf seine Fersen.

"Mehr," keuchte sie. "Ich bin mehr als bereit."

Ich blickte kurz zu Calder rüber.

"Hast du die Sachen, die Goran uns mitgegeben hat?"

Er antwortete mit einem Grinsen und nickte flüchtig, dann lief er zu seinem Kleiderhaufen, um etwas zu holen.

"Liebes, du bist noch nicht bereit, um uns alle zu nehmen."

Sie blickte mich an. "Doch, das bin ich."

Ich zog eine Augenbraue hoch. "Willst du für deine Widerworte den Arsch versohlt bekommen oder willst du von mir gefickt werden?"

"Also erstens, du weißt genau, dass ich Arsch versohlen liebe." Einen Moment lang biss sie sich auf die Lippe, als müsste sie nachdenken. "Aber du weißt, dass ich dich noch lieber in mir habe."

"Ausgezeichnete Antwort."

Ich packte ihre Hüften und drehte sie um, während ich mich auf den Rücken legte und sie dann auf mich drauf hob. Sie winkelte instinktiv die Knie an, sodass sie auf meiner Hüfte ritt.

"Zed!" rief sie aus, weil das Manöver sie wohl überraschte.

"Der Orgasmus hat dich ganz weich und feucht gemacht, nicht wahr?"

Sie nickte.

"Dann solltest du mit meinem Schwanz keine Mühe haben."

Mit den Händen weiter auf ihren Hüften hob ich sie hoch, ich richtete sie aus und zog sie langsam aber unnachgiebig nach unten, bis sie wieder auf meinen Schenkeln aufsaß. Diesmal war ich bis zum Anschlag in ihr vergraben.

Ich fauchte und Violets Hände ruhten auf meiner Brust. Sie stöhnte.

"Gutes Mädchen. Du magst zwar feucht und bereit für meinen Schwanz sein, aber nicht für Calders."

Der ging hinter ihr in Stellung und ich grätschte die Beine auseinander, damit er genügend Platz hatte.

"Goran hat uns als Dank ein kleines Geschenk mitgegeben."

Calder reichte einen kleinen Glasflakon um sie herum, sodass sie es selber sehen konnte. "Es ist Öl, um deinen Arsch auf meinen Schwanz vorzubereiten."

Dann entfernte Calder den Korken und träufelte etwas davon auf seine Fingerspitzen. Violet blickte mich fragend an. "Goran hat euch als Dankeschön Gleitmittel geschenkt?"

Der Mandelduft vermischte sich mit dem erdigen Geruch nach Lehm und Bäumen.

Ihre Finger krallten sich in meine Brust, als Calder ihren Hintereingang berührte. "Oh Gott," keuchte sie.

Ich hob meine Hüften und rammte in sie hinein. "Gefällt dir das?"

Sie biss ihre Lippe und nickte.

"Mehr, Calder," wies ich ihn an.

Er gab mehr von dem duftenden Öl auf seine Finger, dann widmete er sich wieder seinen Vorbereitungen. Ich konnte nicht sehen, was er da hinten trieb, aber ich beobachtete das Schauspiel der Emotionen und Empfindungen auf Violets Gesicht.

Ich konnte nicht länger stillhalten. Viel zu lange schon war ich in ihr drin. Also fing ich an sie zu bearbeiten, ich hob sie nach oben und drückte sie wieder runter, während ich in sie hinein stieß. Das Klatschen unserer nackten Körper war fast schon zügellos, primitiv und ich konnte Calders Finger durch die dünne Membran spüren, die meinen Schwanz von seinen Fingern trennte und Violet wurde noch enger.

"Liebes, vergiss mich nicht," mahnte Axon und wirbelte herum, sodass er an Violets Seite kniete. Sie musste sich nur noch nach vorne lehnen und schon konnte sie ihn in ihren üppigen Mund nehmen.

Sie war umwerfend, ihre Brüste wackelten mit jedem meiner Hüftstöße und der Schweiß perlte auf ihrer Haut. Ihre Augen waren ganz auf Axons Schwanz gerichtet, er war lang und dick und ein Lusttropfen sickerte aus dem kleinen Schlitz.

Sie leckte sich die Lippen, beugte

sich nach vorne und naschte sogleich den perligen Tropfen von seiner Eichel. Sie schloss die Augen und stöhnte. Ich spürte, wie ihre Muschi sich zusammenzog, als sie kommen musste.

"Sie ist so verdammt eng," fluchte Calder, während sie sich von der Macht des Samens überwältigen ließ. "Und bereit. Sie hat mich schon einmal hier genommen."

Ich spürte, wie er die Finger herauszog. Ich fickte sie durch ihren Orgasmus hindurch und Calder schmierte währenddessen seinen Schwanz mit dem schimmernden Öl ein.

"Gutes Mädchen, jetzt nimm ihn tief," sprach Axon.

Er umfasste ihren Hinterkopf und führte sie genau da hin, wo er sie haben wollte. Ich beobachtete, wie sie weit den Mund aufmachte und Axons Schwanz Stück für Stück in ihrem Rachen verschwand.

"Verfickte Scheiße," knurrte er.

Sie stöhnte, denn Calder presste

gegen ihren Hintereingang. Ich spürte den Druck und konnte ebenfalls spüren, wie er durch den straffen Muskelring ploppte, den er so gründlich vorbereitet hatte.

Wir fickten sie im Tandem und sie brachte immer neue Töne hervor, allerdings gaben wir ihr auch viel Zeit, damit sie sich an die neuartige Fülle gewöhnen und Calders Schwanz bis zum Anschlag willkommen heißen konnte.

Seine Hände umspielten ihren Körper und umfassen ihre Brüste und wir tauschten einen flüchtigen Blick miteinander aus. Er nickte einmal und begann sich langsam zurückzuziehen.

"Jetzt hast du uns alle drei in dir drin. Du gehörst uns, Liebes," knurrte ich. Wir waren vereint.

———

VIOLET

. . .

OH. Mein. Gott. Nie hätte ich es mir so vorgestellt. Als sie in meiner Wohnung in Florida das erste Mal die Beanspruchung erwähnten, hatte es sich wie ein wilder Pornofick angehört. Drei Typen, drei Schwänze, drei Löcher.

Aber so war es nicht. Nun, also schon. Zed steckte bis zu den Eiern in meiner Muschi, Calder dehnte meinen Arsch aufs Äußerste und Axon war in meinem Mund. Auf der Zunge fühlte ich seinen pochenden Pulsschlag und mit jedem Zungenschlecken wurde sein Schwanz größer. Die Macht des Samens tat ihr übriges, es war fast wie ein Schuss Heroin direkt in die Vene, und doch war es viel mehr. Es waren diese drei Männer, die es perfekt machten.

Immer wieder sagten sie mir, dass ich ihnen gehörte. Du gehörst mir. *Mir.* Sie hatten diese Worte oft genug wiederholt. Und angesichts ihrer Gesten glaubte ich ihnen. Total. Und da ich ihnen gehörte, gehörten sie alle drei auch mir. MIR!

Genau, ich hatte drei heiße, elegante, mutige, feurige Männer, und zwar ganz für mich allein. Ich war diejenige, die sie zusammengeführt hatte, die aus uns eine Familie machte. Und jetzt war ich auch diejenige, die uns miteinander vereinte, die uns allen Vergnügen bereitete. Dieser intime Akt war ihre Art, ihre Liebe für mich auszudrücken und indem ich sie gleichzeitig in mich aufnahm, versicherte ich ihnen, dass sie mir alle gleich viel bedeuteten und dass ich sie alle gleich stark wollte. Zusammen.

Keiner von ihnen würde den Kürzeren ziehen.

Ich konnte den Vorsaft auf meiner Zunge schmecken und eine Sekunde später schlug die Macht des Samens erneut zu. Meine Muschi zog sich zusammen, mein Arsch verkrampfte sich und meine Nippel wurden hart wie Kieselsteine. Ich wollte sie, wollte das hier. Ich konnte nur noch atmen, stöhnen und mich der Lust hingeben, dem Gefühl, sie alle gleichzeitig in mir zu spüren.

Mit Calder und Zed gleichzeitig in mir fühlte es sich so unglaublich voll an. Doppelt penetriert zu werden war ... eine straffe Angelegenheit. Aber das Öl, das verdächtig stark nach Mandeln roch, machte das Eindringen einfach. Und nachdem seine Finger mich vorher gedehnt und geöffnet hatten—und nachdem ich dort bereits gefickt worden war—wusste ich, was kommen würde. Wie ich gegendrücken und mich entspannen musste. Ihn einfach reinlassen. Es war eng und es brannte, jetzt aber, als Zed im selben Moment meine Muschi ausfüllte, war es einfach ... unbeschreiblich.

Meine Worte vermochten nicht auszudrücken, was ich fühlte, denn Axons harte Länge steckte tief in meinem Schlund. Er hatte seine Schwanzwurzel umpackt und stellte sicher, dass er nicht zu tief in mich eindrang. Ich hatte ihn zwar vorher schon bis in die Kehle genommen, aber womöglich wollte er einfach vorsichtig sein, weil ich noch zwei weitere Schwänze in mir hatte.

Trotzdem konnte ich tüchtig saugen, lecken, waschen und über sein heißes Fleisch streichen. Schwall um Schwall Vorsaft ergoss sich in meine Mundhöhle und das, zusammen mit seinen Fingern, die in mein Haar griffen, war die Bestätigung, dass er es genoss.

Calders Hände an meinen Brüsten hielten meinen Oberkörper. Zed hielt meine Hüften. Ich konnte mich nicht mehr rühren, konnte sie weder tiefer nehmen noch die Hüften verlagern und nach mehr verlangen. Ich konnte nur noch empfangen und spüren.

Und das tat ich. Ich spürte Zeds heißen Schwanz, wie er von meinen Säften befeuchtet in meine Muschi glitt und jedes Mal, wenn er zurückzog mit seiner drallen Eichel über meinen G-Punkt strich. Calders Schwanz erkundete die unergründlichen Tiefen meines Hintereingangs und mit jedem seiner Stöße dehnte er mich bis ins Unendliche, nur um die Zone erneut zu befeuern, wenn er wieder herauszog.

Ich stöhnte, krampfte, winselte und das Verlangen nach Erleichterung baute sich immer weiter auf, bis ich einen Dauer-Orgasmus hatte. Der Samen auf meiner Zunge erledigte den Rest. Aber es war der Moment, als Zed aufstöhnte und heiß in mir abspritze, in dem ich den Verstand verlor. Ich war blind vor Lust. Calder kam kurz darauf, denn meine Muskeln waren dabei ihre Schwänze zu melken und bettelten regelrecht darum, dass ihre Eier noch mehr von ihrem Samen in mich rein pumpten.

Axon zog weit genug aus meinem Mund raus, damit ich meine Wonne herausschreien konnte. Meine Muskeln waren hart und angespannt und ich war so froh, dass sie mich hielten. Ich war ein reines Bündel der Ekstase. Sonst nichts. Ich schwebte, weinte und genoss es einfach.

Axon umfasste meinen Kiefer und

ich machte instinktiv den Mund auf. Anstatt mich mit seiner gesamten Länge zu füttern, führte er nur die Spitze ein, sodass sie auf meiner Zunge lag. Ich spürte ein Zucken, dann landete ein Schwall Samen auf meiner Zunge. Ich konnte nicht schlucken, sondern sammelte ihn, bis er sich komplett entleert hatte.

Erst dann zog er wieder heraus. Ich schloss meinen Mund, schluckte runter und wurde von einer weiteren Hitzewelle überrollt. Diesmal konnte ich nicht schreien, stattdessen winselte ich nur.

Ich wurde auf Zeds Brustkorb gelegt und der Orgasmus wollte gar nicht mehr enden. Tränen rannen mir übers Gesicht, mein Körper war klitschnass vor Schweiß.

"Es ist zu heftig," keuchte ich.

Calder zog langsam und vorsichtig heraus, dann wurde ich von Zed heruntergehoben und in ein Paar starke Arme genommen. Hände liebkosten mich, strichen über meine empfindliche Haut. Sie schnalzten mit den Zungen und flüsterten mir ins Ohr. Worte des Lobes, der Liebe, Zärtlichkeiten. Es war zu viel. Das Vergnügen, die Sicherheit, die Zuneigung. Die Tatsache, dass ich noch vor ein paar Tagen nicht einmal wusste, dass sie existierten, dass ich sie abgelehnt hatte. Dass wenn sie weniger entschlossen gewesen wären, ich sie wohl nie kennengelernt hätte. Dass mir dieses Vergnügen, diese Liebe entgangen wäre. Und nicht nur von einem Partner, sondern dreien. Drei!

Ihre Liebe für mich trieb mich an meine Grenzen und darüber hinaus.

"Wir lieben dich." Das war das letzte, woran ich mich erinnerte, bevor ich zufrieden einschlief. In diesem Moment wusste ich, dass ich genau am richtigen Ort war. Es war völlig egal, auf welchem Planeten wir waren. Erde, Viken, Trion oder irgendwo sonst in der Galaxie. Ich war angekommen, zuhause. Sie hatten mich ein für allemal erobert.

EPILOG

Axon, Temporäres Domizil von Goran und Mindy, Trion, Außenposten Zwei

"Wie zuvorkommend von den Königen, dass wir ein paar Tage länger bleiben dürfen," sprach ich und trat in den provisorischen Salon von Gorans und Mindys opulentem Zelt. Die großräumige Konstruktion war neben dem Zelt von Regierungsrat Tark errichtet worden. Das jährliche Treffen der Regierungsräte fand dieses Jahr im

Außenposten Zwei statt, auf dem südlichen Kontinent. Wir waren einen Tagesritt von Regierungsrat Roarks Wohnsitz entfernt, in Trions größter Metropole, einer imposanten Stadt namens Xalia.

Mindy würde allerdings nicht dort leben. Sobald die Versammlung vorbei war, würden alle Regierungsräte in ihre Heimatterritorien zurückkehren. Tark und General Goran würden zum nördlichen Kontinent zurückkehren, in die Nähe vom Außenposten Neun, und den Wildgebieten die dem alten Bastard Bertok unterstanden.

Als Stellvertreter des obersten Regierungsrats Tark befand sich Gorans Domizil in direkter Nachbarschaft zu Tarks Regierungsgebäuden. Es war ein Luxusanwesen. Beim ersten Gespräch zwischen Mindy und Violet hatte er beteuert, dass es seiner Partnerin an nichts fehlen würde. Mindys Schilderungen und die Fotos, die Goran uns gezeigt hatte bestätigten das. Mindy würde dort sicher und behütet sein, mit allen

Annehmlichkeiten, sobald der General sie wieder nach Hause brachte. Genau wie Violet, sobald wir sie zurück nach Viken brachten, wo sie hingehörte. In den Palast, mit Königin Leah, bestens umsorgt und beschützt. Wo sie *uns* gehörte.

Dass sie *uns* gehörte war das Einzige, was zählte. Wo wir leben würden war völlig egal. Mein Zuhause im Sektor Drei hatte ich vor so langer Zeit verlassen, ich konnte mich kaum noch an die Umgebung, an die Gerüche dort erinnern. Seit meiner Rückkehr von den Hive-Kriegen war ich auf Viken United stationiert, aber selbst dort hatte ich bis zu Violets Ankunft in einem leeren Gemäuer aus Stein und umgeben von Pflichten gelebt.

Zed war neu in Vikens Hauptstadt, nur wenige Stunden vor unserem Eroberungstrip zur der Erde war er vom IQC im eisigen Norden sozusagen eingeschneit.

Und Calder? Nun, er hatte sich eine

ganze Zeit lang stur gestellt. Aber Violets Liebe, ihr unterwürfiges Temperament, die Art, wie sich uns allen hingab? Selbst er konnte ihr keinen Korb geben.

Wir waren offiziell eine Familie, die Beanspruchung war vollzogen—und nach meinem Wortwechsel mit König Drogan, jenem der drei Könige, der in meinem Sektor aufgewachsen war—, war unsere Verpartnerung offiziell auf Viken registriert worden.

Nichts würde Violet von uns trennen können. Ihre Augen aber wirkten dermaßen traurig, wenn sie ihre Schwester anblickte. So voller Kummer. Und die letzten zwei Stunden lang hatten die beiden ohne Unterlass über die Zeitverschiebung zwischen Trion und Viken diskutiert.

Mindy würde einen einzigen Tag älter werden, Violet aber würde im selben Zeitraum fünf Wochen altern. Mindy würde zwei Jahre auf Trion verbringen und Violet fünfzig Jahre auf Viken.

Beide weinten und fielen sich vor Kummer in die Arme.

"Die drei Könige haben uns Extra-Zeit mit unserer Partnerin gegeben. Angesichts des Zeitunterschieds ist das recht großzügig."

"Großzügig?" fragte Violet. Sie ließ Mindy wieder los und beide Frauen wischten sich die Tränen aus dem Gesicht.

"Ja, Liebes. Das ist hervorragend." Seit Stunden ging das nun schon so. Seit Mindy aus dem ReGen-Tank aufwachte und die beiden vor Freude gequietscht hatten. Ihr Lachen war in Tränen umgeschlagen und dann wieder in freudiges Gelächter.

Frauen waren für mich ab sofort ein Rätsel. Aber ich musste sie auch gar nicht verstehen. Der Anblick ihrer Tränen brach mir das Herz und in meinem Geiste hatte sich ein radikaler Entschluss herauskristallisiert. Ein Entschluss, den ich Regierungsrat Tark vorgetragen hatte—der sofort einwilligte—

und dann König Drogan. Eine Idee, die er in Erwägung ziehen würde, ... sollte es das sein, was unsere Partnerin glücklich machte. "Ich habe mit König Drogan gesprochen. Unsere Verpartnerung ist offiziell."

Ein fettes Grinsen machte sich auf meinem Gesicht breit und es wurde noch breiter, als Violet auf mich zustürzte, sich auf mich drauf warf und mich abküsste.

Alle drehten sich zu uns um und betrachteten das Spektakel. Ich wusste, dass Calder und Zed mit der Lösung zufrieden waren, genau wie ich. Als ich den Kopf hob und meiner wunderschönen Partnerin in die Augen blickte, erkannte ich ihre Verwunderung. Bevor ich mit dem König gesprochen hatte, hatte ich mit Calder und Zed den Plan besprochen, aber wir hatten abgemacht, dass wir Violet nichts erzählen würden, solange wir keine definitive Zusage hatten.

Ich nickte leicht und Zed lächelte.

Calder blinzelte verblüfft, sein Blick wanderte von Violets jubelnder Gestalt in meinen Armen zu ihrer eineiigen Zwillingsschwester, die ihr so sehr ähnelte. Mindy schmiegte sich an Gorans Brust und wischte sich lächelnd die Tränen aus dem Gesicht.

Ich hatte mit König Drogan unter vier Augen gesprochen. Falls unsere lange Abwesenheit ihn gestört hätte, dann sollte Mindy nichts davon mitbekommen. Der enorme Zeitunterschied zwischen den beiden Planeten war schließlich nicht ihre Schuld.

"Es sind nur zwei Tage vergangen," sprach Mindy.

Ich führte meine Partnerin zum Sofa und setzte mich Calder gegenüber. Calder streckte die Arme aus und zog unsere Partnerin nach unten, sodass sie längs ausgestreckt auf dem Sofa saß und mit dem Rücken an Calders Schulter ruhte. Ich nahm ihre Füße, hob sie hoch und setzte mich, sodass sie auf meinem Schoß ruhten.

"Ja, aber zwei Tage hier sind auf Viken fünfzehn Wochen," erklärte Calder.

Darauf machte sie große Augen. "Ich weiß, aber darüber will ich nicht nachdenken. Es ist so schräg."

"Die Gesetze der Physik," sprach Mindy. "Wie in dem Film vor ein paar Jahren, *Interstellar*. Erinnerst du dich? Zehn Minuten für die Leute auf dem Planeten waren wie fünfundzwanzig Jahre für den Typen auf dem Raumschiff."

"Dieser Film war auch schräg. Das ist doch unmöglich, oder?"

"Das ist Wissenschaft."

Violet seufzte. "Wovon ich so gar nichts verstehe."

Mindy lachte. "Genau."

Ich massierte Violets nackte Füße, presste meinen Daumen in die Wölbung. Meine andere Hand glitt an ihrer Wade hoch und schob das lange Trionische Gewand mit nach oben. Calder war derjenige, der gerne seine Partnerin vorführte. Ich aber wollte nur einen kleinen Vorgeschmack auf das, was darunter lag. Der transparente Stoff versteckte nur wenig—unsere Partnerin trug offensichtlich keinen Nippelschmuck oder Goldketten mit Scheiben, die sie als Partnerin eines Trionischen Kriegers auswiesen—und durch das Kleid deuteten sich ihre rosa Nippel an.

In der Nacht zuvor hatten wir sie vollständig erobert. Nachdem wir sie gemeinsam genommen hatten, waren wir eingeschlafen und dann hatte jeder von uns sie einzeln gefickt. Ich war als Erstes dran und hatte sie zum Bad an den warmen Pool geführt, allerdings hatten wir es nur bis zur weichen Uferböschung geschafft, wo ich ihre Beine gespreizt und sie gefickt hatte. Ich war langsam und behutsam vorgegangen und ihre Lustschreie hatten die anderen aufgeweckt. Sie waren am Ufer geblieben und hatten uns zugesehen.

Zed hatte sie nach einem kleinen Snack, den Goran uns mitgegeben hatte ins Gebüsch geführt und wir hatten ihren kaum gedämpften Schrei der Erleichterung gehört. Später, nachdem die beiden Sonnen versunken waren, hatte Calder sie auf den Bauch gerollt und sie von Kopf bis Fuß mit Mandelöl eingeschmiert und als sie vollkommen entspannt und fast schon wieder eingeschlafen war, hatte er ihren bereits erschlossenen Arsch damit bearbeitet und sie noch einmal liebevoll von hinten gefickt.

Zed und ich hatten ihnen zugesehen und dabei unsere Schwänze gerieben. Sie hatte Calder prächtig in sich aufgenommen und wir hatten kreuz und quer auf ihr abgespritzt, unseren Samen auf ihre schimmernde Haut katapultiert. Die Macht des Samens hatte sie glatt ohnmächtig gemacht und Calder hatte sie ins Wasser befördert und abgewaschen, aber sie war trotzdem nicht mehr aufgewacht.

Jetzt faulenzte sie zwischen Zed und mir, träge und mehr als zufrieden.

Calder saß uns gegenüber auf einem Stuhl, seine Augen waren einzig auf unsere Partnerin gerichtet.

"Königin Leah ist schwanger."

"Wirklich?" fragte Violet mit einem Lächeln auf dem Gesicht. "Ich wusste, dass es nicht lange dauern würde. Sie sind so vernarrt in dieses kleine Mädchen. Sie braucht einen Bruder, der mit ihr fangen spielt und sie an den Haaren zieht."

"Wie sieht's bei dir aus, Violet? Du hast mich lange genug bemuttert. Du wärst die perfekte Mama," entgegnete Mindy.

Goran hatte es sich neben Calder bequem gemacht, aber Mindy kauerte im Fersensitz zu seinen Füßen. Sie saß zwischen seinen Knien, ihr Arm umfasste seine Wade, ihre Wange ruhte auf seinem Oberschenkel. Sie trug ein dunkelrotes Kleid, aber die Nippelringe, Ketten und Scheiben waren deutlich sichtbar. Obwohl es ein durchaus erotischer Anblick war, rührte sich in mir nichts. Ich liebte

Violets Brüste und wollte keine anderen anfassen. Ich brauchte keine Ringe oder Diamanten, keine Sexspielzeuge oder andere Gegenstände, um unsere Partnerin zu verwöhnen.

Ihre identischen Gene hatten nur bewirkt, dass die beiden vollkommen gleich aussahen. Ihre Persönlichkeit und Bedürfnisse waren jedoch komplett verschieden. Auch wenn Zeds dominante Art Violet gefiel und sie als Antwort darauf immer unterwürfiger wurde, so würde sie sich doch niemals wie Mindy darbieten. Und Mindy, obwohl sie extravagant und verbal ungehalten war, würde mit einem entspannten Partner wie mir oder sogar Calder niemals klarkommen. Sie würde nicht mit drei Partnern, drei unterschiedlichen Ansprüchen an sie zurecht kommen.

Und aus diesem Grund war Mindy hier mit Goran auf Trion und würde Violet in ein paar Stunden mit uns nach Viken zurückkehren.

"Irgendwann möchte ich schon Kinder," sagte Violet. "Mit drei Partnern habe ich aber erstmal genug zu tun, da brauche ich jetzt nicht auch noch ein Baby."

Mindy lächelte und blickte von mir zu Zed und Calder. "Ja, ich sehe, wie sehr du ihre Zuwendungen genießt. Du kannst kaum noch die Augen aufhalten. Hat es dir in der Oase *gefallen*?"

"Mindy," mahnte Goran.

Sie blickte zu ihrem Partner hoch. "Was? Sie sieht ziemlich fertig aus. Bei drei Männern würde ich annehmen, dass sie jetzt schwanger ist."

"Zwing mich nicht, dir vor deiner Schwester und ihren Partnern den Arsch zu versohlen," drohte Goran.

"Ich sage nur die Wahrheit," protestierte sie.

Ich blickte zu Violet und prüfte, ob die ungehaltenen Worte ihrer Schwester sie verärgerten. Sie errötete zwar, entgegnete ansonsten aber nur ein Augenrollen, was ich als Zeichen der Verstimmung deutete.

Mindy schien es ebenfalls bemerkt zu haben, obwohl sie gar nicht zu ihrer Schwester rüber schaute. "Violet, ich *merke es*, wenn du die Augen verdrehst."

Violet brach in schallendes Gelächter aus und der Ton entschärfte die Spannung zwischen Mindy und ihrem Partner. "Arsch versohlen würde ich kaum als Strafe bezeichnen. Das ist eher wie ..." Violet blickte zu Zed und die beiden tauschten einen dunklen, sinnlichen Blick aus. "Vorspiel. Da musst du dir schon etwas Besseres einfallen lassen, Goran. Ihr den Arsch versohlen würde es nur noch schlimmer machen."

Jetzt musste Mindy lachen. "Schwesterherz, manchmal wäre es besser, wenn du deine Meinung für dich behältst." Sie wandte sich um und blickte zu Violet und Goran ließ sie gewähren. Seine Hand strich über ihr Haar und sein Blick war vergnügt. Tatsächlich entdeckten wir alle eine Seite an unseren

Frauen, die wir vorher noch nie gesehen hatten. Und ihr Wortwechsel war ... faszinierend. "Vergiss nicht, ich kenne auch *alle* deine Geheimnisse. Muss ich dich erst noch an ein gewisses Schokodessert erinnern? Und *wo* ich es gefunden habe?"

"Das wagst du nicht." Violet sprang auf und ihre Augen blitzten entsetzt und amüsiert zugleich.

Mindy zog die Augenbrauen hoch, sie neckte ihre Schwester und plötzlich wollte ich krampfhaft herausfinden, was unsere Partnerin wohl mit einem Schokoladendessert angestellt hatte.

"Schwägerin, ich würde sehr gern diese Geschichte hören." Das kam von Zed und seine Augen versprühten dieselbe Lust wie meine sicherlich auch.

"Mindy, nein—" Violet flehte sie an. Und sie errötete. Wenn meine Partnerin auf süße Desserts stand, dann könnte ich ein paar sehr kreative Weg finden, um uns alle vier damit zu verköstigen. Mit meiner Zunge könnte ich sie ... überall kosten und diese seltsame *Vorliebe* erkunden.

Jetzt *musste* ich ihre Geheimnisse entdecken.

Goran zog sanft an Mindys Haaren und sie blickte mit leuchtenden Augen zu ihm auf. Sie waren so aufeinander eingestimmt, dass ein winziges Kopfschütteln genügte und Mindy frustriert seufzte. "Bitte."

"Nein. Es ist nicht dein Geheimnis."

"Aber—"

"Da dir den Arsch versohlen nicht infrage kommt—" Sein amüsierter Blick fiel auf Violet, dann schaute er mit einem Ausdruck der totalen Ergebenheit auf seine Partnerin. Ich kannte dieses Gefühl. "Soll ich die Stimsphären holen, *Gara*?"

Ich hatte keine Ahnung, was Stimsphären waren, Mindy aber riss die Augen auf und schüttelte energisch den Kopf. "Nein, Gebieter."

Goran strich liebevoll Mindys Haar. "Gutes Mädchen."

Violet winkelte die Beine an und setzte sich auf. "Vielleicht sollten wir ein Gespräch unter Mädels führen, bevor wir abreisen."

Mindy jubelte aufgeregt. "Bitte, Gebieter. Können wir alleine reden? Ich möchte gerne etwas Zeit mit ihr verbringen, wie früher, ohne vier dominante Männer."

Ich verkniff mir mein Lächeln und biss meine Lippe. Mindy war ein Luder und Gorans hochgezogenem Mundwinkel nach zu urteilen würde er sie nicht allzu sehr in die Schranken weisen. Er liebte sie so, wie sie war.

Er reichte ihr die Hand und half ihr beim Aufstehen. "Aber ja, *Gara*."

Seite an Seite sahen sich die Zwillinge wirklich zum Verwechseln ähnlich. Aber ich würde Violet immer und überall erkennen. Sie gehörte mir. Ich hatte sie mit meinem Samen markiert, meine Liebe für sie war in ihrem Herzen verankert.

Die Frauen hakten die Arme unter,

Ellbogen an Ellbogen, sie lächelten ..., bis ihnen klar wurde, dass sie jetzt Abschied nehmen mussten.

Violets Tränen brachen mir das Herz und ich blickte fragend zu Zed und Calder. Beide nickten und ich räusperte mich, um Violet auf uns aufmerksam zu machen, bevor sie den Raum verließ.

"Violet, Liebes, die drei Könige und Königin Leah hatten eine Nachricht für dich."

Violet wirbelte herum, ihre kichernde Schwester im Schlepptau. "Für mich?"

"Ja, Liebes, weil es deine Entscheidung ist."

"Welche Entscheidung?"

Ich blickte einmal mehr zu Calder, denn er war derjenige unter uns, der am meisten mit unserer Heimatwelt verbunden war und ich war erleichtert, als er nickte und erwartungsvoll zu Violet blickte. Zed rührte sich nicht, sein Blick war einzig auf unsere Partnerin fixiert, denn er wollte keine einzige Sekunde von dem verpassen, was gleich folgen würde.

"Ich habe mit Regierungsrat Tark und mit König Drogan gesprochen. Wenn du es so möchtest, dann werden wir dem Kommando des Regierungsrats unterstellt werden und den Rest unserer Tage hier auf Trion verbringen, zusammen mit deiner Schwester und ihrem Partner."

"Was?" Violet wurde blass und ihre Knie wurden zittrig, sodass Mindy sie stützen musste.

"Du hast sie verschreckt." Zed stand auf und zog Violet in seine Arme, während Mindy zurücktrat. Sie war nervös und verunsichert, wie zu Tode erschrocken fasste sie sich an die Kehle und Goran eilte sogleich herbei. Eine Berührung ihres Partners genügte und sie beruhigte sich wieder, sie schmiegte sich an seine Seite. Zufrieden. Sicher.

Glücklich.

Violet war nicht so einfach zu entschlüsseln.

Sie schluchzte. Heftige, herzzerreißende Schluchzer, die Zed nicht zu trösten vermochte. Sie weinte, als ob man ihr das Herz aus der Brust gerissen hatte, als ob unsere Worte ihre Seele erschüttert hatten.

Calder kniete vor ihr nieder und ich ging zu meiner Familie und schloss die Arme um Zed und Violet. Ich vereinte uns, während Calder ihre Schenkel umarmte. Wir umschlossen sie. Trösteten sie. Sie gehörte uns. "Violet, Liebes. Hör bitte auf zu weinen. Wir werden sofort abreisen. Wir werden wie geplant nach Viken zurückgehen. Es ist deine Entscheidung. Wir müssen nicht hierbleiben. Bitte. Du brichst mir das Herz."

Sie hob den Kopf und küsste mich. "Nein. Ich liebe dich. Ich liebe euch alle, aber ich möchte nicht auf Viken leben. Ich möchte hier leben, mit Mindy, und mit euch. Ich will nicht hin- und hergerissen werden. Ich möchte, dass unsere Kinder miteinander spielen, dass sie zusammen aufwachsen. Ich kann es einfach nicht glauben ..."

Sie schluchzte erneut und Mindy trat an sie heran, sie hüpfte auf und ab und klatschte mit den Händen, als ihr die Tränen übers Gesicht liefen. "Violet. Gütiger Himmel. Du kannst hierbleiben?" Ungläubig drehte sie sich zu Goran um. "Kann sie wirklich hierbleiben?"

Goran nickte. "Tark hat vor ein paar Stunden mit mir darüber geredet. Sie sind sehr erfahrene Krieger. In unseren Reihen werden sie mehr als willkommen sein. Tark würde nie vertrauenswürdige Krieger ablehnen."

Violet küsste mich erneut. Dann küsste sie Zed. Sobald er außer Atem war, beugte sie sich runter und küsste Calder, bis der sie vollkommen besinnungslos zu sich auf den Boden ziehen wollte.

Sie stand auf und lachte, sie wischte sich die Tränen aus dem Gesicht und stieß ihn fort. Sie stieß uns alle fort. "Ich liebe euch, Jungs."

"Sobald wir alleine sind, werden wir das in Ruhe ausdiskutieren. Genau wie dieses Dessert, das deine Schwester erwähnt hat." Zeds Tonfall ließ keine Widerworte zu, aber Violets Lächeln nach zu urteilen war uns bereits klar, wofür sie sich entscheiden würde.

Ich grinste, als sie Mindy aus Gorans Armen riss und die beiden Frauen sich für ihr *privates* Gespräch davonmachten und uns vier *dominante* Männer allein ließen.

Ich blickte ihnen nach und war mehr als zufrieden. Ich war glücklich. Ich sah zu, wie sie sich entfernte. Ich wollte meine Partnerin am liebsten vernaschen.

Und ich fragte mich, ob sie über dieses *Schokoladendessert* plauschen würden. Ich machte mir keine Sorgen. Sie würde uns die Wahrheit sagen, selbst wenn wir ihr dafür diesen prächtigen Arsch versohlen müssten.

Lies als Die Gefährtin des Commanders nächstes!

Commander Karter ist ein prillonischer Krieger. Seine oberste Pflicht ist es, sein Volk zu beschützen und die Welten der Koalition vor einem Schicksal zu bewahren, das unbegreiflich schrecklich wäre. Die Schlacht ist sein Leben. Sein Herz. Er kämpft. Er war noch nie so egoistisch gewesen, um zu glauben, dass er eine Interstellare Braut verdient hätte. Bis er zu einem denkbar ungünstigen Zeitpunkt eine Interstellare Braut zugeordnet bekommt.

Die Astronomin Erica Roberts träumte schon immer davon, die Sterne zu sehen. Sich als Freiwillige zum Interstellaren Bräute-Programm zu melden, war eine Win-Win-Situation. Sie würde nicht nur die Galaxis bereisen können, sondern sie war auch mehr als gewillt, es mit gleich zwei Alien-Kriegern aufzunehmen, wie es ihr versprochen worden war. Sie ist mit vollem Einsatz dabei. Aber als sie direkt in das Chaos nach einer Schlacht transportiert wird, lernt sie rasch, dass es ihr hier nicht einfach gemacht werden würde. Ihre beiden Commander sind hin und her gerissen zwischen der Bekämpfung des Hive und der Bekämpfung ihres Verlangens nach ihr.

Wenn eine neue Hive-Waffe eine ganze Koalitions-Kampfgruppe innerhalb eines Wimpernschlags vernichten kann, was wird sie mit Commander Karters Gefährtin anrichten? Und wie sollen er und sein Sekundär für den Schutz ihrer Gefährtin sorgen, wenn sie sich nicht einmal selbst retten können?

Lies als Die Gefährtin des Commanders nächstes!

WILLKOMMENSGESCHENK!

TRAGE DICH FÜR MEINEN NEWSLETTER EIN, UM LESEPROBEN, VORSCHAUEN UND EIN WILLKOMMENSGESCHENK ZU ERHALTEN!

http://kostenlosescifiromantik.com

INTERSTELLARE BRÄUTE® PROGRAMM

DEIN Partner ist irgendwo da draußen. Mach noch heute den Test und finde deinen perfekten Partner. Bist du bereit für einen sexy Alienpartner (oder zwei)?

Melde dich jetzt freiwillig!
interstellarebraut.com

Von den Viken erobert

BÜCHER VON GRACE GOODWIN

Interstellare Bräute® Programm

Im Griff ihrer Partner

An einen Partner vergeben

Von ihren Partnern beherrscht

Den Kriegern hingegeben

Von ihren Partnern entführt

Mit dem Biest verpartnert

Den Vikens hingegeben

Vom Biest gebändigt

Geschwängert vom Partner: ihr heimliches Baby

Im Paarungsfieber

Ihre Partner, die Viken

Kampf um ihre Partnerin

Ihre skrupellosen Partner

Von den Viken erobert

Die Gefährtin des Commanders

Ihr perfektes Match
Die Gejagte

Interstellare Bräute® Programm: Die Kolonie
Den Cyborgs ausgeliefert
Gespielin der Cyborgs
Verführung der Cyborgs
Ihr Cyborg-Biest
Cyborg-Fieber
Mein Cyborg, der Rebell
Cyborg-Daddy wider Wissen

Interstellare Bräute® Programm: Die Jungfrauen
Mit einem Alien verpartnert
Seine unschuldige Partnerin
Die Eroberung seiner Jungfrau
Seine unschuldige Braut

Zusätzliche Bücher
Die eroberte Braut (Bridgewater Ménage)

ALSO BY GRACE GOODWIN

Interstellar Brides® Program

Mastered by Her Mates

Assigned a Mate

Mated to the Warriors

Claimed by Her Mates

Taken by Her Mates

Mated to the Beast

Tamed by the Beast

Mated to the Vikens

Her Mate's Secret Baby

Mating Fever

Her Viken Mates

Fighting For Their Mate

Her Rogue Mates

Claimed By The Vikens

The Commanders' Mate

Matched and Mated

Hunted

Viken Command

The Rebel and the Rogue

Interstellar Brides® Program: The Colony

Surrender to the Cyborgs

Mated to the Cyborgs

Cyborg Seduction

Her Cyborg Beast

Cyborg Fever

Rogue Cyborg

Cyborg's Secret Baby

Interstellar Brides® Program: The Virgins

The Alien's Mate

Claiming His Virgin

His Virgin Mate

His Virgin Bride

Interstellar Brides® Program: Ascension Saga

Ascension Saga, book 1

Ascension Saga, book 2

Ascension Saga, book 3

Trinity: Ascension Saga - Volume 1

Ascension Saga, book 4

Ascension Saga, book 5

Ascension Saga, book 6

Faith: Ascension Saga - Volume 2

Ascension Saga, book 7

Ascension Saga, book 8

Ascension Saga, book 9

Destiny: Ascension Saga - Volume 3

Other Books

Their Conquered Bride

Wild Wolf Claiming: A Howl's Romance

HOLE DIR JETZT DEUTSCHE BÜCHER VON GRACE GOODWIN!

Du kannst sie bei folgenden Händlern kaufen:

Amazon.de
iBooks
Weltbild.de
Thalia.de
Bücher.de
eBook.de
Hugendubel.de
Mayersche.de
Buch.de
Bol.de

Hole dir jetzt deutsche Bücher von Grac…

Osiander.de
Kobo
Google
Barnes & Noble

GRACE GOODWIN LINKS

Du kannst mit Grace Goodwin über ihre Website, ihrer Facebook-Seite, ihren Twitter-Account und ihr Goodreads-Profil mit den folgenden Links in Kontakt bleiben:

Web:
https://gracegoodwin.com

Facebook:
https://www.facebook.com/profile.php?id=100011365683986

Twitter:
https://twitter.com/luvgracegoodwin

ÜBER DIE AUTORIN

Hier kannst Du Dich auf meiner Liste für deutsche VIP-Leser anmelden: https://goo.gl/6Btjpy

Möchtest Du Mitglied meines nicht ganz so geheimen Sci-Fi-Squads werden? Du erhältst exklusive Leseproben, Buchcover und erste Einblicke in meine neuesten Werke. In unserer geschlossenen Facebook-Gruppe teilen wir Bilder und interessante News (auf Englisch). Hier kannst Du Dich anmelden: http://bit.ly/SciFiSquad

Alle Bücher von Grace können als eigenständige Romane gelesen werden. Die Liebesgeschichten kommen ganz ohne Fremdgehen aus, denn Grace schreibt über Alpha-Männer und nicht Alpha-Arschlöcher. (Du verstehst sicher, was damit gemeint ist.) Aber Vorsicht! Ihre Helden sind heiße Typen und ihre Liebesszenen sind noch heißer. Du bist also gewarnt...

Über Grace:

Grace Goodwin ist eine internationale Bestsellerautorin von Science-Fiction und paranormalen Liebesromanen. Grace ist davon überzeugt, dass jede Frau, egal ob im Schlafzimmer oder anderswo wie eine Prinzessin behandelt werden sollte. Am liebsten schreibt sie Romane, in denen Männer ihre Partnerinnen zu verwöhnen wissen, sie umsorgen und beschützen. Grace hasst den Winter und liebt die Berge (ja, das ist problematisch) und sie wünscht sich, sie könnte ihre Geschichten einfach downloaden, anstatt sie zwanghaft niederzuschreiben. Grace lebt im Westen der USA und ist professionelle Autorin, eifrige Leserin und bekennender Koffein-Junkie.

https://gracegoodwin.com

www.ingramcontent.com/pod-product-compliance
Lightning Source LLC
LaVergne TN
LVHW011755060526
838200LV00053B/3603